U0815121

知音动漫图书 · 新阅坊
ZHI YIN COMIC BOOK 以梦想之名点燃阅读

Illustrated by 徐菲

河神计划

由·得林洛斯 著

2

百花洲文艺出版社
BAIHUAZHOU LITERATURE AND ART PRESS

知音动漫图书 · 新阅坊荣誉出品

爱本身是没有错的，错的往往是爱的方式。

——由·得林洛斯

目录 CONTENTS

·第一章·
不死王

序篇

冬天，夜深人静的博物馆。

新年的钟声远远响起，两个保安相视一笑，互相表示了祝福。

静悄悄的壁画，静悄悄的雕塑，还有静悄悄的木乃伊。右手放置胸前的木乃伊微微动了一下。

“喂，你听说过那个埃及博物馆的有关木乃伊的一个奇怪传说吗？”一个保安问另一个。

“什么？”

“传说有具二十世纪三十年代挖掘出来的木乃伊，隔段时间就会复活一次。”

“吓，你别吓我！”

一具静静的木乃伊突然发出了细微的响声。

图……特……摩……斯……

与此同时，埃及博物馆十大镇馆之宝的女王像，那个已经被毁坏一半的女王像好像在渐渐复原，发出了夺目的光彩。

“咦！”路过的保安以为自己看错了，他赶紧用手电照向那个女王像。一切如旧，刚才大概是错觉。

“那个传说里隔段时间就会复活一次的木乃伊，该不会是……她吧？”同伴试探性地问他。

“别说出那个名字！”

是的，别说出那个企图与日月同辉，妄想与神比肩的法老的名字。

在远处的阴影里，有个人影露出了狡黠的微笑：“真是吓死我了。”他的耳机里传来了细微的声响："报警器都摸清楚了吗？"

"清楚得我觉得今晚就可以动手。"

"今晚不能动手。"

"知道了。"黑影悻悻然准备离开，突然看见大厅站着一个全身赤裸的美男子，嘴角带着轻蔑的笑容。他头皮一麻，一个健步躲在柱子后。

被发现了吗？

但当他再伸头出去看时，那人已经不见了。诡异的感觉让他寒从脚底起，那个美男子看起来不像中国人，蜜色的皮肤，结实的肌肉，还有一头炫目的银发。

"快出来！"耳机里又传来了声音，"刚才怎么没信号了？"黑影觉得贴身内衣已经湿透，他第一次发现这个博物馆如此阴森恐怖，当下的念头就是赶紧出去。

一

春节过后的龙城博物馆，人声鼎沸。

门口硕大的"埃及文化宣传周"的字样被鲜花和那些涂成金色的泡沫金字塔装饰着。这次是从埃及博物馆运过来的各种文物实体展出，在中国北京、上海、杭州等大城市相继展出。

这一站是龙城站。

两百块钱的票价依然吸引了不少春节期间赚足了压岁钱的学生党，还有对历史文化很有兴趣的年轻人以及退休依然充满求知欲望的老年人。

"请这边走，里面还有法老的木乃伊展馆哦。"一位穿着志愿者服装的少年热情接待着进进出出的游客。他个子不高，长得颇为清秀，精气神十足，和其他略带倦意的志愿者神情完全不同。

"陈晓宇，你这么有干劲啊。"中年大叔对着少年笑着。

被叫作陈晓宇的少年靠近大叔悄悄地说："廖叔，谢谢你为了我向馆长争取了工资。"

廖叔欲言又止，只是拍拍他的肩膀："你爸爸的忌日快到了，改天我们去看看他。"

看着远处的人流，陈晓宇笑着说："我爸爸是古埃及文化迷，一辈子都在研究这个东西，这次难得是古埃及文物展，我怎么也要为了他来这里站站岗。"

"好小子。"廖叔又拍了拍少年的肩膀表示安慰。

"咦，那边那小子有点眼熟，是不是这次赞助商的儿子啊？"廖叔下巴抬了抬，示意那边。

陈晓宇顺着他指的方向望过去，看见一个穿着黑呢子大衣的少年和一个活力十足的苹果脸少女走了过来。

春节之后，气温开始回升，苹果脸女孩穿着短裙和卫衣，有一句没一句地扯着家常："顾总，你送我的鞋子真的好合适啊！"

"合适就好，我爸的秘书帮挑的。"

那是一双水晶方扣缎面低跟鞋，非常漂亮，是顾蒙亮送她的新年礼物，想起之前他送她鞋子时说"下午穿上它和我去趟博物馆吧"，她心里就乐不可支。

苹果脸女孩再看看顾蒙亮，他的眉间依然带着轻愁。

作为前"河神计划"的执行者，顾蒙亮这个春节过得不太开心。外星人西门豹委托的"河神计划"戛然而止，西门豹本人也下落不明，现在他心里有点空落落的。

"河神计划"是西门豹来地球为了研究地球人情感的课题研究计划，西门豹声称他们天庭星人不了解"情感"这种地球人特有的东西，不知道十个案例之后，他们的内心是否有所进化。

进化个鬼哦！西门豹还不就是因为去时间间隙里找顾桃花才闹得下落不明？

"欢迎来到博物馆埃及文化交流展，需要我为你们解说吗？"一个穿着志愿者衣服的少年站在他们面前，打断了顾蒙亮的沉思。

顾蒙亮摆摆手说："不用，谢谢。我以前去过埃及国家博物馆，里面的文物大部分我都见过。"他拿着票带着胡依婷绕过陈晓宇径直进去了。

陈晓宇站在原地，觉得有点难堪，紧紧抓住了志愿者马甲的一角。

……都见过……这满不在乎的腔调，好像埃及国家博物馆是他家后院一样，可爸爸直到死前也没有去过埃及一次……

顾蒙亮和胡依婷走进展厅，里面都是一些举着相机拍照的人，也不知道他们是不是真的了解那些展品的历史背景。

他们去的是最里面的展厅，这次展出的是哈特谢普苏特和她的义子图特摩斯三世的木乃伊，也是这次埃及文物展里最贵重的展出作品。所以进去要再次购票，同时也需要经过更多的安检和注意事项说明。

胡依婷看多了《木乃伊归来》之类的电影，本来以为里面阴森恐怖，但看到两具木乃伊本体之后，却感到有点失望："就是干尸。"

"而且还不好看。"她补充说。

"古埃及人的宗教观念相信人是分成肉体和灵魂两个部分的，肉体虽然死亡，但灵魂依旧会存在。这让我想起西门豹他们星球的生命形式。"顾蒙亮望着哈特谢普苏特的木乃伊说。

据西门豹介绍，天庭星人是以另一种生命形态而存在的星球，他们星球的尸体在很久以前已经灭亡了。

“女法老啊！”胡依婷看着文字说明不禁感叹。

“古埃及历史上有名的女法老，”顾蒙亮也被这个女王的头像引起了兴趣，“她登上王位时一度女扮男装。死后在女王谷上留下了自己雄伟的遗迹，但据说被恨她入骨的继子图特摩斯三世毁掉了所有的痕迹。”

“我认为古埃及法老把自己的尸体做成木乃伊是很愚蠢的做法，”胡依婷直截了当地表达了看法，“若只是壁画和雕像，留给后人的都是美丽的遐想，一看见木乃伊就立刻幻灭了。”

木乃伊展览馆门口传来一阵嘈杂声，顾蒙亮闻声走过去，看见之前那个志愿者在和博物馆管理人员吵架。

“这里不允许人随便进去，志愿者也不行。”

陈晓宇本来是不知不觉跟在顾蒙亮后面走，脑子里一直想着爸爸的事情，结果走到门口安检系统就报警了。他没有门票，立刻有人出来阻止了他。他有点尴尬：“我是志愿者，能让我进去看一眼吗？”

展厅的管理人是博物馆的一位副馆长，她看着陈晓宇非常不客气地说：“你应该知道我们的志愿者都要求是大学生的，而且是零报酬，录取你只是看在你爸的份上，每天还给了你酬劳，你要求还这么多！”

她这话说出来，让那些正在服务的志愿者都忍不住望过来。陈晓宇立刻觉得脸上发烫，一方面是因为作为志愿者领取酬劳这个事情本来是馆长看在他爸的面子上给他的优待，此时被当众揭穿；另一方面是因为对方“要求大学生”这句话刺伤了他的自尊心——他高中勉强毕业，之后一直在加油站打工，没有考大学的命。

“我爸为这个博物馆操劳了大半辈子，我就是想替他看看木乃伊，他生前对古埃及文化最感兴趣……”

说到这里，副馆长扑哧一笑：“哎哟，是吗？你爸爸对古埃及特别感兴趣？”

陈晓宇涨红了脸说：“有什么不可以吗？”

“没什么不可以，只是觉得你想蹭个票就把你爸爸搬出来，太幼稚了。”副馆长之前说不准他进，现在动静闹这么大，渐渐有人围上来了，她拉不下这个脸，索性态度越发强硬起来。

陈晓宇愤然脱下志愿者的马甲甩在地上，走了。

公墓没什么人，和市中心的热闹形成鲜明的对比。不少墓碑前放着鲜花，看来即使是过年，依旧有人挂念着另一个世界的亲人们。

陈晓宇的父亲陈旺生的墓前光秃秃的。

陈晓宇一个人失落地坐在那里。自从父亲去世之后，他就再也找不到去博物馆的理由了。他打开钱包，里面有父亲的照片，穿着朴素的衣服，对着镜头傻呵呵地笑，怀里抱着的小孩子就是他。

“你是陈旺生的儿子，对吧。”一个戴着斯斯文文的金丝眼镜的男子突然挡住了他，有礼貌地问。

“是的，你是……”陈晓宇没见过这个男人。对方嘴唇很薄，脸很瘦，让人不喜。他爸爸说过，这种面相的人薄情寡义，不是有德之人。

“我叫赵非，听说了你爸爸的事迹非常感动，所以过来问候一下你，顺便给你爸爸的墓前献个花。”

陈晓宇沉默了一下，说：“这里的鲜花每天都会被清理掉，上次我来是大年三十。”他指着墓碑上新描过的字说。上面描的是金漆。

“你父亲是为了保护文物牺牲的，但是博物馆那边没有给予你们相应的补偿，你连大学都没有机会上，真让人唏嘘。”

陈晓宇低头看着父亲墓碑上的名字说：“他应该也不计较这些。”

“可是你呢，你咽得下这口气吗？”赵非看着他慢慢地说，“今天在博物馆里的事情，我可都看见了。”

陈晓宇听到对方话里有话，忍不住盯着赵非看，对方的镜片反着光，眼睛藏在镜片之下让人捉摸不透。

“我们老板愿意资助你出国读大学，历史系。但是需要你帮我们一个忙。”赵非说，“这样你就是真正的历史学家的儿子了。”

陈晓宇从未想过有如此好事落在他头上，不禁一阵惶恐，有点想回避。

“你难道不想给博物馆一点颜色看看吗？”赵非笑着说，“让他们知道你父亲真正的价值。”

二

晚上，博物馆里安安静静的。

龙城毕竟不像北京上海那样的大城市，就算是安放了价值连城的木乃伊展品，安保系统也不像北京上海那么严格。博物馆下午五点正式闭馆，贵重文物展览厅，也就是现在的木乃伊展厅，在四点半的时候就闭馆了。

“老板把下手的地方放在龙城真是明智之举。不过这么贵的木乃伊怎么会想到春节在龙城这种二线城市展出呢？”赵非坐在一辆全封闭的商务车里看着不远处的博物馆，架上望远镜，看见门口的保安穿着军大衣看了一圈四周就回保安室里了。

“据说是恒园集团的老总赞助的，他家乡在这里。”手下检查着通讯器的信号，漫不经心地回答。

“哦，那个土豪顾一鸣吗？”赵非拿着陈晓宇今天给的平面图看了看，“这小子一顿饭加几万块就招了，看他给的那个展厅的安保系统和平面图，似乎也没什么特别难攻克的地方啊。”

有两个黑影已经窜到了博物馆的楼顶，挂了安全绳往下面快速滑动。

“那小子是从什么地方潜入的？”

赵非想了想：“他说从一个秘密通道里潜入。”

陈晓宇晚上吃了顿牛排，肚子有点鼓鼓的，甚至还打了两个饱嗝。他脑子晕乎乎的，对目前的状况不太确定，感觉还是在做梦一般。

——你带我们进入展厅，我们目标是那具女法老的木乃伊。

起初他以为自己听错了。

——你爸爸当年为了保护文物牺牲了，博物馆的人还这样对你！

的确是，自己一直在博物馆做临时工。可就连爸爸心心念念的木乃伊展，博物馆连看都不给他看。

“陈晓宇，你进去了吗？”耳机里传来了“那伙人”的声音。

“进来了。”他不习惯地推了推蓝牙耳机，“我现在就在展厅门口。”

“开窗户，让我们进来。”赵非的人说。

“这里有警报器，我要先关了警报器。”陈晓宇说。

怎么就走到这一步了呢？这不是偷窃吗？

是啊，但是博物馆先无情无义的，为什么他就不能背叛？反正事成之后他就出国了！

陈晓宇一咬牙，关掉了警报器。

令人意外的是，木乃伊展厅的安保系统比想象的要简单得多。没有电影里那种夸张的红外线扫描报警器，也没有像传说中墓地里那种一入侵就会嗖嗖射出冷箭的机关。

陈晓宇逐步凑近了水晶棺。

一具是图特摩斯三世，一具是哈特谢普苏特。

这是他第一次这样近距离看到真正的木乃伊，图特摩斯三世的木乃伊比常人的躯体要短很多，大概是身体水分流失的缘故，看起来有点丑。这些……就是让他父亲魂牵梦绕的东西吗？

然而今天的目标不是这具，而是第三具，旁边女法老的木乃伊。

他继续往旁边看，却发现旁边那具水晶棺空荡荡的，三层玻璃都已经打开了，里面什么都没有。

他大惊失色，左右看看，什么都没有。

“赵非，你们得手了吗？”他低声问赵非。

赵非显然很迷惑：“什么得手了？”

“你们已经把哈特谢普苏特的木乃伊带走了吗？”

“没有啊，”赵非警惕地说，“发生了什么事？”

“她的水晶棺……空了……”

木乃伊展厅过去就是为了展出贵重文物设立的，最多半个教室的大小，里面除了一些说明的展示板之外，别无他物。

“你在找什么？”仿佛是从心底听到的一个男声，把陈晓宇吓得魂飞魄散，他回头看——

身后站着一个蜜色皮肤，银色头发的美少年，身上随意裹着外面展厅的古埃及的服饰，正好整以暇地望着他。

“你……你是谁？”陈晓宇不知为何感觉到内心的战栗，因为他捂住了耳朵，那个人的话语还是一字一句传入他心里，充满了威严感——

“我是哈特谢普苏特！”那个人的声音直击心底，但却是一脸玩世不恭的样子，根本没有张开嘴说过话。

陈晓宇慌了神，拼命捂住耳朵，但耳边依旧环绕着那个人的声音：“带——我——走——”

“陈晓宇！”耳机里传来赵非严厉的声音，“里面情况怎么样，我们要进来了！”

“水晶棺空了一个，而且还多了个人！”他的声音在颤抖。

“见鬼！”赵非的人扛着运输用的大箱子冲了进来，眼前的情景让他们大惊失色……

眼前是气势恢宏的女王庙，修建在悬崖峭壁之下。

“这是哈特谢普苏特的神庙！”他们看过资料，眼前不就是埃及的女王庙么？为什么会在博物馆展厅里？这么恢弘的建筑，头顶就是璀璨星空，完全不是一个小小博物馆能装得下的……

“是幻觉吗？”其中一个人嗫嚅着说。

甚至，当他们走进神庙的时候，突然刮起了风。

空荡荡的神殿，什么都没有。传说，法老图特摩斯三世当了很久的傀儡，被放逐到别处。后来他在女王死了之后，把有关她的一切涂抹掉了——包括她的神像，有关她的历史碑文，甚至连壁画都凿空了。

陈晓宇此刻站在二楼，他大叫着：“快走！我要离开这里！”但是，跑到末尾后他却发现，下了楼之后，回到的同样是刚才的二楼。

“无穷无尽的彭罗斯楼梯。”银发青年抱胸站在远处笑吟吟地看着他，“别人上不来，你也下不去。”

“你不是哈特谢普苏特！”陈晓宇指着银发青年大叫，“我爸爸说过，她是个女法老！你不是她，你是谁？”

“你父亲根本就不了解哈特谢普苏特。”银发青年冷笑着，指着空荡荡的四周，“你看，他只有这么粗浅的认识，以至于这里什么都没有。”银发青年好像在嘲笑着他，嘲笑着他爸爸，“带我走，带我去找顾蒙亮。”

周围的时间仿佛凝固了般，远处传来了悠长的吟唱，尼罗河水从天上而来，汹涌着穿过每个人的身体，无数扛着石块的奴隶们的身影在他们旁边穿梭如织，脚下的神庙似乎在无限拔高，视野也无限开阔起来。星辰在东边落下，太阳从西边升起，尼罗河水开始倒流，女王口中吟诵庄严的神谕……我要永恒的生命！我要延续我的伟大荣光！古代的法老王怒吼着，她的愿望在每个人心底震撼。

“带我走！”银发青年怒吼着。

陈晓宇不得不屈服，惨叫着：“好！我带你走！”

等他回过神的时候，周围警铃声已经响彻天际，银发青年没有一刻迟疑，他扛起陈晓宇，轻巧地跳上大厅的窗台，然后落到了博物馆后面的草地上。

展厅的安全门已经重重落下，这是十年前为一次珠宝展做的设计，十年来都没有派上用场，落下来的时候还有点锈住了。

三

银发青年扛着陈晓宇在深夜的大街上飞奔。

“我们去哪里？”陈晓宇在他跳上一座天桥之后大声问。

“去找顾蒙亮！”银发青年大声说，“你来指方向，我带你去！”

“谁是顾蒙亮？我不认识他呀。”陈晓宇说。

银发青年身形顿住，把他放在天桥的扶手上，他差点没掉下去，抱住扶手大骂：

“你干什么！”

“怎样才能找到他？”

银发青年站在天桥上看着城市的夜景，偶尔有一辆车从他脚底飞快驶过。

“留在这里就可以找到他了吗？”银发青年喃喃地说。

陈晓宇的手机响了，是赵非打过来的，他没有接。对方气急败坏，今天给他的两万块定金还放在他的双肩包里，让他感觉肩膀非常沉重。

一瞬间，他也觉得累了，便说：“要不先回家吧？”

“家？”银发青年微微一怔。

是啊，回到那个小小的、破旧的家。

初八一过，春节的法定假日就过去了，春节的重头戏也已经过去了。初九，胡依婷嚷嚷着拉着顾蒙亮去文庙拜孔子，穿着汉服袄裙在门口就被一个面色苍白的男生拦住了。

“咦，你不是昨天那个……”胡依婷指着他说。

“我叫陈晓宇，”男生面色苍白，眼袋浮肿，看起来一夜没睡好，“我找你身后那位男生！”

顾蒙亮想着自己好像不认识这个男生，便淡淡地问：“找我什么事？”

陈晓宇看着他的脸色特别复杂：“说出来你肯定以为我疯了，因为——”他顿了顿，鼓足了勇气说，“有具干尸想和你谈谈。”

……

顾蒙亮和胡依婷看着他，沉默了差不多半分钟。

等等，这个口气为什么和“有位先生想和你谈谈”“老师叫你过去一下”“我大哥想见你”“麻烦你过来见见我父母”之类的要求一模一样啊！

有位干尸想和你谈谈！要不要说得这么淡定啊？！

顾蒙亮就算涵养很好也忍不住嘴角抽搐，胡依婷赶紧从随身的小布包里拿出刚买的浴盐撒向他：“新春佳节！大吉大利！”

“我是认真的！”陈晓宇青筋暴突。

“你真的要在大过年的时候找我们顾总的晦气吗？！”胡依婷恨不得整瓶浴盐都朝着他的脸撒过去。

顾蒙亮凭借着良好的风度没有发作，听完了这个陌生男孩的故事。

胡依婷一脸狐疑地看看他，又看看顾蒙亮一脸一言难尽的表情，插嘴说：“你说的事情槽点太多了。带着小偷进展览馆那是从犯，叫你做这个事情的时候，你不知道对方的目的是盗窃吗？”

陈晓宇声辩："我觉得博物馆对不起我和我爸爸，想讨个公道而已！"

"这种盗窃集团说什么事成之后送你出国读书，你也信？是找个地方直接把你扔海里灭口吧！"胡依婷继续毫不留情地吐槽。

陈晓宇脸涨得通红，分辩说："我爸爸他是一个历史学家，因公殉职却没有得到足够的尊重……"

顾蒙亮突然变得很冷静，看了一眼胡依婷："要不我们去看看？"

"顾总，这个人说话跟神经病一样，不能随便和他走啊！"胡依婷着急地说。

顾蒙亮说："没事，不是还有你嘛。"说着就示意陈晓宇带路。这句话说得胡依婷心花怒放。

四

陈晓宇的家在一片破旧的厂区宿舍楼里。

一看就是二十世纪那些国企的工人宿舍楼，最多不过三四层楼高，没有电梯，楼道里堆满了杂物，声控灯有些怎么都不亮，有些一天二十四小时都亮着。

陈晓宇边走边解释着这是他妈妈的房子，妈妈几年前下岗后就去广东打工了，他爸爸去世后，他都是一个人生活的。

进了他家之后，看见老式的木沙发，冰箱上放着一个小小的相框，里面是一张男人的遗像。男人的眉目和陈晓宇有几分相似，想必是他的父亲陈旺生。狭小的客厅里还有个很旧的书柜，上面除了一些过期杂志之外，都是些风水和家庭自助老中医风格的杂书。不过第二层倒是有一些历史方面的书籍，大概是《一百个你不能不知道的古埃及探秘》《金字塔的惊天大秘密》等之类包装可疑的大众科普读物。

"你说，你爸爸是个历史学家？"顾蒙亮抱胸皱着眉头说。

"是的，你看，他看了那么多书！"陈晓宇自豪地指着书柜说，"我爸爸小时候因为家里穷，没能读上书，他是自学成才的。"

顾蒙亮和胡依婷对望了一眼，又看看书架最上面摆放着"英勇救火以身殉职的陈旺生同志永垂不朽"的金属小纪念碑，金属的质地大概是镀铜的铁，大约二十厘米高，已经开始有点氧化而变得灰蒙蒙的了。

顾蒙亮突然就想起他们来的目的。

"你说的木乃伊呢？"

陈晓宇示意他们进他的房间，然后指了指自己的床——

一具木乃伊干尸端端正正地躺在陈晓宇一米五宽的床上。

“我的妈呀！”饶是胡依婷力大无穷，也被这种场面吓了个半死，赶紧躲在顾蒙亮身后。

“晚上他还是能动的，白天就变成这样。昨天晚上来我家吃了两盒泡面，然后就躺床上休息。我就睡沙发，第二天早上起来就看见他这个模样。”

顾蒙亮一言不发地走了出去，在客厅站住了。他朝着窗外深呼吸一口，确定刚才看到的不是幻觉。

胡依婷一脸惨绿地走出来，忍不住质问陈晓宇：“你干吗不报警？”

“报警不就证明我是偷木乃伊的贼了吗？”陈晓宇声辩。

顾蒙亮冷冷地说：“你盗窃的可是世界级的文物。”

“我没有盗窃，是他扛着我回来的！”陈晓宇声辩。

正在这个时候，门口传来了敲门声，陈晓宇冲到门口透过猫眼看了一眼，赶紧回来压低声音说：“坏了，是那个盗窃集团的人！”

赵非的声音从外面传来，声音带着压抑的怒气：“陈晓宇，开门，我知道你在家。再不开门我就破门而入了。”他刚示意手下准备踹门的时候，门被轻轻地打开了。

开门的是一个穿着汉服的少女，一个穿着浅蓝色的毛衣一看就家境良好的少年静静地坐在饭桌旁边。两个人齐齐看着他：“你找谁？”

“这里不是陈晓宇家吗？”赵非有点HOLD不住自己的老脸了，“不好意思走错了。”

“不送。”少年淡淡地说。

赵非转身带人就走，但三秒之内回头一个侧身走了进来，他的手下也呼啦啦地挤了进来，把顾蒙亮两人围住。赵非指着书架上的小纪念碑说：“陈旺生和你是什么关系？”

顾蒙亮一时语塞。

赵非给手下一个眼色，那五六个男人就开始猛踹陈晓宇躲藏的房间门：“开门！开门！”

动静实在太大了，胡依婷正想向顾蒙亮请示的时候，被一个黑衣人推了一下：“你别在这里碍事！”

胡依婷眯起了眼睛。

这是她为数不多的不需要经过顾蒙亮授意的反击。

短短三十秒，五六个男人就被她直接拎起来扔到门外，剩下一个赵非贴在墙角恐惧地看着她。

“滚！”她挽起宽大的袖子，痞气十足地说。

赵非指着他们说：“你们偷了木乃伊，我老板不会放过你们的。”说完就连滚带爬地跑出去了。

陈晓宇惊魂未定地打开房间门，不敢相信就他们两个柔弱的人竟然赶跑了那一群人。果然哈特谢普苏特要找他们是有目的的。

“晚上把木乃伊放回博物馆吧。”顾蒙亮指了指房间的方向说。

“开什么玩笑！现在博物馆已经全馆戒严了，不可能放回去的！”陈晓宇拒绝。

“她可以帮你。”顾蒙亮指了指胡依婷。

胡依婷苦着脸说：“顾总，我不想碰那具干尸。”

“那去订个棺材，你背着它送回去就好了。”顾蒙亮打开手机即刻下单。他高价找了家木工，让他们按设计好的款式做一个简单的木棺材，而且还设计两条背带，方便胡依婷把它背起来。

“大过年的背个尸体到处跑，我觉得好晦气啊！”胡依婷继续苦着脸。

“它不是普通的尸体，它是价值连城的木乃伊。”顾蒙亮纠正了她的想法，“你相当于背了一座金山在背上。”

胡依婷哀号起来。

五

夜幕降临了。

特制的棺材也送到了。

陈晓宇用床单包着木乃伊把它放入棺材。因为是干尸状态，所以长度比之前那个银发青年要短很多，不过才一米五左右的长度，胡依婷横着将它背起来，走出门的时候棺材被卡在门框上。

“顾总！你看！我这种娇小的女孩子做这种事情就是不适合！”胡依婷叫道。

顾蒙亮忍住笑：“你就竖着背嘛，师傅也设计了竖着背的带子。”

胡依婷身高一米六二，竖着背的时候，那具棺材把她整个背影几乎都挡住，从后面看简直是一个移动的棺材。

他们走出大楼的时候，在对面一直监视这个房间的人打电话给赵非报告：“赵总，他们背着个棺材下楼了，看来是要运货。”

“哼！跟着他们到交易地点看看，是什么人敢抢我们的货！”赵非怒道。

没有西门豹的苍蝇机，顾蒙亮当然对此毫无觉察。他让胡依婷背着棺材上了一辆临时租来的面包车，他亲自坐在驾驶位开车，陈晓宇和胡依婷坐在身后。

晚上八点多，博物馆旁边并不是商业区，所以已经没什么人了，远远地看见门口还有白天警察拉上的警戒线。

顾蒙亮远远地绕着监控摄像头，在博物馆对面的一处公园停了下来："别让人拍到车牌号，不然我们就暴露了。"

胡依婷下了车，打开车门把棺材拉出来，然后背在了后背上。她特意换了一身全黑的紧身衣，头上戴了个黑色绒线帽子，帽子上的口罩拉下来就挡住了大半张脸。

陈晓宇略微不安地站在她身边，他也穿了一身一样的黑色紧身衣，戴了个一样的帽子。他不知道这位女生到底要怎么行动。

等她把棺材毫不费劲地背在身上的时候，朝陈晓宇伸了伸手。

"干吗？"他不解。

"要不你想怎么进去？"她快步走过来，一把横抱起陈晓宇，朝路对面的博物馆冲过去。

陈晓宇没想到这个身材纤细的女孩子居然力大无穷到这个地步，他感觉自己在她手上轻得就像一根羽毛。还来不及指点她，她已经抱着他轻轻一点，飞跃过博物馆的围墙，足尖在围墙上一踩，朝半空腾空飞去。

为什么这两天遇见的都是一些超人一样的人物，随随便便就把人扛起来跑？

在空中的时候，陈晓宇不由闭上了眼睛。

在路对面的公园里，顾蒙亮靠在车旁边玩手机，手机里显示着胡依婷的位置。这一刻，他又想起了苍蝇机给他的便利。

哎，一想起他过去的拍档，最后居然变成了他的"爷爷"，然后消失在时间的缝隙中，他内心不禁感慨万千，不知道他现在怎么样了。

正这么想着的时候，他的头突然被黑布笼住了。

"赵总！抓住这小子了！"一个男声响起，顾蒙亮感觉自己的手脚在瞬间被捆得严严实实。

"找他的手机！联系另外两个！让他们把木乃伊还给我们！"

咦，这不是白天那个赵非的声音吗？

顾蒙亮微微一皱眉，感觉失去了胡依婷和西门豹保护的自己，好没安全感喔！

"啊啊啊啊！"陈晓宇忍不住捂住脸，感觉到身体凌空飞起，风呼啸而过，一个不好就要直接摔到水泥地上，直到感觉自己稳稳落在了一处平台上，他拿下自己挡住眼睛的手，发现已经落在了博物馆二楼的平台上。他指着胡依婷，嗫嚅着说："轻……轻功？"

“姐的弹跳力好。”胡依婷稍微调整了一下棺材的背带，问他，“从哪里能潜入展馆？我们直接把这个放进去就可以。”

陈晓宇四处打量着，说：“那边有个通风的气窗，从那里可以直接进入展馆，但是我们需要绳子。”

“姐不用。”胡依婷拍拍胸口，很笃定地说。

她身后的棺材突然传来了打击的声音。她骂道：“小子，别乱碰你姐的装备！”

陈晓宇却缩在了一边，恐惧地指着她的身后：“不……不是的，不是我弄的，是‘他’。”

“半夜三更你在这种地方吓我干吗！”胡依婷虽然力气大，但是胆子和以前一样小。她训斥陈晓宇的时候感觉自己背后一轻，原本的重量没有了。

微弱光线下，依稀可以看见自己身后还站着一个颀长的身影……还有裹在身影上的那床单形状的布料……

“啊！”她惨叫一声，猛地转过身来，却看见一个白色背影身轻如燕地跳过围墙，朝路的那一边去了。

“就……就是那个哈特谢普苏特！那个复活的木乃伊！”陈晓宇恐惧地叫着，“这回你也看见了吧！他跑了！”

胡依婷依旧不敢相信自己的眼睛：“这是怎么回事？”她脱下肩上的棺材看了看，里面空空如也，连包着木乃伊的床单都没有了。

“都说了就是他！银色的头发、皮肤偏黑的那个男人！我都说他活过来了，你就不信！”陈晓宇激动地说。

胡依婷颓然合上棺材：“这种会动的东西怎么能送回博物馆啊？！送了他也会跑啊！”

“他已经跑了。”陈晓宇拉下帽子，抹了把脸上的汗，“这可不怪我们啊。”

路对面传来了男人的惨叫。

胡依婷似有所悟地站了起来。

“他那个方向……是顾总的方向！”胡依婷一把抄起陈晓宇，“走！他朝顾总那边去了！”

几起几落，陈晓宇被她扛得都快吐出来了，这才跑回顾蒙亮停车的地方。

面包车还在，地上横七竖八地躺着七八个黑衣壮汉，其中一两个还口吐白沫，浑身战栗：“鬼……鬼啊！”

他们看见赵非姿势可疑地趴在车前盖上，神情惨淡地喃喃自语：“太过分了！”

胡依婷没好气地把陈晓宇扔到一边，想起自己身上的手机，便打开了位置共享。

谢天谢地，顾蒙亮虽然被挟持，但手机还是开着的。她赶紧上车，让陈晓宇坐旁边："走，我们去追顾总！"

"别去啊……真的有鬼啊……"躺在地上的黑衣壮汉口吐白沫说。胡依婷没有理他，直接倒车倒了出去，然后开上了沿江大道。

六

顾蒙亮感觉自己被一个人扛着飞奔的时候，他一度以为是胡依婷，但是后来又觉得不是。

胡依婷的肩膀又薄又瘦，这个人的肩膀宽厚许多。

而且这个人的身上裹着一张床单，上身近乎赤裸，他记得胡依婷没有裸奔的习惯。

这个人扛着自己轻快地飞奔、跃起，仿佛重力不存在似的，他就觉得这个人的行动能力在某种程度上超过胡依婷。他似乎对控制这样的力量更加驾轻就熟。

胡依婷的身体是经过外星人改造之后的身体，那这个人的体能那么接近胡依婷，难道是……

他的心扑扑跳了起来。

"西门豹？"他轻声说出了那个名字。

对方停下来了，然后把他轻轻放在了地上，拉掉他头上的黑布。

映入眼帘的是一张异国人的面孔，深邃的眼睛，蜜色的皮肤，还有银色的短发。这是个非常英俊的外国青年，身上只裹着一条床单。

他不是西门豹，至少不是他见过的实体化的西门豹。

"我听到你说出了那个人的名字——西门豹。"异国青年望着他说，"他是我要找的人，他现在在哪里？"

"我不知道。"顾蒙亮诚实地回答。

"我见过你。"异国青年说。

"我不记得我见过你。"顾蒙亮再次诚实地回答。

"当然了，你上次看见我的时候，并不是这种形态。我们是五维空间生命，你还记得吗？被你命名为'天庭星'的那颗星球，没有实体的星球，你看不到的那些生命？"

顾蒙亮想起去年年底的经历，猛点头，又看看他："难道你……"

"是的，我就是'天庭星人'之一，被你上次的攻击震动，脱离了母星的控制。我们掉入了虫洞，我比较幸运，来到了地球。"

原来是……西门豹的同乡吗？

“但非常可惜，我穿越错了时间，我去的是公元前三千多年的古埃及，成为了那里的法老，就是你们历史上声称的哈特谢普苏特。”异国青年的眼中闪过一抹恨意，“你知不知道我一个人在漫长的历史长河中找寻同伴而不得的绝望心理？就因为你当初犯的一个错误！”

“可是我明明记得我去你们‘天庭星’不过是两个月前不到的时间！怎么料到会有‘天庭星人’被我弄到公元前三千多年了？”顾蒙亮感觉到对方抓住他手臂的力道加重，忍不住辩解道，“而且我明明记得历史上的哈特谢普苏特是位女法老！”

“我们关于时间的概念和你们大不一样。至于男女，你们地球人男女不过是一个染色体的区别而已，对于我来说算得了什么呢？”哈特谢普苏特冷笑，“将我的意识注入胎儿的身体里，我可以随意改变它的基因。但是论到‘制造’物体的能力，谁也比不上我们星球的‘师匠’西门豹。”他上上下下打量着顾蒙亮，“谁能料到他和地球人产下了自己的后代！”

说到这个，这是顾蒙亮的心病，他一直无法理解西门豹造出了人造的胚胎，‘生’出了他父亲顾一鸣，然后通过顾一鸣身上携带的外星人基因，‘生’下一个携带外星人基因的后代——顾蒙亮本人。简直就是……匪夷所思！每次想到这个就觉得自己和父亲都很可怜。

“那你现在找我是干什么？”顾蒙亮把话题拉到重点。这个外星人，明明已经在古代当过法老了，还能在现代复活，想当男人就当男人，想当女人就当女人，这么能耐了还找他干吗？

“你是要我送你回‘天庭星’吗？”顾蒙亮想起那个很严肃古板的“导师”，就忍不住翻白眼，他不想再见到那个人！

“不，我不想回去！”哈特谢普苏特立刻否决了他的想法，“我在地球上生活的那段时间，让我体会到了当地球人的快乐！我要找到西门豹，让他为我特别制造一个身体，在地球永生！”

“我不知道他在什么地方……”顾蒙亮试图挣脱身上的绳索。

哈特谢普苏特显然不相信，他伸出一根手指指着顾蒙亮的胸口说：“瞎说，他把能源源头放在你身体里了，敢说你不知道找他的方法？那么你把他的能量源头给我！”

顾蒙亮想起他说的东西也许是西门豹以前植入自己身体的“永生丸”，心里当然不愿意，那是唯一能找到西门豹的机会。他正想着要不要挣扎逃开的时候，却发现自己的身体悬空——

“看到没有，作为一个地球人，你摔下去可是会死的。”

这里是会展中心的楼顶，这家伙居然把自己弄到这上面来了。

“你们‘天庭星人’不是说过不能直接伤害地球人吗？”顾蒙亮提醒他这条法则，却换来了哈特谢普苏特的无情嘲笑：“那是处于导师监控下的傀儡的规则，我已经脱离了监视，任何规则对我来说无效！”

哈特谢普苏特正这么说着的时候，却听见一声女孩子的怒吼：“放开我们顾总！”

胡依婷背上背着陈晓宇，手脚并用爬上了“椭圆蛋”的楼顶，怒气冲冲朝哈特谢普苏特冲了过来。

他稍微挑起眉毛：“哟，又是一具被西门豹改造过的身体，他真的是个天才。”

他身形退后，空间在他身后无限张开。夜幕下会展中心的楼顶，突然无限延展开来，变成了平地，头上升起璀璨的星空。

“让你体会一下五维空间的威力吧。”哈特谢普苏特冷笑，身后突然窜出几条黑影，朝胡依婷扑过去。

胡依婷只觉得眼前一花，发现扑过来的居然是好几具木乃伊干尸！

伟大的法老啊——太阳神之女啊——苏醒吧！脚底下传来无数人的吟唱声，那种声音直接与在场每个人的意识相连，仿佛从心底发出，让骁勇如胡依婷也感到头痛难忍。她咬牙想朝顾蒙亮冲过去，却被那些扑上来的木乃伊抱住了双手双脚。她想张口叫醒顾蒙亮，却发不出声音。

距离她最近的木乃伊刚张开漆黑大口，就被胡依婷一记飞腿踹到一边，右边的那只被胡依婷顺带一记手肘击飞。顾蒙亮还来不及数清楚胡依婷用了几招，那些木乃伊就被她噼噼啪啪击中直接四下飞散，脖子断掉，手脚折了。谁知他们却很迅速地恢复原状，像碰触到四周的空气壁一般反弹回来，继续朝他冲来。

“全部都是幻觉！我是唯物主义者！”胡依婷振作精神，重新朝那些木乃伊飞过去，伸手抓住一个木乃伊的脖子，用力拧断，狠狠甩在了地上。但手上的触觉是真实存在的，她疑惑地看着自己的手掌，这不是幻觉？

“傻姑娘，这是区别于你们三维空间的第五维的世界啊！我们‘天庭星人’可以控制你们的视觉神经，听觉神经，甚至是触觉神经！如果你在这里被杀死，那么在现实世界里，你的身体同样也会接受‘被杀’的感觉，同样也会死亡！”哈特谢普苏特哈哈大笑，把顾蒙亮扔到一边，手掌伸向空中，手指长出了尖尖的指甲：“看来我先要把你这个碍事的姑娘除掉！”

胡依婷踢碎了剩下的木乃伊之后，发现它们没有再次复原。她抬头看着哈特谢普苏特，他的头发长长了，在空中飞舞，眼神也变得妖媚了。

老天，他的身体……起了变化。

这才是哈特谢普苏特的真面目，高大健美的……女性。她双目尽赤地看着胡依婷。

“雌雄同体？！”顾蒙亮大叫，但他的声音也传不出去，而是反弹回来了，几乎震破了自己的耳膜。他惊恐不安地看着背对着他的女法老，以及不远处的胡依婷——外星人改造过的地球人能打得过真正的外星人吗？

哈特谢普苏特冲了过去，一把抓住了胡依婷的脖子！胡依婷根本看不清她的速度，被她拧住脖子举到半空中，她拼命张着嘴，发不出声音。

令人生畏的力量！

“我不但能控制你身体的五种感觉，还能窥探你的‘记忆’。”哈特谢普苏特咧开嘴笑着说，“让我看看你们脑子里的神经元记住了什么样的轨迹……”

陈晓宇眼睁睁看着胡依婷睁大眼睛站在原地，像失了魂一般，被木乃伊七手八脚地抱住。

再看看身边的顾蒙亮也是这个样子。

“哟，我还忘了你呢。”哈特谢普苏特转过头来，“让我看看你的记忆吧，让你看看‘世界的另外一种可能性’……”

七

世界的……另一种……可能性？

陈晓宇的意识渐渐模糊，突然眼前出现了光亮，他不得不闭上眼睛，等他重新睁开眼睛的时候，却发现自己还在家里。

他从床上爬起来，看看床上的闹钟，十一点半。

但床对面的日历却让他哑巴了——这是两年前！母亲还在客厅看电视，她见陈晓宇起床了，嘴里念叨着说：“快去睡觉，你爸爸今晚值班，不回来了。”

陈晓宇茫然看了一眼客厅的书柜，上面没有那个金属小纪念碑。门口还放着爸爸的拖鞋。

两年前，爸爸还没有死，他打了自己一个耳光，很疼，不是幻觉！

他想起发生火灾的时间就是今晚十二点多，便赶紧跳起来，抓了钱包就往外面跑，连妈妈在背后叫他他都停不下来。

如果这是另外一种可能性，那另外一种可能性就是，爸爸不用死！

陈晓宇在街上拦下一辆出租车，去博物馆要经过红光桥，他从车内看见有个男人扛着一个破旧的冰箱往桥下扔。

等等……怎么会有人这么乱来啊？！桥上没什么车辆，他忍不住回头看了一眼，冰箱被链子锁住，开了一条缝，他在里面看到小半张熟悉的脸。

胡依婷？怎么可能？

男人把冰箱直接扔下了桥。沉重的冰箱落入江心，溅起水花，很快地沉了下去。

胡依婷被人杀了？放冰箱里？

陈晓宇怀疑自己是不是看错的时候，车子路过桥头却看见一个哭泣的漂亮小男孩。

小男孩对着他哭了起来："奶奶不见了！"

陈晓宇心下惊惶不安，他知道这个不是"过去的世界"，这只是"另外一种可能性的世界"，依稀在爸爸的杂书中看到过薛定谔的猫还是薛定谔的狗之类的理论？

时间发生改变，空间发生改变，这里是"可能性"发生了改变！

博物馆距离红光桥不远。他跌跌撞撞冲到博物馆，看见自己的老爹穿着保安服在门口抽着烟，大概是困了，他手边还放着收音机。

啊，爸爸！

他眼睛湿润了，这就是他记忆里的父亲。

他扑了上去，一把抱住了父亲。

父亲穿着保安制服，和廖叔一样。

陈旺生并不是什么历史学家，而是博物馆的保安队队长，他一辈子都在博物馆工作，对历史尤其感兴趣，特别是古埃及的历史。中学没毕业的他，用他独特的方式理解古埃及文化，金字塔、法老、狮身人面像……他就是比同阶层的人知道得多一点，并且为此有点洋洋得意。

"得意什么啊！不就是个看门的！"喝酒的时候他的老哥们经常这样笑他。

"就算是看门的，也是在博物馆看门的，闻到那书卷味就是不一样！"陈旺生咧开嘴笑着。

此时陈旺生被自己的儿子抱住，觉得有点莫名其妙："哎，你怎么来了？"

陈晓宇冲到门卫室打"119"："博物馆发生火灾，快点过来。"然后挂上了电话，被陈旺生一巴掌打在头上："臭小子！别胡闹！"

正说着的时候，展馆那边就开始起火了，警报器响了起来。

"天啊！今天有汉代的名画展出！是真迹！"陈旺生跳了起来，就往里面冲。

陈晓宇死死抱住他："别过去！爸爸！"

"臭小子！你知道那汉代的画的价值吗？我至少要把那幅画取出来！"陈旺生用力推开儿子。

陈晓宇摔在地上，又死死抱住了陈旺生的腿。

“爸爸！别去！”他大声叫着，“什么价值也比不上你的命啊！”

“胡说八道！快回家！这是爸爸的责任！”陈旺生急死了，一脚踹开儿子，就往里面冲。

“别去啊，爸爸！”陈晓宇哭道，“你死了，我就连大学都考不上了，会被人看不起的，你不知道吗？我可能还会误入歧途犯罪的！”

火越烧越大，陈旺生看着自己的儿子，仿佛从来没认清楚他似的，说：“臭小子，你考不上大学你怪老子？！”他一巴掌狠狠地打在陈晓宇脸上，“如果考不上大学，是你没出息！被人欺负，也是你没出息！犯罪，更是你没出息！你自己没出息，还敢怪老子头上？我今天就让你看看你老子我是怎么做人的！”

陈晓宇被一巴掌打懵了，陈旺生就挣脱他冲了进去。

“小子！老子就算只是个看门的，今天也不会给你丢脸！”

“爸爸啊！”陈晓宇哭着要冲进去，但是展厅门口浓烟滚滚，热浪把他逼出来，他爸爸是哪来的勇气冲进去的呢？

妖艳的女法老在半空中冷冷地看着这一切。

她看着胡依婷重新被坠入江心，在冰冷的江水中不能呼吸。

她看着小小的顾蒙亮在黑暗里不知所措。

她看着陈旺生父子在火海里挣扎着。

“——救救我，我在江底，谁来救救我！”

“——奶奶不要丢下我！”

“——爸爸你不要死啊！”

呵，不管是哪个时代，依然有那么多的生离死别，实在是恼人。

“你们还是彻底死在这个空间里好了。”哈特谢普苏特冷冷地说着，转身就要跃进黑暗里，“哦不，那个叫顾蒙亮的小朋友，我要带走。”

陈晓宇在烟雾中依稀感觉到自己被一双熟悉的手用力握住往外面拖。他感到双眼睁不开，热浪逼人，完全窒息。但是那双手把他拉出了火海。

眼前是红蓝光在闪烁，消防队来了。

“臭小子，为了救你，我连画都顾不上了。”陈旺生恨恨地看着他，“汉代的名画肯定已经被烧成灰烬了。”

“爸爸！”他看着满脸烟尘黑乎乎的父亲，忍不住叫了出来，“那幅画不是真迹！”

——是的，陈旺生牺牲后，博物馆私底下证明，他用生命抢救出来的那幅汉代名画不是真迹。

真迹太珍贵了，领导们没有申请到批文，所以是用仿品代替的。可是大家依旧看得那么开心，那么郑重，连博物馆的保安们都以为是真迹，每天郑重其事地检查好几次才离开。

火灾之后，这件事更是被掩盖下来，博物馆馆长痛心地说："我们博物馆以后不展出仿品！"

因为保护的不是真迹，所以陈旺生的牺牲到底有没有价值，在很多人心里都是一个问号。

知道真相的陈晓宇泣不成声。

他一直觉得自己的父亲就是个笑话，明明就是一个保安，却老是一副向往学问的样子；明明要做一个英雄，保护的却是一幅仿品。

他的一生都像是一个巨大的笑话。

所以他对外撒谎，说他父亲是个历史学家，专门研究古埃及文化的。但这个谎话太拙劣，很多人都能听出破绽来。

呵呵，太好笑。

但是此刻，他被父亲抱在怀里，他开始明白，他父亲是个真正的英雄。

他不知道真相，所以对他来说，那就是真迹。但是在真迹和儿子之间，他选择了儿子。如果是真迹，以父亲的个性，会一辈子都在博物馆里抬不起头来吧。如果父亲没有去救火，知道那是仿品，那他同样一辈子都在博物馆里抬不起头来吧。

因为没有文化，没有钱，没有社会地位的父亲，这辈子最怕的就是"没出息"。

他今天才知道父亲"没出息"的意思。

没出息就是把自己考不上大学怪罪到周遭环境，没出息就是被一个陌生人轻易挑唆几句就要助纣为虐。

陈晓宇简直羞得满脸火烧。

他推开了父亲，说："我还有个朋友，掉入水里，我要去救她。"

"看着她掉入水里，你都没救，你出息呢！"陈旺生大骂，"我和你一起去！"

他刚想去，却被消防队员拉住："你要留下来帮助我们灭火，我们对里面的情况不熟悉。"

"没事的，我一个人可以。"陈晓宇拍拍胸脯，对着父亲大声说。

"那我去救火了啊！"父亲擦了擦脸上的烟尘说，陈晓宇扭头朝红光桥跑去，一边跑一边哭。

再见，父亲，不知道还能不能见面。

但这是你教给我最重要的事情。

桥头哭泣的小孩子被一个妖艳的古埃及美女牵着手，看见陈晓宇忍不住大叫起来："大哥哥！"

"不准带走他，我救了胡依婷，再来找你算账！你这个不男不女的家伙！"陈晓宇被父亲的斗志鼓舞，指着女法老大声说。然后冲上红光桥，纵身跳了下去。

"早沉到江底了。"哈特谢普苏特冷冷地说。

"他能找到。"小孩形态的顾蒙亮也冷冷地说。

冰冷的江水压得陈晓宇喘不过气来。黑暗里，他努力四下摸索，试图找到那个被铁链锁着的冰箱。

胡依婷！胡依婷你快醒醒啊！

他憋着一口气朝无尽的黑暗里游去。水压让他逐渐失去体力，失去意识。

哦，这不是幻觉，他真的有可能死在这里。死在"另外一种可能性"的空间。这次换成是他死，他父亲活下去吗?

这样的结局蛮好的。

他微笑着，任凭自己沉了下去，恍惚间手指似乎触到一个铁链一样的物体。

胡依婷！他惊喜地抱住冰箱，用力敲打着冰箱。

胡依婷在冰箱里猛地睁开了眼睛。

"你不能死在这里啊！"他在心底的呼喊几乎震破了她的耳膜。

"让他们离开吧。"顾蒙亮不知何时变成了大人。

"除非你拿西门豹留下的能量源和我交换。"哈特谢普苏特说。

"我能自由来去你们的星球，你这个小小的第五维度的空间困不住我的。"顾蒙亮盯着她，冷冷地说，"等到空间出现裂缝的时候，我就把你像西门豹那样，直接扔到缝隙里去，让你再孤独地过上几千年。"

哈特谢普苏特看着顾蒙亮，皱了皱眉头，慢慢地恢复了男儿身。"好可怕哦。"他说。

——就是这么清脆碎裂的声音，一切吟唱和宏大的气象就此结束。

顾蒙亮从半空中重重摔到了地上，抱住胡依婷的几个木乃伊像是突然失去了支撑一般全部七零八碎地掉在了地上，所有一切都恢复了原状。

夜风吹过，哈特谢普苏特恐惧地看着自己饱满光滑的皮肤渐渐干枯、脱水，美丽的容颜也迅速凹陷了下去……宏大的女王庙背景也渐渐褪去，剩下的还是安静的会展中心。

胡依婷从半空中落下，剧烈咳嗽。

顾蒙亮努力挣脱身上的绳索，跌跌撞撞冲过来看胡依婷：“你没事吧！”

“没事……咳！”胡依婷低头看向脚边的那具木乃伊干尸。哈特谢普苏特恢复了原来的木乃伊形态，安安静静地躺在脚边。

八

“别拦着我！我要直接摧毁这个怪物！”小树林里，胡依婷想直接拆了这具木乃伊，但被陈晓宇和顾蒙亮努力拦住。

“不行啊！这个是文物！我要还回去的啊！”陈晓宇哀号。

“胡依婷，你冷静！”顾蒙亮努力抱住胡依婷的腰，生怕她一怒之下真的拆了那具木乃伊。

“天亮之前，赶紧还回去就没事了。”顾蒙亮说，“那家伙似乎已经耗尽了自己的能量，现在就是一具普通的干尸，神不知鬼不觉还回去，陈晓宇就可以摆脱被逮捕的危机了。”

陈晓宇猛点头。

于是，虽然心不甘情不愿，胡依婷还是把哈特谢普苏特的木乃伊送回了展馆。

顾蒙亮开车送陈晓宇回去，快到宿舍楼的时候，他忍不住说：“我查过你爸爸的资料，他并不是什么历史学家，只是一个普通的保安而已。也许是在博物馆干了很多年，培养了他对历史的兴趣。不过他因公殉职这点，博物馆是肯定的，还给了你们抚恤金。所以你对你父亲过世的事情，就不要这么耿耿于怀了。”

陈晓宇沉默着，许久才说：“我小时候，他一直告诉我他是一名历史学家。”他看着窗外的小区，这是一个旧校区常有的场景，即使是晚上十点多了，依然有人在下面乘凉聊天，和那些高档住宅区完全不同。

“有时候亲戚笑他是个看大门的，他也说他是在为博物馆看大门，仿佛自己身份要高级一些。”陈晓宇自嘲般笑了笑，“他就是个特别要面子的人，我也是。”他下了车呼了口气，“我觉得爸爸就是历史学家，作为历史学家的儿子，我本不应该受这种待遇。”

“想学历史就好好准备高考吧。”胡依婷笑着说，“‘我本应该’之类的说法是最没意思的，我以前还老觉得我应该是富家小姐咧！有时候，没出息的人最大的弱点，就是不会身体力行做些和梦想有关的事情。”

陈晓宇深深地看了她一眼，说：“你说得对，等我补习了考入历史系之后，我父亲的夙愿，也可以完成。”

“最重要的是，你自己想去，而不是你父亲的夙愿。”顾蒙亮纠正他。

“是我自己想去。”陈晓宇笑了。他脱下背包，把里面的钱递给胡依婷：“能麻烦你帮我退给他们吗？”

“我上哪儿找他们去。”胡依婷摊手。

“那个盗窃集团的事情，有空也可以查查。”顾蒙亮看着胡依婷说。

“我没有西门豹的本事。”胡依婷哀号。

与此同时，警方和博物馆方面的人员正在为这起离奇的案件啧啧称奇。

有人把木乃伊还回来了。经过检查，发现的确是原装货，是距今有几千年的干尸。

这个盗贼盗窃木乃伊的目的是什么呢？

被抓住的那些人大喊冤枉，但是无法解释自己为什么在案发当日出现在现场。他们指控是博物馆已故保安的儿子陈晓宇帮助他们潜入的，但没有任何证据表明陈晓宇和这起案件有关系。

警方找陈晓宇谈话的时候，陈晓宇表示对方真的私下找过他，想要他带他们潜入博物馆。

“可我自己平时都不被允许进木乃伊展馆，我怎么知道呢，所以我拒绝了他们。”陈晓宇摊手说，但是供出了赵非等人的具体特征。

最终陈晓宇因为逮捕证据不足，被无罪释放，赵非那伙人下落不明。

“不如，我给你一份正式的工作……”馆长建议说。

“不了，我要去读书，准备考大学。”陈晓宇很快拒绝了，“我打算考历史系。”

馆长眼睛一亮。

“很好。”他说。

九

一个月后，埃及文化交流结束，木乃伊被运送回国。

在上海某处大楼，一个男人看着电视里木乃伊回国的消息，问手下：“还没有赵非的消息吗？”

“是的，上次失手后，再也没有他的消息。他也许觉得对不起老大，逃跑了。”

被叫作“老大”的男人皱起眉头。

“很抱歉，我们动用了所有的资源，都没有查到他的下落。”

“老大”沉默地看着新闻里木乃伊的样子，缓缓地说：“这具木乃伊，真的是哈特谢普苏特吗？”

“老大，你的意思是被调包了？”

“老大”冷笑，指着电视画面说，“这具木乃伊是赵非，哈特谢普苏特利用这个机会，逃跑了。”“老大”缓缓地说，“他有这个本事以假乱真，迷惑人心就是他的特长。”

“您是说哈特谢普苏特还在中国？”

“是的，”“老大”嘴角带着嘲弄的笑容，“一定要把他找出来！”他捏着茶杯的手指因用力而泛白。

一定要把那个怪物找出来！

他看着窗外的东方明珠塔，在心里下定了决心。

寒假结束后，一切照旧。

一连几天都是晴天，天气开始暖和起来了。

顾蒙亮抱着花花出门兜风，开车路过河东大桥，便停车在河堤边，带着花花上桥上走走。晚上的大桥，让他想起之前守在桥下等候许愿人来到的场景，一切历历在目。

他到底把西门豹扔到了哪个时间段里？

突然之间，他有一个疯狂的念头，希望能对着桥下并不存在的河神许愿：“让西门豹复活吧。”

他闭上眼睛，双手合十。

一只熟悉的缎面女鞋从扶手那里被推过来，顾蒙亮惊了一下，回头看见一个披着纱巾的美人靠在栏杆上盯着他笑：“河神大人，你掉的到底是金鞋子，还是银鞋子，或者是这双缎面鞋子？”

“哈特谢普苏特！”顾蒙亮大惊，抱着花花后退了几步。

“你的愿望是让你爷爷得到永生对不对？” 哈特谢普苏特笑吟吟地指了指他的胸口，“我们做一笔交易吧。”

“妖孽！离我家顾总远一点！”远远传来了胡依婷愤怒的声音，她以惊人的速度从桥那边冲了过来。哈特谢普苏特看了她一眼，随手把那只鞋子扔向江面。

“啊！顾总送我的鞋！”胡依婷气愤地大叫，朝着鞋子飞扑下桥。转瞬间，胡依婷抓到了那只鞋，但却游不上来，在江心扑腾呼救，“救命啊！我不会游泳！”

顾蒙亮急忙掏出手机要报警，但是手机却被哈特谢普苏特抢过去：“我可以救她。”

哈特谢普苏特笑眯眯地在他面前把长袍拉开。月光下，是紧凑的肌肉和优美的线条，他舒展了一下身体，从桥上跳了下去，像一条人鱼一样跃入江面，然后一条直线朝乱扑腾的胡依婷游去。

哈特谢普苏特从水里抱起胡依婷，站在桥墩上，轻轻一跃，几个起落就跳了上来。他单手抓住栏杆，另外一只手搂着胡依婷的腰，轻轻一跃就翻过了栏杆，全身湿淋淋地站在顾蒙亮面前："年轻人，我可把你失落的宝贝都还给你了，鞋子和女人。"

刹那间，河神的身份对调，胡依婷抱着鞋子面红耳赤地从哈特谢普苏特怀里挣脱出来，跳到顾蒙亮身边去。

全身湿淋淋的哈特谢普苏特，在月光下站在桥上，拿过刚刚脱下的长袍披在身上，晚风吹过，明明是个男身，却妖艳得恍若神仙妃子。

"师匠的后代，你忘了当年在'天庭星'对战我们导师的事情了吗？" 哈特谢普苏特斜睨着他，"这是你欠我的。"

顾蒙亮看着他，知道自己一时间的任性导致了包括他在内的多名"天庭星人"从母星撕裂的后果。

"那枚永生丸似乎被你消耗过度……我必须要找到师匠本人才行，只有他才具有将'天庭星人'彻底物化的能力。"

"我也不知道西门豹去了哪里啊。"顾蒙亮再次叹了口气。

然而伟大的法老王没有听他的，他自顾自地说："我们来复活'河神计划'吧！我感觉只要继续下去，就一定能找到师匠的！"说完，他裹紧了长袍，一个飞跃离开了桥面，不知道是去了桥底下，还是跳上路灯飞走了。

"我觉得他不会放弃的。"胡依婷裹紧顾蒙亮的外套说。此时此刻，她觉得自己又变回原来那个没有任何力量的小女生，正在享受男神给她的照顾，手里紧紧握着那只失而复得的鞋子，心里满是欢喜，欢喜到顾不上体谅顾蒙亮的忧心忡忡。

顾蒙亮弯腰抱起了花花，低声说："如果他能帮我找到西门豹，我也会很开心的。"

花花轻声叫了两声，脖子上的铃铛闪闪发亮，他们都没有注意那枚铃铛有一瞬间流动着奇异的色彩。

"顾总，这双鞋子真好看，是什么牌子啊？"胡依婷举着鞋子问他。

"Manolo Blahnik。"顾蒙亮看了一眼她手上的单鞋，"《欲望都市》里女主很喜欢穿的鞋子。"

"咦，《欲望城市》？"胡依婷没有看过这部美剧，但是她看到桥对面霓虹闪烁的城市，那些摩天大楼亮着灯，像是会发光的玻璃盒子。江面映照着城市的倒影，让她有一刻迷醉。

"放心吧，一定可以找到西门豹大人的。"她把鞋子小心抱在怀里，对那一片夜空温柔地笑道，“永生遥不可及，但是人们可以穷极一生去追求一些遥不可及的愿望，不是吗？”

·第二章·
初恋结

一

这座城市有一个关于河神的传说。

“什么传说咧？就是这两年才兴起来的，说什么十二点去许愿就能实现愿望！还有人说见过河神，美少年！鬼扯一样！”晚上的豆花摊位，几个白领模样的女性边吃豆花边吐槽。

其中有位褐色卷发的女郎，面容有点颓唐，她看起来二十五六岁，身材很努力地保持得凹凸有致，但是一斜眼看见旁边桌子坐着的穿拖鞋出来吃豆花的妙龄少女，那平坦的小腹，那纤细的四肢，那再多的保养品也换不回来的娇嫩容颜，她忍不住叹了口气。

“别叹气了！那个矬男配不上你！”旁边的同伴拍拍她的肩膀。

同伴口中的“矬男”，是褐发女郎前不久刚分手的男朋友。两个人相处总有点磕磕碰碰，直到几天前她发现男友带了个网红少女去酒会，而他之前明明说要加班的。

“柳中清这种人呢，是典型的富一代。你知道富一代最可怕的是什么吗，郭淼淼？”同伴攀着她的肩膀说，“最可怕的就是，这种人年少时没钱，老是被异性拒绝，所以内心有着某种缺憾，总是试图要弥补年少时候的遗憾！所以他一定会找个他当年追不到的那种类型的女孩，比如那个网红少女，今年才十八岁！”

郭淼淼立刻站起来，提着负气买的名牌包往大马路上走，同伴叫道：“你要干吗？！”

“找河神许愿去。”郭淼淼头也不回地说。

“喂，你还真信啊！已经好长时间没有人见到河神啦！”

豆花摊一个不起眼的角落，一个蜜色皮肤的美男子抬起了头，把碗里最后一点豆花吸溜了进去。他穿着运动背心，露出优美的古铜色肌肉线条，五官轮廓带着一种奇异的美艳气息。

旁边一个苹果脸少女不耐烦地催促着："吃完赶紧回你的棺材里去！"同桌的还有一个少年，长得很好看，让人忍不住侧目。他们旁边放着一个硕大无比的盒子，看起来比大提琴盒还要大很多倍。

吃完后，苹果脸少女付了钱背起了硕大无比的箱子，蜜色皮肤的美男子紧跟在她后面。

当他们走到天桥下时，旁边打着瞌睡的流浪汉本是懒洋洋瞟了他们一眼，却被吓了一跳，以为眼前看错了。

——干尸！那一瞬间他似乎看到了干尸！

走出天桥的时候，只剩下少年和少女两个人，那个高大的美男子已经不见了。

二

胡依婷背着个大箱子，跟在顾蒙亮背后。本来他们说晚饭后到公园来散步，而哈里（法老哈特谢普苏特现在的名字）突然也要跟出来。担心他正常状态维持不了多久，胡依婷很有先见之明地把顾蒙亮特别为他定做的"雕花镀金做旧款，木乃伊专用旅行棺材"背了出来。果然，刚喝了碗豆花，哈里就恢复了木乃伊状态。

胡依婷正嬉皮笑脸地吐槽哈里，突然指着前方："顾总！快看！桥上有个人！"

在公园的湖面上站着个女子，看起来神态萎靡，一副要跳湖的样子。

"这不是刚我们喝豆花时看见的那个女的吗？"

"是吗，看她好像醉了？"顾蒙亮皱着眉说。

"醉豆花？"胡依婷一脸"你别逗我"的表情。

"快十二点了，我们赶紧去桥上接受许愿吧。" 棺材里传来了哈里的声音。

"我没说过要再执行'河神计划'。"顾蒙亮冷着脸说，"西门豹又不在。"西门豹始终没有消息，顾蒙亮也不愿意和新搭档开始新一轮的——美其名曰以地球人情感为课题的研究——"河神计划"。

"可我也是'天庭星人'，我也能执行'河神计划'。"哈里认真地说。

"你没有西门豹那种制造能力，就算接了单，你也做不了。"胡依婷吐槽道。

"你太小看'天庭星人'了，以我们五维文明来看，随便一个人都能玩转这个地球。"哈里以一种不可辩驳的王者语气说。远处的钟声响了，他急得不停地拍着箱子："到零点了！快点去桥上！"

"回家睡觉。"顾蒙亮已经受够了天天晚睡。

刚想走，就看见不远处那个女郎突然把手上的包包朝湖里扔下去："河神啊！请实现我的愿望！”

“什么鬼？！”三人大惊，湖心被那高级皮包砸出一点水花之后恢复沉寂。这里没有苍蝇机，他们也没有西门豹翻天覆地的本事，只能怔怔看着这一切。顾蒙亮和胡依婷互相使了个眼色，准备要走。

而哈里急了，他使劲踹着棺材：“这里是桥！她就在桥上，快快！快去听她许愿！”

哈里在里头动作太大，把一时不备的胡依婷扯得往前冲，一个惯性推倒了顾蒙亮。这可是被外星技术改造过的怪力少女胡依婷啊，力量何其强大。顾蒙亮被这么一推，整个人就朝桥上飞去——他重重地撞在了桥栏杆旁边，抬头就看见了盯着他看的郭淼淼。

“河……神？”郭淼淼疑惑地看着这个穿着体面的美少年，虽然摔过来的样子有点狼狈，但颜值和传说中的河神相当，不是他还有谁？她急忙抓住他的手说：“河神！请帮我实现愿望！”

顾蒙亮惊魂未定，然后就看到郭淼淼身后出现了刚刚那个皮包——胡依婷正没好气地拿着那个赶鸭子用的竹竿挑着的包。郭淼淼正直勾勾地看着他。

他吞了口口水，用略带干涩的声音说：“请问你刚才掉下去的是卡地亚手环，还是古董蓝宝石戒指？”

“顾总真有钱，出来散个步还又是手环又是戒指的，话说蓝宝石戒指是怎么回事？”胡依婷感叹道。

“那是我的，古埃及的法老王戒指，今天出来吃豆花时我顺手戴上的，刚才恢复原状戴不稳我让他帮我戴着。”哈里语气里竟有些小骄傲。

郭淼淼想起这就是河神的官方对白，便叫道：“我掉下去的是这个包……”湿淋淋的包随着竹竿知趣地移动，递到了她跟前。她顾不上眼前的包，急着说：“我的愿望是赢回我前男友的心！”

你前男友谁啊？没有苍蝇机扫描我怎么知道你前男友谁啊？赢回谁的心这种任务对于西门豹来说都是超难级别的，何况他已经不在了啊！

顾蒙亮觉得头大如斗，点点头说：“好的。”接着就很自然地往树丛里走，准备赶紧退场了。

走到树丛的时候，他觉得有点不对劲。走着走着，似乎望不到头，这个树丛没那么大吧……

三

看着河神走过树丛，郭淼淼想追上去看看，但仿佛永远追不上似的，等她好不容易走出树丛，却发现外面热得要命，根本不是冬天的温度。刚过年有这么热吗？她抬手抹了把汗，发现身上的衣服被换成了绿色迷彩服，她还摸到了自己的辫子，乌黑的双马尾辫子，头上还戴着帽子。

走出树丛，外面是艳阳高照，一群群绿色的人影从面前走过，都是一样的装扮。再看看自己，也穿着军训时候穿的迷彩服，头上戴着迷彩帽。这不是……大学时候的军训场景吗？

远处一个教官模样的人冲她吼道："五排的！过来集合！"

古铜色皮肤的教官，眉毛浓黑，眼睛深邃，尤其是叫她们站好的时候，声音有不可动摇的威严。

队伍领头的，是个面容精致的美少年，郭淼淼觉得他似曾相识，但是想不起来在哪里见过他。再左右张望，她的注意力被最后一排的一个男生吸引住了。

"柳中清？"她疑惑地说。

柳中清似乎也看见了她，微微错愕，朝她招招手。

"你是郭淼淼？"隔着几个人，他试探着问，"怎么看起来这么年轻？"

果然是柳中清！这家伙怎么也在这！郭淼淼翻着白眼，气哼哼地对他说："你怎么在这里？"

"穿越了？"柳中清也有些疑惑。

"集体穿越吗？"郭淼淼气不打一处来，"你就不会穿到别处去吗？"

"郭淼淼！柳磊磊！出列！在队列里聊天，立刻去跑圈，十圈！"教官打断他们的对话，手朝球场一指。

一圈，又一圈，再跑一圈。

烈日下，郭淼淼的汗如瀑布一样从帽檐两边流下来。

"你怎么叫柳磊磊？"郭淼淼边跑边嘲讽他。

"五行缺土，所以叫磊磊，毕业后我嫌这个名字太幼稚，不好谈生意，就改了。"

柳中清的头发都湿透了，摘下帽子在手上抓着。他看了看远处的小卖部，摸了摸口袋，又看了郭淼淼一眼，欲言又止，没作声，继续埋头往前跑。

郭淼淼有点感慨地看着十八岁的柳中清，他现在很瘦，脸上的锐气也更明显，成年后的他，肩膀比现在要厚实，眼神也会变得更加冷酷。成年的柳中清更懂得如何用最少的时间和精力获取自己想要的东西，没有少年的彷徨和青涩。可是现在的他，要受教官的气，处处捉襟见肘，连买汽水的钱都没有。

“帅哥！”树荫下休息的女孩看见有帅气的男生被罚跑步，忍不住朝他打招呼。

十八九岁的女孩子只要聚众坐在一起，就会变得大胆主动，有一种起哄式的勇敢直接。

柳中清笑着和她们打招呼，招了招手。

“哎，他看我们了哎！”女孩子们笑了起来。

“陪他跑步的是不是他女朋友啊？看起来不太高兴。”女孩子越来越胆大，冲着郭淼淼不客气地问道：“你是他女朋友吗？”

郭淼淼懒得搭理她们，直接从她们面前跑过。

齐刘海，乌黑亮丽的头发，被太阳晒过的脸蛋粉扑扑的……那种青春四射的热情扑面而来，闪耀得让郭淼淼几乎睁不开眼睛，她似乎有些明白柳中清为什么会选择网红少女了。

青春美丽是不需要内涵的，青春本身就代表着愉悦。她内心希望挽回柳中清的那点念头，在一点一点地熄灭。难道女人的价值真的会随着年龄褪去吗？她不禁丧气地想着。

再次跑过那些少女面前的时候，柳中清放慢了脚步，那些女孩子也围了上来。

郭淼淼也慢慢停了下来，跑不动了，但也不想靠近她们。她看着柳中清笑着和她们聊天，问她们是哪个系的，学什么专业，从哪里来，简直有说不完的话，听起来却都是很平常的内容。

柳中清从来没有对她这样畅怀笑过，她总是拼命跑上去才能追上他。她努力学习礼仪，努力学着打扮，努力想接近他的世界。可是青春少女什么都不必做，不费吹灰之力就能得到他的好感和亲近。看来她最大的错，就错在青春已不在。

“帅哥！请我们喝汽水呗！”“我们要喝雪碧！”女孩子们娇声叫了起来。

五个女孩子的雪碧，不到三十块钱。在另一个时空里，他和女孩子出去吃饭，要开着一百多万的豪车，带上璀璨的首饰作为礼物。可现在只需要不到三十块钱，他就能博得五个女孩的好感。

柳中清的脸色变得有点尴尬。因为十八岁的柳中清，身上没有零花钱。

郭淼淼从口袋里拿出钱包。她喜欢用棕色皮夹，非常中性的风格。她走过去把皮夹递给柳中清：“你刚才叫我帮你拿的钱包。”

柳中清错愕地看了她一眼。

她对那些少女落落大方地说：“我不是他女朋友，只是今天刚好和他一起被罚跑步而已。”说着，她把钱包塞到柳中清手上，然后继续往前跑去，跑了半圈再回头，那些女孩子已经簇拥着他朝小卖部去了。

果然还是去了。

她苦笑着，继续往前跑，似乎没有刚才那么累了。跑着跑着，身边的声音似乎都听不到了，只剩下白晃晃的日光。

四

“醒了？”耳边有人低声说。

“你和她一起跑的，怎么不看着点，都中暑晕倒在地上了！你当时在哪里？怎么还是让电气系的男生给抬回来的？”教官不耐烦地训斥他。

“我……没注意。”是柳中清的声音。

郭淼淼睁开眼，映入眼睛的是雪白的墙——她被抬到医务室来了。

风扇摇着头，一下一下吹得她好舒服。

教官似乎走远了，柳中清拿着一瓶冰凉的雪碧贴了贴她的脸，把钱包放在她枕头边上：“以后还你。”

郭淼淼起身拿着已经扭开的雪碧喝了一口，冰凉的感觉一直从喉咙到胃部。

“我们只是暂时回到这里，对吧？”柳中清看着她说，“你知道以后我会有钱的。”

“如果是过去，你会接受女孩子给你的钱包吗？”郭淼淼收好钱包，问道。

他想了想，说：“不会。那时候我觉得拿女生的钱特别丢人，因为我觉得我还不起。”他停了一下，“但现在不一样了，我知道我可以。等回去后我送你一辆车，款式你来选。”

她看了他一眼，看着眼前这个军训服都汗湿的少年说出这样的话，不觉失笑：“不用了。”

“郭淼淼，是我对不起你。”他低声说，“拖了你那么长的时间，你本来应该找一个疼爱你的男人。我最后还是伤了你的心，所以我会在物质上补偿你的。”

本该在三十二岁说的台词，一直没有机会说，却在十八岁的时候这样完整地说出来。一辆跑车，买断他的愧疚。要或者不要，她也只能得到这么多了。

郭淼淼突然轻笑起来：“如果在过去，我肯定不理解你为什么选择那个年轻的网红，她有什么呢？大学文凭都没有，就是吃青春饭。而我，明明是一个建筑师，上得厅堂下得厨房。今天我知道了，青春给人的愉悦，根本不可阻挡，我理解你。”

柳中清有点意外，他不习惯郭淼淼突然变得如此大度，这位女建筑师平时十分强势，她总是伶牙俐齿，让人无法招架。

“那我先走了。”他收拾好帽子站了起来，“雪碧的钱，将来连本带利还给你。”

“好。”

既然心结打开，她也不反对，是还债还是买断愧疚，都不需要多想，反正还有长长的十年。

在过去的这十年，她考各种等级考试，考研究生，读完两年研究生还要拼死考进研究院。这些努力似乎都和爱情没有什么关系。是她浪费了时间吗？她应该趁自己还年轻的时候，像那个网红少女那样去找一个经济基础雄厚的男人来依靠吗？

这个念头让她不禁打了个寒颤。

柳中清有点复杂地看了她一眼，转身走了出去。出去时和一个穿着军训服的少年擦肩而过，他格外留意地看了少年一眼。

同样的军训服装，他身上一点汗水的痕迹都没有，甚至还带着肥皂的清香，那张脸精致得如同女孩子，皮肤白皙动人，和军训那些被晒得黝黑的浑小子形成鲜明对比。他是谁？

少年顺手把门关上，问郭淼淼：“我是班长顾蒙亮，过来看看你，你还好吧？”

“我还好。”虽然不记得有过这么一位俊美的班长，不对，应该还是见过的……她对这张脸有点印象。

顾蒙亮走过来递给她一份饭：“在食堂给你打了饭，特别说了是病号饭，给你加了鸡腿。”

“哇，谢谢！”郭淼淼几乎忘记了这种年轻女孩子特有的优待，不禁羞红了脸。

柳中清站在门外听着两人一来一回的对话，突然想起郭淼淼现在也是青春无敌的十八岁，她乌黑的辫子和扑闪的大眼睛，都在最美丽的时候。

他记得自己十八岁的时候，没有钱，只能泡在自习室吃馒头。如果十八岁的他遇见郭淼淼，郭淼淼会愿意和他谈恋爱吗？十八岁的惶恐男孩和十八岁春风得意的女孩，再过十年之后就会扭转局势吧。

这么想着，他回到了宿舍。

八人一间的老宿舍，拥挤闷热，没有空调，只有两台破电风扇。舍友们已经叠好军被，等待内务检查，只有他的床还是一团糟。他急忙低头默默整理起来。

旁边有个男生笑着问：“要帮忙吗？”

“人家有五个女生等着帮忙呢！”另外一个男生阴阳怪气地笑着说，“哥们，你给女孩子留电话怎么不留手机号啊，寝室的电话都被打爆了。”

“他不是没有手机吗？”另外一个嘲讽着说。

“连手机都没有也敢泡妞啊！”

男生们哄笑起来。

“请问柳磊磊住这里吗？”突然，一声清脆的女声吸引了大家，门外的一个女生俏生生地站着。

男生们几乎都是光着膀子，没提防会有女孩上门，纷纷吓得捂住了胸口，躲到了一边。

柳中清认识她，她是今天喝雪碧的女孩子中最漂亮的那个，叫林晓雪。看见了柳中清，林晓雪便走了进来：“为了感谢你请我喝雪碧，我请你吃夜宵。”

“不好意思，我现在还要整理内务。教官要来了。”柳中清为难地说。

林晓雪叉着腰说：“那有什么难的，我帮你。”年轻的女孩子在感情里有一意孤行的任性。其他男生纷纷后退，林晓雪走上去帮他叠被子，叠得惨不忍睹。

这时，外面传来了教官检查内务的声音。

“坏了！”男生们顾不得林晓雪在场，纷纷穿上衣服，扎好皮带。动作快的还想帮柳中清整理一下，但已经来不及了。

“怎么还有女生？！”为首的连长大怒，再看看柳中清那张凌乱的床，讥讽道：“你们五排的内务，真够可以的啊。”古铜色皮肤的教官劈头盖脸把柳中清骂了一顿，然后罚他去站夜岗。

白天在身上留下的汗味现在已经有酸臭的感觉了。柳中清靠在还有热度的砖墙上，看着头顶的星空。

军营的星空真亮啊，他想起他曾带着一个模特去马尔代夫看星星，那个女孩子靠着他说：“我好喜欢这里的天空。”他不觉得两个星空有什么不同。他明知女孩喜欢的是充满香氛的房间，窗外触手可及的海景，桌上价格不菲的红酒，还有他包揽七天的旅行。而他忍不住想问，同样的星空，换了他现在这副模样，她还会喜欢吗？

“嗨。”林晓雪不知道从什么地方冒出来，身上穿着干净的迷彩绿T恤和牛仔裙，更显得他这一身臭烘烘的。“不好意思，连累你了。”她可爱地吐着舌头。

“没事，是我回去晚了。”柳中清之前在医院陪护郭淼淼，所以整理内务不够及时。要说把被罚怪罪到林晓雪，是十分不公平的。

“其实我早知道你。”林晓雪在他旁边的石凳上坐下，“你是商学院第一名，拿了最高奖学金。你的成绩本来是可以进北大的，但据说为了拿奖学金才来科技大的，对吗？”他有点尴尬地看了她一眼，她急忙摆手，“我没有看不起你的意思，我觉得你好厉害的！”

这么可爱的女孩子，说话还要顾及他的感受，他怎么忍心怪罪呢？

“今天我是故意叫我的小伙伴一起起哄的，没想到你这么实在，真的请我们喝雪碧了。”她抿嘴笑笑，“我可不是那么随便的女孩子，你不要这样误会我。”

“我没怎么想。”柳中清靠着砖墙，背后热乎乎的。

“啊，我这么漂亮，你居然什么都不想！”林晓雪佯装生气，翘起了嘴巴，在星光下楚楚动人。

那一刻，柳中清几乎有点克制不住想吻她，但他忍住了。他目前的状况，承担不起和这样的女孩子约会。他看得出她的球鞋是经典收藏版，她的手表是他经常拿去送客户的名牌，而这个小女孩只是娇滴滴地冲着他笑，说她很崇拜他。十年后他身边那些小姑娘也说很崇拜他，可是他知道这些美丽的女孩子需要的是什么。

“你该回去了，晚上要查寝了。”柳中清突然打断了她兴高采烈的谈话。

林晓雪有点失望地看着他：“啊，你赶我走？”

“我待会还要去一趟医务室，今天和我跑步的那个女孩子生病了，我要去给她送吃的。”他狠下心说。

“你还说她不是你女朋友！”林晓雪噘着嘴，看样子是真生气了。可这水晶娃娃一样的女孩即使生气也很可爱，仿佛在说“你只要哄我一下，我就不生气啦”。

等我十年，十年后我就能让你过上你想要的生活了。柳中清狠下心抓着帽子朝医务室跑去，留下林晓雪难堪地站在那里。

刚拐过砖墙，就撞上了在旁边站了很久的郭淼淼。

“你怎么在这里？”柳中清吃惊地看着她。

“你干吗气她，她不就是你想要的那种女孩吗？”郭淼淼抱着双手说，“这女孩可比那些网红好多了。”

可是我没钱啊。他对着郭淼淼说不出这句话。他不知道十年后还会不会遇见林晓雪，但是他知道十年后他会遇见郭淼淼。

“她不在乎你有没有钱啊。”

“你知道什么？！”柳中清带着怒气看着她。这是柳中清第一次在郭淼淼面前生气，过去的他总是打着太极，一脸不温不火的样子，现在的他有点气急败坏，“我什么都给不了她！我干吗耽误她的青春！”

“你什么也给不了我，不照样耽误我了吗？”郭淼淼冷冷地说。

“我不是给不了你什么，”柳中清有些气急，咬牙切齿道，“是我不想给！”

郭淼淼冷笑：“很抱歉，其实我今天晚上才发现，我要的，你也给不了我。”

“你要的不就是婚姻吗？我一直不跟你提结婚，就是因为我不想和你结婚！实话告诉你，我准备和你说的那个网红结婚，她还年轻，给不了林晓雪的我都可以给她。”柳中清呼吸有点粗重，他很少这么没有风度。他过去也渣，但至少是个有风度的渣男。现在他气急败坏地对郭淼淼说着尖刻的话，郭淼淼不怒反笑。

“我要的不是婚姻，我要的是爱。我要的爱，你根本就给不起，你对爱情的看法十年来没有任何进步。”郭淼淼冷笑，“你只能满足那些不谙世事的小女孩。”她把手上的雪碧丢给他，“拿去给林晓雪吧，她不是爱喝这个吗？”说完转身就走。

一瓶新的雪碧，冻得硬硬的。是拿给他的，还是给林晓雪的呢？他不知道。

他更不知道郭淼淼一边走一边在擦眼泪，十八岁少女会因为爱情哭泣，二十八岁的大龄女青年也会。只要是一颗真心，被伤害了就一样会痛。

五

夜深人静的花苑。

胡依婷感觉自己是世界上最苦命的小孩。但是旁边被半路叫出来临时当车夫的杜阳觉得自己更苦命。

胡依婷先是把她的睡美男顾总小心安放在他的大床上，然后从杜阳的车上扛下同样昏睡不醒的郭淼淼放在沙发上。

花花靠在自己的狗窝里，看了一眼忙碌的人们，然后闭上眼睛继续睡觉。

“这回又搞什么鬼？”杜阳看见胡依婷又从车上扛着一个沉睡的男人时，终于忍不住问了。

“等等，还有一个。”胡依婷咬牙把那具棺材背了进来，然后把棺材打开来，里面古铜色肌肤的美青年正沉睡着。脱离了干尸状态的他身材高大了很多，棺材对他来说太过于狭小，他只能蜷缩在里面。

“这也是个外星人？还是有实体的？”杜阳有些疑惑，一秒后又警告胡依婷，“不要和外星人混太近，他们稀奇古怪的能力太超过我们的想象力了。”

“他的实体状态维持得不好，不过他说他要执行‘河神计划’，所以我只是负责帮他们看好这几具身体。杜大爷，我们去喝茶吧。”

依旧是二十多岁外表的杜阳不介意被叫作大爷，他表示实在不想喝茶，要赶着回去，明天要和日本专家开电话会议。“他们醒了的话，要告诉我究竟发生了什么。”他走之前叮嘱道。他当然好奇了。

六

“到底发生什么事？”顾蒙亮也是这样问哈里。他似乎突然想起了什么，追上教官的队伍，叫住了他。

五排排长，也就是哈特谢普苏特，邪邪地笑了。

“这是在做梦吗？”

“这不是梦。”哈特谢普苏特说，“这只是他们各自的回忆而已，他们现在都没有发觉，你怎么就觉得不对劲了？”

教官们似乎根本没有看到顾蒙亮和哈里，队伍穿过他们，直直朝休息区走去。

“我是在英国长大的，根本没有经历过国内的军训啊。”顾蒙亮说。

“哎哟，那可不好，你作为‘云意识’的承载者突然感觉这一切都不真实之后，这里可能会出现奇奇怪怪的事情。”

刚刚走过的那队教官不知怎么又走了回来，直直穿过他们，又走向休息区。场景重复了。

“你现在可不能睡着，”哈里严肃地说，“要是睡着了，你就会在那边醒过来，赶紧回宿舍装没事一样待着，不要让他们感觉到你的异常。”

“那你干什么？”顾蒙亮问。

“制造一些‘意外’让她赢得她前男友的心啊！”哈里邪魅一笑，身上的军训服装突然纷纷脱落。他手拿着权杖穿着华贵的袍子，像古埃及的法老王一样威严得不可一世，“我没有苍蝇机，但是在云意识的世界里，‘天庭星人’可以控制一切。”说着纵身一跳，跳上了旁边的篮球架，再一跳，便不知所踪了。

那队教官又雄赳赳气昂昂地走了过来，顾蒙亮赶紧往自己的宿舍走去。

宿舍里，大家本来还在聊天，一看顾蒙亮回来就停了下来，奇怪地看着他，不像平时那样亲热地“班长”“班长”地喊了。

“快熄灯了，准备睡觉吧。”顾蒙亮说。

大家如梦初醒，纷纷拿着杯子和毛巾出去洗漱。

躺到床上，顾蒙亮觉得非常疲倦，双眼刚刚要合上，便觉得要进入梦乡。迷迷糊糊中他听见胡依婷在说“顾总啊，你放心，在你的别墅里谁也伤害不了你”，便猛然惊醒，头顶还是那台破旧的电风扇。

不能睡着，睡着就回去了，郭淼淼的愿望就无法实现了。可在黑暗中，顾蒙亮只觉得好困。

“不能睡觉！”顾蒙亮突然大喊了一句，“你们！把豆腐块的军被都打开了！明天早起肯定来不及叠！我们应该把军被叠好了放在桌子上再睡觉！”他大声安排着，跳下床打开了房间的灯。

众人睡眼惺忪地看着他，然后看看已经被自己蹬得乱糟糟的被子。“班长你是认真的吗？”嘴巴一向很刻薄的男生此时快哭出来了。

七

郭淼淼没走几步路，就下起雨来，并且越来越大。很及时的，她看见旁边的小卖部门口放着一把黑色的雨伞，上面赫然写着两个字“可借”。

——去吧，给他送伞吧！他应该需要伞。

哈里像一个幽灵，矗立在楼顶冷冷地俯瞰这一切。

——一场雨又淋不死人，成年人分手了就不要拖泥带水。

郭淼淼打了伞，转身朝着宿舍的方向走。

天啊！狠心的女人！看着她不按照自己的剧本走，哈里在楼顶想拿脚上的金拖鞋扔她。

柳中清躲在砖墙下面，看着这瓢泼大雨有点无奈，正想着自己要不要直接先回寝室，抬头就看见林晓雪打着伞小跑着过来。

“下雨了。”她轻声叫着，然后把伞递给他。

“你怎么来了？”柳中清问她。

“我怕你被淋湿了。”看他不肯接，她打开伞挡住他的头。

“下这么大雨，你回去吧。”柳中清对她说，还是不肯接她的伞。

“那你拿着伞，我就回去。”林晓雪说。雨越下越大了，他不肯走，她也不肯走，两个人相顾无言。

“剧情越来越不按照我的意思走了。”掌控者哈里往最高的塔楼飞去，雨点遇到他纷纷四下飞溅，没有一滴落在他身上。

远处传来了奇怪的低鸣声，应和着巨大的雨声，有一丝不易觉察的恐怖。

走到一半的郭淼淼猛然回头。

声音变得很不一样了，越来越剧烈了。轰隆隆，轰隆隆……然后是什么巨大的东西滚落下来的声音。

不好！山体滑坡！

郭淼淼看了旁边的地形，忍不住大叫："山体滑坡！大家小心！"她的声音似乎穿过雨帘完全落空了，没有任何回响。

身后的轰鸣更剧烈了，她看的，是柳中清站岗的方向。现在赶过去来不及了，得赶紧叫人。郭淼淼朝营地冲了过去，路过小卖部的时候，顺手敲响了挂在那儿的钟，一下、两下、三下……

"这个女人真是理智得可怕！这时候不是应该去救你男朋友吗？！"哈里生气地冲着她大叫，朝营地俯身飞去，"你过去救他回来，他就爱上你了啊！笨蛋！"

郭淼淼用力地敲着钟，她的脑子里开始随着一声声的钟声理清了思路。

是的，我要救他！但首先要确保更多的人不被伤害！那些不讲方法、一股脑儿哭着冲过去的，只是偶像剧。现实生活告诉我们，任何事情不要任凭情绪带着走，这是长久以来生活训练出来的常识。难道这样理智的女人就不可爱了吗？

顾蒙亮也听到了钟声，正在叠被子的男生们纷纷抬头，惊疑不定地看着窗外。

漆黑的夜里除了瓢泼大雨什么都没有。

"是紧急集合演习吗？"有人问着。

"不对，好像远处有奇怪的声音……"戴眼镜的男生推了推眼镜。正面面相觑，有人一脚踹开门，是教官哈里，他叫着："紧急集合！有山体滑坡！还有大量泥石流！快点起床！到楼下集合准备疏散！"

男生们屁滚尿流地穿衣服，跌跌撞撞地跑出去。

顾蒙亮凑近他问："你搞什么鬼？"

"制造危险境地想让她英雄救美，结果她赶着回来通风报信！气死我了！"哈里拉着顾蒙亮往外跑，"别死在这里，虽然这里是云意识状态，但是万一你发生意外，很可能就回不去了！"

"回不去是什么意思？"顾蒙亮穿过人潮下楼的时候大声问他。

"就是躺在床上，变成植物人！"哈里大声说道，"你听从指挥疏散，我去那边看看那两个人怎么样了。他们也不能死在这里，不然这任务不但失败，人还回不去了！"

"你还想着'河神计划'啊！"顾蒙亮气得大叫，被男生们前呼后拥地拉下了楼，往篮球场跑去。

很快，军训的学生们已经在篮球场集合了，全身被淋得湿透。连长大声命令着教官带好自己的队伍，往安全的地方撤离。顾蒙亮抬头看了一眼后面的防线，心里念叨，哈特谢普苏特，加油啊。

八

看着远方集合的人渐行渐远，郭淼淼焦急地回头看往柳中清站岗的方向。她脚下的地板在微微震动，动静比之前更大了。

“你还在这里干什么？！”教官突然从漆黑的雨夜中冲了过来，对着郭淼淼大吼。

“柳磊磊还在那边，他站夜岗一直没有回来！”郭淼淼说，“我想过去看看！”

“想去就去，跟我来！”哈里大声叫道，往前面冲去，郭淼淼跟上。

原来的砖墙已经塌陷了一半，晚上下着雨，看不太清楚对面的山体是什么样子，只觉得眼前的黑影多了一大块，走近看全部都是碎石和泥土。脚边还有黏糊糊的东西在蔓延，郭淼淼大叫着：“是泥石流！”

哈里转身弯腰扛起她，轻轻跳到旁边稍微高一点的地方：“你怎么只想着回去呼救，而不先去救他呢？”

被哈里护在身前的郭淼淼冷静地说着：“以我的力量救不了他的。万一出了什么事，我跑过来也是拖累，所以我要叫更加强有力的人来救他。”

“女人成年了之后，一点都不可爱了。”哈里已经看到了远处的两个人影，是柳中清和林晓雪。

“我认为有脑子的女人最可爱。”郭淼淼反驳道。

此时的柳中清护着林晓雪，两个人不知所措地缩在原本的哨兵亭的顶部。他们往回跑的时候，被一块滚落的大石头截断了去路，结果还遇上了泥石流，万般无奈之下只能先往高处爬。原本的亭子现在只剩下顶部留在外面，旁边全是泥石流带来的淤泥。再等一下，这个哨兵亭也会被完全淹没。

“你干吗跑回来？！”柳中清有点生气，“你看现在两个人更难逃脱了。”

“我担心你嘛！”林晓雪忍住眼泪说，“我好担心你，虽然你说了那些气我的话，我还是很担心你，我想这就是爱吧！”

突如其来的表白让柳中清愣了一下，片刻之后，他又有点气恼：“都这时候了你还想着这些！”

林晓雪擦了擦眼泪说：“那还能想什么？”

少女的脑子里果然只有恋爱，他好气又好笑：“我们两个都会死在这里的！”

“和你在一起，不怕！”林晓雪这会儿又勇敢了。

这就是他需要的崇拜吧，女孩子无条件地信任他，崇拜他，不管他的出身和所处的环境。

柳中清一抬头，就看见了远处的郭淼淼，还有紧跟着她的教官。不知为何，看见郭淼淼来了，他的底气突然足了些。

“别怕！教官来了！”郭淼淼大声说，“我们带了救援绳！待会儿你们要爬过来。”

哈里试图把救援绳一头绑在旁边的大树顶上，另一头朝柳中清扔过去，但扔了几下都没扔过去，绳子太轻了。他朝着郭淼淼喊道：“需要找一个重物。”

“等我找一下，哪里有？”郭淼淼四下寻找，周围除了不断奔腾上涨的泥石流之外，什么都没有。

突然，哈里有了一个想法，他一把把郭淼淼抱了过来，把绳子绑在了她的腰上。

“喂喂喂，你要干什么？！”郭淼淼边挣扎边叫。

“你要干什么？！”柳中清也叫了起来。

哈里一言不发，绑好了郭淼淼，把她径直朝柳中清扔去。

“开什么玩笑！”郭淼淼吓得哇哇大叫，可教官没有迟疑，咻一下，她准确地落在了岗亭的顶上，落地的时候仿佛还被什么托举住，十分平稳。

柳中清吓得抱住她：“你没事吧？”

“郭淼淼！把绳子系在亭子上方，然后爬过来！”哈里一脸很有把握地喊着。

对面的三人汗如雨下，柳中清看着两个女孩：“你们敢爬过去吗？”两个女孩一个摇头一个点头，他忍不住急了：“林晓雪！”林晓雪委屈地把摇头改成点头，“那你们先爬，我在这里固定住绳索。”

郭淼淼看着林晓雪，林晓雪看着郭淼淼，柳中清急了：“快点做决定啊！再晚就来不及了。”

“你先。”郭淼淼对林晓雪说。

“可是柳中清他……”林晓雪有点急。

“快点，不要浪费时间。”郭淼淼和柳中清共同拉住了绳子，“我们在这边控制住，你赶紧过去。”

林晓雪一咬牙，四肢攀住绳子，晃悠着朝那边一点一点挪过去。

“别怕！”柳中清冲着她喊。

林晓雪咬咬牙，继续往前爬。

哈里在那边稳稳地拉住绳子，冷眼看着对面屋顶上那对昔日的情侣，心里念叨：“快点快点……这个云意识快支撑不住了……快点实现你的愿望……”

要赢得一个人的心，何其艰难。

当林晓雪稳稳落在了哈里旁边的时候，柳中清才舒了口气。“轮到你了。”他这时才回头看郭淼淼，“我们不知道怎么回去，可也不能死在这里。”

“不会的。”郭淼淼很有信心地说。

她和林晓雪不同，林晓雪全面依赖柳中清，给予他一种责任感从而滋生出力量；但是眼前的郭淼淼，那镇定的样子，仿佛可以给他支持。

“你过去。”她拉紧绳子对他说，“我在这里拉住。”

“开什么玩笑！”柳中清叫了起来。

“你体重比我重，如果没有一个人在这里帮你拉着，这边的绳子可能会脱落。我体重轻，可以一个人过去，快点过去。”这么说也很有道理，他看着她，想说什么，她又补充道，“别忘记我有结构工程师的证，相信我对承重力的判断吧。”

差点忘记了，郭淼淼是个学霸，她是设计院最年轻的建筑师，而且还自学土木工程结构。只是这种技能以前在他身边一点用都没有，谁会在酒会上需要一个有各种证书的女伴呢，又不能贴在脸上。

“快去吧。”她轻声催促。

“我快点过去，你赶紧过来。”他说着，然后爬上了绳索。

郭淼淼用力拉住了绳子的这头，力求绷直，让他方便过去。柳中清比林晓雪重了许多，但绳子的那头却只有郭淼淼一个人拉着，绳子摇晃得厉害。

“快爬！”她在风雨中大声叫着，头发散乱着，褐色的卷发披了下来。

远处塔楼的灯光四下扫射，仿佛在寻找失联的人员。借着一闪而过的灯光，柳中清看清楚了郭淼淼。

看清楚她那头熟悉的卷发，还有糊了的残妆，看清楚她经历过岁月之后，渐渐不再丰盈的苹果肌，还有因为加班留下的黑眼圈。这是他熟悉的郭淼淼，是那个加完班之后顺路给他带夜宵的郭淼淼，是那个会在会议上与甲方为了报价争得面红耳赤的郭淼淼。

他又抬头看看另外一头焦急地看着他的林晓雪，已经快哭出来了。

他这才发现，林晓雪拥有一张似曾相识的面孔，她披着乌黑直顺的长发，留着可爱的齐刘海，丰盈的苹果肌，还有……她手腕的那块表。

那块表是他习惯送客户的，也顺便送了郭淼淼一块，因为是多出来的，所以虽然价格不菲，但却是一块男士表。男士表比较适合你干练的气质——他送的时候是这样说的。是真的吗？不过是多买了一块顺便送给她罢了。可是那块表却奇异地和她的气质很搭，她一直戴在手腕。

这也许就是她爱一个人的方式，不像少女那样挂在嘴边，但是更多的却是责任和智慧。

谁说这种爱不会更珍贵啊！

他鼻子突然一酸。

林晓雪不是什么所谓的林晓雪，那就是年轻时的郭淼淼的化身。又或者说，林晓雪就是年轻的郭淼淼。

连眼角的那颗泪痣都一模一样，五官轮廓也极其相似，他应该第一眼就认出来的。

林晓雪，是十八岁时候的郭淼淼，不是那个在客户酒会上端着红酒略带冷感气质的女建筑师，不是他送花的时候只会抿嘴浅笑的矜持女子，也不是那个对他失望之后会朝着他发脾气的母老虎，她只是一个满脑子想着恋爱、一心相信他、任何时候都不会离开他的纯情少女。

他早该认出来的。

突然，柳中清感觉身体有下坠的趋势，郭淼淼那头的绳索松了，但是她咬牙继续拉紧了。

“快爬！”她只是冲着他大叫。

冰冷的雨打下来的感觉是真实的，可怕的泥石流在身体下面不断升高也是真实的。

柳中清终于爬到了对面，林晓雪飞扑着上来，搂住他的脖子，喜极而泣。

“你快过来！”他扭头对着那边的郭淼淼叫。

郭淼淼把绳子多绕了几圈在亭子的尖上，咬咬牙抓住了绳子。身体下坠的感觉很明显，她才发现自己双手已经酸软无力，刚才为了拉住柳中清爬的绳索，已经用尽力气了。

“快爬过来！”柳中清在对面焦急地叫，林晓雪也为她加油。

这种时候要相信自己，不能软弱。

不知道多少次了，面对这种命悬一线的挑战的时候，她总是这样鼓励自己，不能哭，不能想着有人救你，你只能靠自己。以前只是面对考试和人生重大抉择的时候会这样，这回面临的是真正的险境，这种心态一定也可以的。

郭淼淼咬牙，用力抓住绳索，慢慢朝那边爬过去。

“快爬过来！”柳中清看出来她体力不支了，焦急地拉住绳子，恨不得用绳子直接把她拉过来。

不行了，郭淼淼双手已经失去了知觉，她感觉自己整个身体在往下掉。

“不好意思，好像我计算失误了。”她有些自嘲地笑了。

她整个人突然间松懈下来，体力透支，只能眼睁睁看着自己的四肢松开了绳索，完全不受意志的控制。

“郭淼淼！”柳中清叫得撕心裂肺，但是阻止不了她整个人落入了泥石流中，然后慢慢地被泥石流吞下，慢慢地被带走。

果然，有时候一个人是不行的……她的手软软地伸向了柳中清……有时候还是需要有人拉一把……

“郭淼淼！郭淼淼！”柳中清叫道。

“没有用的，我来吧。”哈里冷冷地说，柳中清回头看他的时候，他已经没有影了。

郭淼淼感觉自己正慢慢被泥石流吞没，手突然被一只温暖的手抓住。

她惊喜地睁开眼，却发现来救她的人是教官。

教官看起来像教官，但又不像，因为他全身散发着一种神奇的金色的淡淡的光芒，他也没有穿军服，穿的是一身华贵的白色袍子，脚上的拖鞋还是用闪亮的金丝编成的。他的手有无穷的力量一般，把她整个从泥石流中拔出来，稳稳地往上升起。

她这才发现，自己是在半空中，教官会悬浮飞行。

突然，她想起来一些事。

她和柳中清又不是同一年生的，怎么会同时回到十八岁的时间点？她依稀想起了这张脸，好像是和豆花有关，她嘴里还残留着桂花的香甜气味，还有那个在黑暗中一闪而过的身影。

“你真是个诚实的孩子，现在还给你包，并且允许你许愿。”哈里拉着她的手，慢慢往上升起，对着她微笑。

“诚实的孩子，你的愿望实现了吗？”他问她。

她低头往下看，看见柳中清站在原地朝半空呼喊：“郭淼淼！”

她还看见他身边紧紧贴着他的林晓雪，她也认出了那个十八岁的自己。

“你认出我了吗？”她大声问柳中清。

“我认出来了！”柳中清不知为何觉得眼睛模糊起来，“我早该认出来的！”

“你看到过的我，和你没有看到过的我，现在你全部都看到了！”她大声对他说。

是啊，她也有无忧无虑横冲直撞的年纪，她也有过娇艳如花一门心思只相信爱情的时候，只是他遇见她的时候是十年后，他都忘了她应该也有过这样的，只是傻傻爱着一个人，无条件相信一个人的时候。

“抱歉，我回不到十八岁了！”她大声说，“你一直都是喜欢这种类型的女孩子，抱歉我回不去了！我现在理解你的感受了！但是我更喜欢现在自己这个样子！我无法成为你要的那个人，我要为自己而活！我们就此别过吧！”

郭淼淼含泪回头对河神说：“我已经放下我的愿望了，不管您用什么手段，让我回到原本的世界吧。比起爱情，我更珍惜自己拼搏得到的人生。”

哈里含笑说：“遵命。”他拉起郭淼淼，像对待公主一般横抱了起来，朝下着雨的天空飞去。

郭淼淼不太习惯这种速度，但是眯着眼看的时候，似乎看见远处有光，他是带着她朝光亮的地方飞去。

“淼淼！”柳中清冲着她大叫，“你要飞走了吗？”

“她一定没事的。”身边的林晓雪拉着他，可是她看见了柳中清的脸，那满脸的泪水让她似乎有些明白了，“你喜欢她，对不对？你不喜欢我，是吗？”

“我也喜欢你，但是我会爱上的是她，其实也是十年后的你，经过岁月打磨，在艰难的时候会给我支援，离开了我同样也能傲然独立的你。”他拉住林晓雪的手，“现在我们快逃吧，再不走就危险了。”

林晓雪被他拉着在雨里狂奔，她大声对他说：“我听不懂你说的话，但是我觉得好开心！”

开心吧，疯丫头，你也有无拘无束的时候啊！他拉着她狂奔的时候这么想着，好好珍惜这个时刻吧！

巨大的泥石流在后面追逐着他们，仿佛世界开始崩塌一般。

看见前面似乎有光亮，柳中清紧紧握住十八岁少女的手，朝着光亮狂奔而去。

九

手抓了个空。

柳中清醒过来的时候，发现自己的手可笑地伸向半空。他躺在熟悉的卧室里，晨曦透过窗帘，床边的时钟提醒他现在是早上六点半。

电话响了，是网红少女给他录下的早起铃声：“早上好，哈尼，早上好，哈尼！”小姑娘娇嗔又调皮，总是有一些稀奇古怪的点子逗乐他，像只宠物一般。

他勉强笑了笑，心口觉得疼疼的。

他好像做了个梦？但是四肢为何如此酸麻？尤其是大腿，似乎还残留着狂奔过后的虚脱感。他的记忆中似乎还有另外一个十八岁的少女，哈哈大笑对着他说：“请我喝雪碧呗。”

这种爱，怕是一次就耗尽了吧？

柳中清从未有过初恋的感觉。

大学时家境不太好，靠贫困生奖学金资助读完大学，身边倒是有过女朋友，都是生活上关心他，自然而然走到一起，最后又因为等不起他创业的时间，黯然离开的。等到他事业成功之后，他有机会接触很多漂亮精致的女人，但是他内心深处，还是记得大学时一直没有勇气去约的那些漂亮开朗的女孩子。没人知道那个躲在角落默默看书、一脸冷漠的男生内心也有这种渴望。

后来谈的女朋友，总觉得缺点什么，即使是郭淼淼这样出色的女人。其实按照她的各种资历和条件，应该和他是很匹配的，但是她填补不了他的缺憾。

他起床洗漱，换上体面的西装三件套，喷上习惯用的香水，然后开始新的一天。

早上电话会议，中午要听公司内的主管报告，晚上带网红少女出去应酬客户。晚饭的时候，网红少女安安静静在旁边吃饭，时不时露出微笑，充满崇拜地看着他，旁边的客人会心一笑："你女朋友好漂亮。"之后就没有她任何事了，他们开始谈正事。小姑娘很知趣地到旁边的房间里待着，绝对不给他添乱。

他的内心突然有点气馁，原来十八岁时渴望的爱情，一旦自己过了十八岁，再怎么想找，也找不回来了。因为现在没人敢罚他跑步站岗，也没有湿淋淋的女孩从远处跑过来给他送伞。

吃完饭，他想一个人回家，小姑娘很有眼色地自己打车回去了。第二天，他让秘书带网红少女去选车，选了一辆豪车之后，告诉她这是分手礼物。小姑娘很委屈，不知道自己做错了什么，但是她没有哭没有闹，开着车去办理手续了。

秘书告诉柳中清这件事的时候，他不禁笑了笑。

就这样过了一个多月，风平浪静，他专心工作，似乎回到自己刚创业的时候，公司业绩也蒸蒸日上。

一天，他秘书敲门进来提醒他："柳总，您的母校七十周年校庆，请您去参加，这次是直接捐款，还是需要出席？"

"像往常一样，给点赞助吧。"大学里总有人混得好混得不好，他要是过去，遇见那些老同学，指不定人家怎么酸呢。

但到了晚上，他还是忍不住去了校庆现场。

今年校庆的主办方非常贴心，在展览馆除了做了学校历史以及大事件的展出，还有每届学生的入学照和毕业照。他在自己的那一届找到了自己班的入学照片，选的是军训的那一张，瘦高的他穿着迷彩服站在队伍最后一排，对着镜头不自然地笑。

傻。

他笑着准备转身离开，一瞥眼，却在隔壁建筑系的照片里，一下子看见了郭淼淼——

齐刘海，乌黑的头发，对着镜头咧开嘴笑着，脸上还带着点婴儿肥。

呵，果然是她，是那个叫着要他请客喝雪碧的那个……梦里的十八岁的郭淼淼。

她就如同他梦想的样子一样，只是时间不太对，只能站在过去的时光里，冲着他笑着。

原来他内心中最完美的女人，其实一直在他身边。

远处的大礼堂传来震耳欲聋的欢呼，参加校庆的那些历届生发出了喝彩。

空荡荡的展览厅，只有柳中清一个人，一只手捂着眼睛站在原地，不知为何情绪激动，似乎是哭了。没有人看见他，就像多年前没人陪伴他的自习教室。

十

郭淼淼对着镜子整理婚纱的时候，还觉得自己是做梦。

好友拧了她一下，叫她还魂："我告诉你，嫁入豪门你也不要放弃自我，别忘了你老公是有前科的，万一再眼瞎看中了什么网红少女，你赶紧投入事业的怀抱还来得及。"

"都结婚了怎么也不说点好的。"柳中清不知什么时候站在背后，微笑着看着镜子里的郭淼淼。

郭淼淼今天格外明艳，她回头对着他羞涩一笑："你怎么来了？！"

"给你带个礼物，早就想给你了。"他拿出一个盒子。

"都没到婚礼交换戒指的时候呢！"她忙说，却看见打开之后里面是块精美的宝格丽女式手表。

"这一块是专门为你挑的，穿着婚纱不方便戴的话，你收着，以后戴。"柳中清吻了吻她的手说。

"不要，我现在就要戴。"郭淼淼伸出了手腕。

"你真是……一点都没变。"他想起十八岁少女向他讨雪碧时候迫不及待的样子，笑着给她戴上了表。

她突然哭了起来。

"怎么了？"他低声问。

"虽然我觉得我现在也挺好的，但我还是有点遗憾，毕竟遇见你的时候不是我年轻的时候。”她说。

“那你喜欢现在的自己吗？”他问。

“喜欢。”她说。

“其实，我见过你十八岁的样子，”他凑近她说，“但我还要见证你三十八岁、四十八岁、五十八岁、六十八岁……接下来很多时候的样子，你相信我吗？”

“不问过去，不求将来，我相信你。”她很感动地笑了，在镜子面前说出属于她自己的结婚誓言，“而且，我更相信我自己。”

“婚礼要开始啦！”鑫鑫在外面叫着。

新人相视一笑，他帮她放下头纱，牵着手走了出去。花瓣漫天飞舞，外场衣香鬓影，一片幸福的祝福。

柳中清耳边的喧嚣似乎有片刻停顿。他记起那个炎热的午后，美少女对他嬉皮笑脸地说：“嗨，请我喝雪碧吧。”

身后伸过来一只钱包，身后的女孩说：“喏，你刚才叫我帮你拿的钱包。”

这才是他最爱的女孩，充满智慧，内心还善良体贴的女孩。

·第三章· 并蒂莲

一

科技大放学的时候，人潮往教学楼外面涌动。

“对不起啊！”一个皮肤稍黑的大眼睛女孩可怜兮兮地和顾蒙亮道歉。人潮稍缓，她和顾蒙亮就站在楼道口四目相对。她笑着说：“我认得你，商学院的转学生对吧？你在我们系可有名了。我是外语系的，我叫刘茜。”

简单的名字，常见的姓氏，如果不是她那双扑闪的大眼睛比较吸引人，顾蒙亮很快就会把她忘记了。她穿着单薄的运动服，看起来应该是高中时的校服，冲着顾蒙亮笑。

“刘茜！快点！”远处一个穿着呢子大衣的女孩子略带不耐烦地冲着她叫。刘茜欢快地应着，朝顾蒙亮眨眨眼就过去了。

“外语系的陈洁心啊，全身都散发着一股婊气，也只有刘茜这种好脾气的人才受得了她。”班上的女生路过的时候不屑地说。

听到这样的话，顾蒙亮皱起了眉头，看着前方那两个女孩子下了楼。

放学后的人流都涌向了食堂，顾蒙亮和胡依婷刚走到食堂门口，就看见前面人头攒动。一个漂亮的女孩哭着坐在高台阶上要往下跳，旁边一个高个子的男生正好言好语地哄着。

“咦，那不是刚才见过的陈洁心吗？”胡依婷认出是之前那个趾高气扬把刘茜叫走的女生。

顾蒙亮站在台阶下仰头，眯着眼睛望向上面的女生，台阶大概三米高，摔下来应该死不了，但是也许会骨折。

陈洁心指着旁边局促不安的刘茜，冲着那个男生说：“吴瑜庭！你说清楚，你选我还是选她？”

叫吴瑜庭的男生急得脸都红了，他大声说：“你和刘茜计较什么啊！”

刘茜按捺不住地解释道："那是我和吴瑜庭之间的事啊！在你和他认识之前，我和他已经是好朋友了！"

"这话够火上浇油的。"胡依婷忍不住吐槽。

这时，围观的人越来越多，起哄的人也越来越多，吴瑜庭的脸色也变了，他说："我们之间的事情你为什么要扯上刘茜？她明明是无辜的。"

陈洁心冷笑着，好像也被气得不轻。

刘茜对此的反应更强烈，她眼里的泪水正打着转儿，大声说道："就算我出身寒微，也不能忍受别人这样的猜忌和侮辱！"说完就狠狠扭头跑开了。吴瑜庭伸手没拉着，索性追了上去，把陈洁心一个人留在原地，场面十分尴尬。

刚才还气势汹汹的陈洁心整个人都萎了，而围观的人群大概也是觉得好戏看完了，全都说说笑笑地离开，没一个人去搭理她。

陈洁心眼里含着泪，正要下来的时候，却没扶稳台阶，身子往一边歪去。

一只手伸出来，将她拉了回来。

陈洁心抬头看，拉住她的，是传说中商学院那位气度不凡的转校生。

"不管你信不信，刘茜她一直很讨厌我，她一直想要抢我的东西，你们看到的只是表象。"陈洁心站稳后，莫名地说，"她甚至私下说，她要去找传说中的河神许愿。"

顾蒙亮微微一怔，松开了她的手。

陈洁心盯着顾蒙亮，突然说："龙江上的河神，只是个传闻，对吧？"

"你好好休息。"顾蒙亮礼貌地说，扭头走了，没再看她。陈洁心站在原地，看着远去的少年，觉得身边的眼光不再那么如芒在背了。

二

"真是灰姑娘和她姐姐的故事呀，顾总你真是善良。"吃完饭回去的时候，胡依婷这样说他。

"谁是灰姑娘，谁是姐姐？"顾蒙亮在旁边的咖啡厅顺手买了包纸巾，撕开包装递了一张给胡依婷。

"刘茜是灰姑娘，陈洁心是姐姐啊！"胡依婷说。

"你真的这样认为吗？"顾蒙亮反问了她一句。

胡依婷答不上来，便凑近他换了个话题："小哈说他今晚要继续执行河神计划，你去吗？"

顾蒙亮皱起了眉："小哈？"

“哈特谢普苏特啊，那个法老王，躲在你家雕花棺材里睡觉的那个，我叫他哈里或者小哈。”胡依婷提醒他，“这家伙复活之后到处乱跑，但是正常状态一点儿都不持久，总是猛然就恢复成干尸，搞得我动不动就接到警察的电话说让我去认领。”

“……”顾蒙亮无语地看着她。

胡依婷申辩：“我其实想过偷偷将他抛弃了，扔在垃圾车货轮上，但是没有办法，他总是能在关键时候醒过来，然后狂奔回来把我揍一顿，你看。”她伸出自己的手臂，上面的爪痕已经消失得差不多了，但是能在胡依婷这种被外星人改造过的身体上留下伤痕，可见攻击力之强。“那家伙是猫属性。”她吐槽道。

顾蒙亮默默拿出包里的水杯喝了一口水，看着远处操场，轻轻叹了口气：“这位强制上任的河神，他的技能有什么特点吗？”

胡依婷拿出小本子：“根据前两次任务的表现来看，他并没有西门豹大人那种改造各种器物的能力，可是他可以切入别人的回忆和主观意识，然后强行打开一个叫作‘五维空间’的地方。”

“……这算是外星人的另外一种能力？”顾蒙亮皱眉，“听起来比西门豹更危险。”

“就这么说吧，西门豹要是发明家爱迪生，那小哈那家伙就相当于弗洛伊德，这个比喻可能不太合适，但是我想不到其他更好的了。”

顾蒙亮说：“不，你的比喻很好。”

这么聊着的时候，顾蒙亮远远地看见，刘茜正嘻嘻哈哈地和一个不认识的男生走过来，男生是个大个子，抚摸着她的头说：“哎呀，想吃什么我请你吧。”

“学长，我要喝酸奶！”刘茜举手说。

“好的！”男生爽快地付钱买了酸奶，“但是你喝了酸奶之后，不要再哭了哦。”

“嗯！”刘茜点点头，“其实这样的事情会让我更加坚强的！”男生哈哈大笑，又拍了一下她的头。两个人有说有笑地离开了。

胡依婷在旁边看着，半晌才补充一句：“她人缘比陈洁心好多了。”

顾蒙亮沉默了片刻，说：“我以前在读幼儿园的时候，也没什么朋友。”

胡依婷知道他又想起了童年阴影，急忙岔开话题：“要不，顾总晚上去看看我们学校外语系的戏剧大赛？我是学生会宣传部的，今天要去跑腿！”

“我现在就是这所学校的学生，我会在这里念完四年大学，拿到学位证。”顾蒙亮一伸手把胡依婷壁咚在旁边的邮箱上。胡依婷平时没发现看起来瘦弱的顾蒙亮居然这么高，此刻憋得满脸通红说不出话来。“所以不要再说什么‘我们’之类的话好吗？我也是你们的一分子。”

等胡依婷回过神的时候，顾蒙亮已经走到前面去了。他大概不喜欢这种被孤立的感觉？胡依婷想。

晚上的戏剧大赛，陈洁心也上台了，她演一个西亚的公主，被一个宫女抢了喜欢的男人，气得直摔东西。

“她现实里的脾气就和舞台上一样差，难怪男朋友甩了她。”旁边外语系的男生和顾蒙亮搭讪道，“不过谁叫她漂亮呢，演公主只能是她。”

刘茜也上台了，演那个宫女，她哭着被公主撵下台之后，在台下立刻换了张脸，开始笑嘻嘻地和大家聊天。

“刘茜就不同了，她特别开朗，虽然家庭条件不太好，但死活不肯申请贫困生奖学金，说会占用其他真正需要的同学的名额，而且她有个非常爱她的男友哦。”男生继续和顾蒙亮八卦，“爱笑的女孩子，运气一向不会太差，你懂的。”

顾蒙亮心里翻了个白眼，他不知道为什么外语系的男生会和一个陌生人八卦自己院系的女生，他脸上难道写了“我很想知道女生们的八卦”这样的字吗？

这场比赛意外地持续到十一点之后，等到颁奖结束，胡依婷和学生会的人把各种物资整理善后好，都过了十二点了。

突然手机振动，顾蒙亮接通电话听了几句，脸色立刻变黑了，他皱着眉看着胡依婷。

“怎么了？”胡依婷内心惶惶。

“警察局叫我去一趟，说我是不是遗失了一具私人收藏的木乃伊。”顾蒙亮脸色阴沉地说。

三

“我们是在解放桥边上发现它的，说实话吓到了不少人，不过我们看了他脖子上的名牌，然后按照上面的电话号码找到你。”派出所里，警察叔叔严肃地对顾蒙亮说。

顾蒙亮无语地看着被横放在地上的木乃伊，没有捆上绷带的木乃伊样子真是狰狞，脖子上挂着一个防水手机套，里面有一张卡片，上面写着：“你好，这是顾蒙亮先生私人合法收藏的木乃伊。他的住址是河东古亭大道6号翡翠龙庭16栋，他的电话号码是……”简直看不下去了，顾蒙亮狠狠地把牌子扔到一边，克制住朝那个张着嘴的木乃伊干尸一脚踹下去的冲动。他是一个有着良好教养、自制力绝佳的男人，他怎么能容忍一个出土文物对他一而再再而三地威胁？！

“私人收藏的？有证书吗？”警察叔叔怀疑地看着他。

“证书在路上。”关于收藏木乃伊的证书是他让他爸专门去搞的，说是一个不知名的古埃及贵族的木乃伊，在拍卖会上买下来的。过了二十分钟，胡依婷风驰电掣地背着那具订制的雕花镀金做旧款木乃伊专用旅行棺材冲了过来，顺手把收藏证书递给了警察叔叔。

等背着小哈走出警察局，已经快凌晨一点了。

“你说要是我们把他直接扔下江面，江水一夜之间能把他冲到什么地方？”顾蒙亮认真地与胡依婷商量。

“不管冲到哪里，他都会手脚并用杀回来找我们算账的。”胡依婷抬起她的手给顾蒙亮看，虽然爪痕消失了，但是她心有余悸。

棺材里传出一声闷哼：“今天有人许愿了。”

“这家伙还有意识？”胡依婷把棺材放到后座上。

“一个小姑娘，要成为另外一个小姑娘，我会用最后的力气打开五维空间，你们过去帮她实现愿望。”哈里在棺材里说。

“你是说制造一个分裂出来的时间线吧？实现愿望之后，我们能回来吗？”胡依婷边开车边问棺材后的人，可并没有人回应。

等她回头看的时候，顾蒙亮已经不在她身边了！“顾总？”她赶紧停下车，打开棺材，发现哈特谢普苏特蜷缩在棺材里，古铜色的皮肤饱满而富有弹性——他又复活了。

“你这次把顾总的身体弄到哪里去了？”胡依婷气愤地问他。

小哈闭着眼含笑，似乎睡着了。

四

“——昔者庄周梦为蝴蝶，栩栩然蝴蝶也，自喻适志与，不知周也。俄然觉，则蘧蘧然周也。不知周之梦为蝴蝶与，蝴蝶之梦为周与？周与蝴蝶，则必有分矣。此之谓物化。”

耳边有风。

又有人笑道：“你们中国人，挺有意思的。这个庄子，是不是在数千年前也到过五维空间？”

顾蒙亮猛地睁开眼睛，发现说话的是小哈，他正穿着白袍戴着金色项圈坐在解放桥的栏杆上看着他。已是深夜了，旁边偶有车路过。

“这里是哪里？又是你构造出来的虚幻空间吗？”顾蒙亮问。

小哈在夜风中张开手笑着说："到底这边是虚幻的，还是你生活的那个世界是虚幻的呢？抑或二者都是真实的？"他身体往后慢慢倒去，整个人轻飘飘地落入了江心，一点儿声息都没有，就这么消失了。

——"那个女孩子想要得到闺蜜的一切，实现愿望之后你就可以回去了哟。"

小哈的声音在夜空中回荡。

顾蒙亮看到自己的车子停在一边，胡依婷不在车上。他若有所思地开车回到花苑，打电话给胡依婷，却发现这个号码是空号。

就这么迷迷糊糊睡去，第二天又迷迷糊糊地醒来，顾蒙亮才想起要去上课。

这个五维空间里的一切和之前顾蒙亮生活的世界没有不同，除了大家都不知道有胡依婷这个人的存在。昨天的戏剧比赛结果贴在了学校公告栏上，外语系的虽然没有参加评选，但是剧照却被打印成海报贴在上面。

顾蒙亮本来并不在意，但是走了几步忍不住倒退回去看，才看出了不同——

剧照上，那个西亚公主不是陈洁心了，而是刘茜。

刘茜扮演的公主在海报上占据了大部分的面积，而陈洁心扮演的宫女缩在小小的不起眼的角落。

顾蒙亮想起了陈洁心说过刘茜要去找河神许愿的事情，电光火石之间，他突然明白了——

这个世界里，什么都不会变，唯一发生变化的，就是刘茜和陈洁心，他们互相换了身份。

原来，刘茜真的去许愿了，她许愿变成了公主陈洁心。

"你在看什么？"有个女声在身后问他。

他回头看的时候，整个人都呆住了。

穿着漂亮呢子衣的刘茜站在他面前，她的头发披散在肩上，发尾微微卷曲，头发显然是长期做着护理，即使未加烫染依然营养有光泽。

"昨天你看了我的演出了吧。"刘茜笑笑，"我演得不错吧？"

外语系的公主是演得不错，但是那个演员应该是陈洁心……不是眼前这个女孩子。

正这么说着，吴瑜庭和穿着高中校服的陈洁心有说有笑地从校门口那边走过来，吴瑜庭看见她，不禁愣住，然后护住了身边的陈洁心。

刘茜笑着迎了上去："亲爱的，你怎么刚好和洁心遇上了？"她亲热地搂住吴瑜庭的臂弯，对陈洁心笑着说："洁心，你男朋友下午坐火车来看你，你不好好准备一下吗？你的学费还是他帮你交的呢。"

吴瑜庭似乎没想到刘茜会这么笑嘻嘻地拉住他，瞬间如释重负，对陈洁心说："那我先陪刘茜去吃饭了。昨天和她吵架，今天要好好哄哄她。”

刘茜笑着说：“是啊，你昨天把人家一个人丢在食堂门口，真的好伤心呢！”说完两个人亲亲热热地拉着手走了，留下的是站在原地的陈洁心。

半晌，陈洁心突然自嘲地笑了起来：“原来，即使身份对调，被留下的那个依然是我。”她回头看见一直在旁边沉默的顾蒙亮，挥挥手说：“不好意思，你肯定不知道我在说什么。”

“我知道，你和刘茜换了身份。”顾蒙亮有些同情她。

“你知道？”陈洁心一愣，然后看着走在前面的刘茜，“莫非她也知道？”

这时候，挽着吴瑜庭的刘茜回头看了一眼陈洁心，原本天真的脸上闪过一丝得逞的笑容。

果然是灰姑娘许了愿呢。

除了她们两个之外，没有人觉察到她们换了身份。

刘茜也就罢了，骄傲的陈洁心从公主变成了灰姑娘，她能忍受这种转变吗？顾蒙亮不免有些担忧。

陈洁心整理了一下她那件旧旧的校服，负气说：“其实这也是我想要的。”

“你想要的？”顾蒙亮不信。

“我一直都很羡慕她朋友多人缘又好。”她点了点脸蛋可爱地说，“我们一起去食堂吧！”这样子看得顾蒙亮微微一怔，她瞬间收起了笑容，“刘茜就是这样啊，每天都撒娇装痴。我本来觉得她这样挺可笑的，现在才知道，她这是形势所逼，毕竟，不装可爱她就真的什么都没有了。”

“你还真是有点愤世嫉俗。”顾蒙亮想提醒她，女孩子这样愤世嫉俗让人很害怕，但是一想到她莫名其妙被换了身份，如此口出恶言也是可以容忍的了。

去食堂吃饭的时候，很多人和陈洁心打招呼，大部分都是体育系的男生，要不是看见顾蒙亮在她身边，有几个还想端盘子过来和她一起吃饭。

“刘茜的人缘这么好，这么换过来也不知道是谁比较吃亏呢。”陈洁心拿出钱包，皱巴巴的布钱包里面放着一张她和一个男生的合影，那个男生搂着她，冲着镜头笑着。“这个是刘茜的男朋友，他们是异地恋，据说刘茜交不起学费，还给她垫付了学费。我一直很羡慕她有一个对她那么好的男朋友呢。我和吴瑜庭在一起可都是我买单的，而且他还不喜欢我。”

顾蒙亮要了份咖啡，为了安慰陈洁心，便坐在她对面听她发牢骚，时不时眼光还瞥到餐厅那边的刘茜和吴瑜庭的身上。他们有说有笑，正亲热地互相喂饭。

顾蒙亮疑惑地问：“她不是有男朋友吗？虽然你们互相换了身份，但男朋友也应该换过来才合适吧？”

“反正吴瑜庭和我在一起的时候就一直惦记着刘茜，我想他们也许在做‘好朋友’的时候也是有情愫在的吧。”陈洁心吃着鸡腿饭，冷笑着说。

顾蒙亮很想提醒她，既然变成了刘茜的身份，就不能按这个消费水平吃饭了，刚想开口，却感觉桌子整个一震。

“陈洁心！”一个高大的男生提着旅行袋，怒气冲冲地对着陈洁心吼道，“你为什么和别的男生一起吃饭？你不是说平时都是和闺蜜在一起吃的吗？”

这个人就是照片上刘茜的男朋友，据陈洁心说他叫张扬。在陈洁心的印象里，张扬有点大男子主义，爱吃醋，经常会坐火车过来看看刘茜是不是和别的男生在一起。

这会儿看见“女朋友”和一个公子哥模样的人坐在一起吃饭，张洋顿时勃然大怒。

陈洁心吓了一跳：“哦，张扬啊。”她以前见过张扬几次，但没见过他发这么大的脾气。

远处的刘茜和吴瑜庭朝这边望，刘茜脸上甚至带着看好戏的表情。

“这个事情说起来有点复杂，不过你以前的女朋友不是我，所以虽然我现在待在这个身份里，我也不能和你谈恋爱。”陈洁心指着那边的刘茜，试图和张扬说清楚情况，“她才是你女朋友。”

“那个女人？你不是说她仗着自己有钱就一直给你摆脸色看吗？还说她在班上风评很差，谈了好几个男朋友都被甩了，才找上吴瑜庭的，你说那种人是我女朋友？”张扬语带讥诮。

陈洁心脸一黑：“她在你面前这么黑我？！”

顾蒙亮一脸尴尬，不知道该走还是该为她解释几句，思前想后，他又端起咖啡喝了一口。

“我没有谈过好几个男朋友，当然也不会被甩。”陈洁心回头和顾蒙亮解释。

“嗯，我信。”顾蒙亮点头。

“我们分手吧。”陈洁心很干脆地对张扬说。

张扬顿时怒气冲天，指着顾蒙亮说：“是因为他！是不是？！”

喝着咖啡的顾蒙亮差点被呛了一下。

陈洁心没想到张扬私底下是这样的性格，她扶着额头说：“不是，你不觉得我和你印象中的女朋友有点不一样吗？”

“我给你交学费！给你买手机！给你充饭卡！我为你付出这么多，你居然这样对我？！”张扬怒不可遏，在食堂里冲着陈洁心大叫。

陈洁心忍不住又看了刘茜一眼，心想你这哪是谈恋爱啊，完全是找衣食父母啊。但刘茜装没看见，扭过头去喝着橙汁，倒是吴瑜庭走过来要为陈洁心说几句话。

吴瑜庭和张扬是认识的，他对张扬说："嗨，张扬，我可以为洁心作证，她之前不认识这个男生。"他指了指顾蒙亮，"昨天她因为我和刘茜的事情受了点气，所以心情不太好，过几天就好了。"

"你少多事！别以为我不知道你追过她！"张扬甩开了吴瑜庭伸过来拉他的手。

顾蒙亮的脑子快炸了！他到底要听多少次这些人的八卦？！

"我追过陈洁心？"吴瑜庭瞠目结舌道，"我是陈洁心的男朋友，我为什么要追她？"

"她说的，你追不上她才去追刘茜的，你私下还经常趁着我和洁心闹矛盾的时候去安慰她！你别以为我不知道！"张扬恼羞成怒。

吴瑜庭愕然地望着陈洁心，小声说："我没想到你在他面前这样说我。"

陈洁心看着刘茜，露出了鄙视的眼神。

这时，刘茜走过来，挽着吴瑜庭的手，轻轻说着："咱们走吧，不要掺和别人的私事。"

"你能知道不要掺和别人的私事也算难得，"陈洁心指着张扬说，"就算我们调换了位置，但这个人是你的男朋友，他一直用家里给的钱供你生活让你上大学，难道你真的要丢下他吗？"

刘茜看着吴瑜庭一脸无辜："我不知道她在说什么。"然后她凑近了陈洁心，笑着说："他啊，还是留给你吧。顺便说一句，张扬脾气大，你可不能惹急了他哦。"

陈洁心脸色一寒，刘茜已经挽着吴瑜庭笑着离开了。

张扬怒视着陈洁心，顾蒙亮再也看不下去了，从风衣里掏出钱包说："她欠你多少钱，我替她还给你。"

"你算老几！居然想用钱来解决问题！"张扬眼看就要对顾蒙亮动手，突然被一只手拉住。

"不要这样闹事哦，我是他们的心理辅导员哈老师，有什么事去学校办公室说。"

顾蒙亮一脸崩溃地看着一本正经穿着西装脸上还戴着眼镜的小哈，难道没人觉得这位哈老师一头银发很奇怪吗？

看见有老师插手，张扬知趣地离开了。

顾蒙亮低声对小哈说："赶紧停止你幼稚的游戏，让她们回去。"

哈老师挤挤眼："那怎么可以，这是那姑娘许下的愿望，我要帮助她完成。"

"她的愿望是什么？"

"啊，我想想。"小哈皱着眉头想了想，然后凑近他低声说，"'我要拥有她拥有的一切！’”

顾蒙亮看了一眼在旁边打开钱包数着里面可怜的几张零钞的陈洁心，心想这对她实在太不公平了。

——灰姑娘穿上了水晶鞋，变成了王后，但是白雪公主却落难了。

“我决定了，我去打工。”陈洁心很有把握地抬起头，“我用打工赚来的钱去还张扬给我的学费，这样就没有问题了吧？”

“我可以先帮你垫付，之后你把钱还给我就好了。”顾蒙亮拿出自己的卡。

陈洁心倒是不拒绝，从随身旧旧的布包里掏出纸笔写了借条递给顾蒙亮，然后兴冲冲地说要去找工作。

看着她背书包远去的背影，顾蒙亮叹了口气：“也不知道她能坚持多久。如果事情就这样发展下去，那现实世界会变成什么样？”

“哦，你说‘那个世界’啊，有两种可能，她们永远在此处回不去了，抑或是这个世界和‘那个世界’融为一体，全世界都接受了她们互换身份的这个事实。”小哈若无其事地背着手，像个真正的老师那样昂首阔步地走了出去。

“为什么这个世界没有胡依婷啊？”顾蒙亮追上去问。

“我怕你在这个世界待太久搞混了两边，所以这个世界没有胡依婷。”哈老师伸出一只手，一只五彩斑斓的蝴蝶从远处飞来，停在了他的指尖，“但是这边有蝴蝶哦。”

五

在这个世界里，花苑依旧是存在的，只是上学放学没了胡依婷，顾蒙亮有点寂寞。

刘茜已然成了学校的风云人物，家世好，性格好。毕竟她没有换成陈洁心的身份之前，就已经是很多人眼里的开心果，现在换了陈洁心的身份之后，每天的穿衣打扮更加明艳动人，笼络人心也是有一套，吴瑜庭简直被她迷得神魂颠倒。

反之，陈洁心倒是闷声不响的，整天在寝室、图书馆和家教中心来回奔波。她以前学过古筝和小提琴，在校外教小孩子弹琴，收入居然不错。

“我本来有十级证书的，可惜换了身份之后我没办法证明这点了。”陈洁心苦笑道。

顾蒙亮对她的适应能力表示出乎意料：“我以为你会很不习惯。”

“刘茜家的经济条件不太好，但她父母的感情挺好的。她妈妈在外面摆个红薯摊，爸爸在工地里干活。我还给她妈妈开通了二维码支付以及网上订购外卖服务，这样送货上门可以收取更高的费用，而且再也不用违法摆摊了。”

“听上去还真不错。”顾蒙亮表示赞叹。

“欠你的钱，大概六月份就可以还给你了。”陈洁心笑着说，“我会拿到今年的一等奖学金。”说完，她匆匆忙忙收拾东西又要出去给小孩子上课了。

顾蒙亮从未见过她这么投入地生活，与之前那个有点愤世嫉俗的她形成了鲜明的对比。

如果这样也算是各得其所的话，那现实世界是不是也可以接受这样的设定呢？

顾蒙亮有点恍惚，站在已经开始长出花苞的洋紫荆下发呆，一只色彩斑斓的蝴蝶在他眼前轻盈地飞过。

不知不觉，在这个“蝴蝶”的世界里，已经过了一个多月了。他渐渐分不清楚是世界本来就是这样的，还是自己已经迷失在这里了。

六

但此时，在食堂门口，同学们再次目睹了一场分手戏。

上个月“刘茜”坐在台阶上哭着要跳下去，吴瑜庭在旁边笨嘴拙舌安慰的场景还历历在目，今天轮到吴瑜庭坐在这里要跳下去，刘茜在旁边冷眼旁观了。

“你为什么要和我分手？难道是因为他吗？”吴瑜庭声音带着哭腔，指着刘茜旁边一个高大英俊的男人。

刘茜朝天翻了个白眼。

这个男人是电视台的节目组制片人余力伟，不久前和刘茜相识，想拉她进电视台一档青春节目做美少女嘉宾，一来二去两个人就熟了，还发现彼此的父母在生意上有合作，两个人顿时打得火热。余力伟的父母听说儿子的新女友是老友的女儿，便说着要见见。余力伟来学校接刘茜，刚好被吴瑜庭看见了这一幕。

越来越多的人在围观，刘茜有些气急，大声对吴瑜庭说：“你和余力伟计较什么啊！”

余力伟按捺不住地说：“在你和小茜认识之前，我们两家已经是世交了啊！”

“这句话够火上浇油的。”在旁边围观的顾蒙亮忍不住学胡依婷吐槽，“咦，这话怎么听着这么耳熟啊？”

刘茜便黑着脸说：“我们之间的事，你为什么要扯上余力伟？他明明是无辜的。”

吴瑜庭冷笑，气得口不择言起来：“有些人表面一表人才，其实是个道貌岸然的家伙，专门来大学勾搭无知少女。”

余力伟正色大声说：“就算你年纪小，不懂事，这么说话也实在是太伤体面了！”说完扭头走开，刘茜急忙追了上去，把吴瑜庭一个人留在原地，场面十分尴尬。

原本陈洁心抱着书在旁边冷眼看着，这时难免有些不忍心，便走上前对吴瑜庭说：“你死心吧，她是很现实的人。当初她看中你，只是觉得你比张扬好，现在自然也可以看中一个比你好的人。”

吴瑜庭沮丧之余忍不住握住陈洁心的手，说：“还是你最了解我，你以前说过，如果我和她分手，你一定会和我在一起，你那时说的话还算不算数？”

陈洁心的手停滞了一秒，一脸被喂了大便一样的表情说：“我说过这种话？”

“说过啊！”吴瑜庭拉着陈洁心的手不放，“上次我和她吵架，你晚上陪我出去喝酒的时候说的。还有上学期我和她吵架，你陪我去坐摩天轮的时候……”

陈洁心厌恶地甩开他的手，几乎有点怒不可遏：“既然‘她’和你说过这么多承诺，那你被她坑也是活该！”说完生气地走了。

“这种黑闺蜜真的好可怕哦！”小哈端着餐盘在顾蒙亮身边咋舌。

顾蒙亮瞪着他：“你这家伙怎么也来学生食堂？”

“我陪你吃饭啊，”小哈嬉皮笑脸地说，“顺便说一句，真正的好戏才刚刚要开场哦！”

“什么鬼？！”

小哈若有所思地说：“古埃及我当法老那会儿，曾经遇见了一件事情，就是某个贵族和女奴有了孩子，那孩子被女奴偷偷养大之后被贵族发现了，虽然孩子没有继承权，但她可以选择去贵族那边生活，嫁一个体面的人。最后，这孩子选择了父姓，嫁给了我们王国内的一个将领做妻子。我记得那场婚礼是我主持的，为的就是给那位父亲长脸，抬高他女儿的身份……”

“干吗提你上辈子的事情？”顾蒙亮不明所以。

“很多事情表面上看是这样的，实际却不见得会这样发展哦，顾少爷。”哈老师伸出手指，那只色彩斑斓的蝴蝶不知道从哪里翩翩飞来，停留在他的指尖，“再过几天，如果还没有变化，我就带你回去了哦。”他冲顾蒙亮笑笑。

顾蒙亮心里有点难受，因为他知道“回去”就意味着大局已定，意味着陈洁心会永远被刘茜代替了。

那天晚上，他独自睡在花苑，做了一个梦。

梦里一个穿着华丽的古埃及少女，在法老王和父亲的引导下，嫁给一个威风凛凛的将军。

“我太高兴了，我从未想过会有这么一天。”少女眼含泪水，对着法老行了跪拜之礼。

妖媚的女法老凑近她的耳边说：“如果你想幸福，就忘记你曾经是女奴之子这件事。”

少女不明所以地抬头，有点担忧：“我不能再去见我的母亲了吗？”

“傻瓜！”皮肤上涂抹着金粉的女法老直起身子蔑视着她，“你以为你现在就有余力照顾你的母亲了吗？不，你要经历的苦难才刚刚开始！”

顾蒙亮猛然惊醒，打开灯的时候，就看见房间内有一只蝴蝶翩然飞过。

七

刘茜用一条短信和吴瑜庭分了手，然后穿上新买的香奈儿套裙，准备去见余力伟的父母。

她看着镜子里的自己，最近在美容院里保养得非常不错，原本略黑的皮肤现在白皙得透亮，钱真的可以改变一些东西。她的衣柜里满满的都是衣服，陈洁心这小妮子以前过的真是公主一样的生活。

只不过，现在她是公主了。

她冲镜子里的自己笑了笑。

今天晚上要和余力伟父母见面，“自己”的父母也会出席，想到这，她不免有些紧张。过去她只是远远看见过陈洁心的父亲送她来学校时候的身影，他保养得很好，是个非常有威严的中年人。

到了酒店门口，餐厅的接待员彬彬有礼地将他们引进了餐厅，她才发现这个所谓的“包厢”是把整个厅都包下来了，旁边还有现场的钢琴伴奏。

余力伟的父母年纪有些大，一脸富态，看见他们来就朝刘茜微笑着点头，另外一边坐着一对夫妇模样的人，大概就是“自己”的父母了。

自己的“父亲”就是印象中的样子，威严有加，自有一种高人一等的气势。旁边的女人看起来非常年轻，不像是陈洁心的妈妈，反而像她的姐姐。无论如何这两位都是她现在的“父母”了，刘茜急忙换上甜甜的笑脸，亲热地叫着：“爸爸，妈妈！”

这么一叫，在场的四位大人都微微错愕，那位美丽的姐姐忍不住捂嘴轻笑：“哎哟！”

“父亲”脸色尴尬，带着愠怒看着刘茜。

刘茜不知道自己说错了什么，愣在现场，余力伟急忙凑近她耳朵说：“你别生气啊，我知道你妈没来，你父亲带了秦姐来让你难堪，但是你也别当众让你父亲下不了台啊。”

“啥，秦姐？”刘茜一脸闻所未闻。

余力伟赶紧引她入座："秦姐是你父亲的情人，圈内大家都知道的，你也别藏着掖着了，毕竟她还给你生了个在上小学的弟弟呢。"

刘茜惊疑不定地坐下，又看了一眼眼波流转的秦姐，她根本不知道陈洁心的父亲在外面公然有妾，她还有个上小学的弟弟？她不是独女吗？

"父亲"显然把刘茜刚才那句"妈妈"看成是挑衅，冷着脸和余父喝了两杯酒，根本没正眼瞧过刘茜。而秦姐也一直不阴不阳地笑着，对刘茜说了句："你可真把你秦姐叫老了哟。"

刘茜在同学之中还算八面玲珑，但哪里见过这样的场面。自己那点装天真装可爱的把戏，在这位风情万种的秦姐面前，简直就是笑话。为什么不让陈洁心自己的妈妈来啊？！刘茜内心哀号。

余母的眼神在几个人之间来回打量，大概是看出来刘茜在她父亲心目中的地位不是很高，对她的态度也不如刚见的时候那么热情了。

刘茜如坐针毡，听着他们讨论起她和余力伟的婚事，连结婚地点都选好了，秦姐还出主意说选什么样的婚纱。她渐渐有点后悔自己这么快就和余力伟的家人见面，她不知道陈洁心的家庭对儿女的婚姻大事这么敏感，只要觉得是门当户对的，直接就当作亲事提上日程了。

她又看看旁边的余力伟，这人当恋爱对象不错，但真的要和这样的男人结婚吗？自从余力伟见到她父亲的那一刻开始，就完全把她晾在一边，说不定当初接近她也是奔着她父亲来的。不行，不能和这种男人结婚！那边已经讨论到生儿子生女儿要给多少红包钱，甚至要找律师列入合同里，刘茜再也受不了了，她突然站起来想出去透透气。

这个时候，"父亲"突然转过头来，对刘茜说："你上去弹一首钢琴曲给大家听听，不是钢琴十级还在全国拿过冠军吗？"

刘茜突然愣住，陈洁心的确是琴棋书画样样精通，但那是从小积累下来的素质教育成果啊，她自己怎么可能会啊？！

刘茜的动作有些迟疑，"父亲"的脸色更加难看了，秦姐捂着嘴笑道："小茜这么不愿意啊，那我给大家弹一段李斯特的《唐璜的回忆》吧。"说完走向了钢琴。

顿时，餐厅成了小型演奏厅，就算是不懂音乐的刘茜，也被秦姐的演奏所震撼。刘茜时不时瞥一眼"父亲"的脸色，直到这时，"父亲"的脸上才露出了欣慰的笑容。

余力伟嬉皮笑脸地对她低声说："你家公司估计将来大部分是要给秦姐打理的，建议你和她搞好关系比较好。"

"什么？"刘茜惊讶地看着他。

秦姐借口说要去洗手间补妆，给刘茜使了个眼色，让她跟着过去。

进了洗手间之后，刘茜戴上天真的面具，问："秦姐叫我进来有什么事吗？"

——她每次感觉到自己不满现实的时候，都会戴上这个天真的面具，周围人都会多多少少让着她一点。

秦姐对着镜子不紧不慢地涂口红，脸上原本的优雅温柔完全不见踪影，取而代之的是冷笑："你这个小丫头，平时看我不顺眼，一直冷着脸对我，今天怎么开窍了，知道叫我秦姐了？"

刘茜想，准是陈洁心平时对这个让父亲背叛母亲的女人没好脸色，便笑着说："我是折服于你的才华。"

"哟，恶心死了。"秦姐回头冷冷地看着刘茜，掂起她的下巴，然后用口红在她嘴唇外面重重地画了一圈。她的眼神冷冰冰的，带着居高临下的压迫感，"不管你玩什么花样，我可以告诉你，你父亲前几天完成了公司股份转交，我已经拿到了属于我的那部分股权。不管你想玩什么花招，你要知道，你和你妈是斗不过我的！"

刘茜的下巴被她紧紧捏住，动弹不得。她没见过变脸变得这么快的女人，嘴唇外面已经被她画花了，她颤抖着说："你为什么要这样……对我……"

秦姐大笑着放手，把唇膏扔在了梳妆台上，看都不看一眼就走出去了。剩下刘茜站在那里，看着镜子里自己被画成香肠嘴的样子，眼泪一滴一滴地落了下来。

公主的生活，原来是这样的吗？她对着镜子拼命用纸巾擦拭着自己脸上的口红，却把妆擦花了，想补妆，又想到自己的化妆包放在外面。

等了半晌，外面的门被敲响了，侍应生彬彬有礼地说："刘小姐，你父亲托我传个话，说离开太久不符合餐桌礼仪。"

刘茜红着眼睛走了出去，颓然地坐在余力伟的旁边，余母打趣道："你嘴巴怎么红红的一圈？"

秦姐轻声笑着，体贴道："我有化妆包，要去卫生间再补一下吗？"

刘茜愣愣地摇头，她的目光瞥向余力伟，此时他的注意力完全转移到她父亲身上，很少关注自己。刘茜吃着并不熟悉的法式餐，听他们说着今年去地中海那边度假的计划，好像自己闯入了一个陌生的世界。

这种差距，到底要多久才能弥补呢？她心里想。

公主的水晶鞋再美，但穿起来不见得舒适。就算她学会了弹钢琴，学会了餐桌礼仪，那什么时候才能学会面对种种复杂的人际关系而不动声色呢？

"换一个小提琴手吧。"秦姐建议道。

紧接着，出来演奏的小提琴手让刘茜全身一震——陈洁心！

八

陈洁心穿着租来的白色长裙，站在水池旁边拉起一首悦耳动听的小提琴曲。

也许是父女连心，陈洁心的演奏深合“父亲”的品位，他时不时和余父交头称赞。刘茜在旁边看得暗自咬唇。

一曲终毕，到了给小费的时候了。只见陈洁心不卑不亢，只是在原地微微一颔首。“父亲”一拍脑袋：“忘了规矩。”说着他将钱递给刘茜，“拿去给那位小姐，顺便说谢谢她的精彩演奏。”

刘茜脸上红一阵白一阵，拿着小费递给陈洁心，陈洁心伸手要接过来的时候，刘茜恶从胆边生，突然故意手一松，钞票都掉到了地上。

“不好意思，没有拿稳，你自己捡一下吧。”刘茜语带讥诮地说，然后扭头走回餐桌。她心里有气，气自己今天晚上受到的羞辱，也气她和陈洁心之间难以磨灭的差距，更气陈洁心能轻而易举地得到“父亲”的注意和肯定。

陈洁心手握小提琴，平静地看着她。

“刘茜！你太不像话了！”“父亲”顿时怒了，一把把餐巾扔在了桌子上。

刘茜委屈地鼓起小嘴，这套用来对付学校里的男生们非常有效，但现在，却换来在场的人嫌恶的眼神。也是，在场的都是人精，怎么可能看不出她的小把戏？

一顿饭不欢而散。

余力伟送刘茜回学校的时候，客气地说：“小茜，我想我们不适合结婚，真的很抱歉。”

我什么时候说要和你结婚啊！刘茜心里怒吼着，气冲冲地下了他的车，在校门口刚好看见吴瑜庭一个人在慢慢地走着。

看到吴瑜庭的那一瞬间，刘茜心生感慨。她第一次看见吴瑜庭出现在陈洁心身边的时候就注意到他了，文质彬彬的外表，单纯温和的眼神，教师家庭出身，虽然不是大富大贵，但眉目间透着一股书香味儿。

刘茜快步走上去，叫住了吴瑜庭，却看见对方错愕之后随即换上了冰冷的眼神：“干什么？”

“吴瑜庭，我们能不能重新开始？”毕竟现在她是刘茜，但又不只是以前的刘茜。

可吴瑜庭看了她一眼，冷冷地说：“算了，刘茜，我们还是不要再勉强了。我觉得我更喜欢陈洁心，她现在和张扬分手了，所以我要追她。”

“你要追陈洁心？”刘茜大怒。

“陈洁心有什么不好？她出身贫寒，但是人开朗乐天。我记得每次和你吵架的时候，都是她安慰我。我发现我真正喜欢的是她。”

过去自己到底“安慰”了吴瑜庭什么话，刘茜当然一清二楚，如今想到这笔账全部算到了陈洁心头上，她忍不住破口大骂：“当时她自己都有男朋友，还和你说一些暧昧不清的话，你不觉得她是别有用心吗？”

吴瑜庭瞪大眼睛：“她这么单纯，怎么可能是别有用心？你的心思太可怕了！我不想再见到你！”说完快步朝男生宿舍走去。

刘茜气得站在原地不说话，甩着手上的LV手袋想直接甩在旁边的车玻璃上。迎面又看见平时和自己很要好的几个体育系男生，便习惯性打招呼：“廖凡哥！请我喝酸奶啊！”

领头的那个男生像被惊到了似的，怪叫着：“别逗了，外语系的大小姐，你一身名牌，还要我请喝酸奶？你这么有钱，不如你请我们喝咯？”

刘茜心想，请就请，反正现在自己有钱为什么不请？！她转身就领他们去超市买酸奶，还顺便买了一大包零食。谁知男生们嬉皮笑脸地道谢，拿着东西一溜烟就跑没了。是啊，过去请她吃东西的，不过是请小狗小猫吃东西一样的道理罢了。而她得到的，不过是一种额外的怜爱，但是这种怜爱，和对待那些街边的小动物有什么区别呢？她发现她缺爱，一直都是。这么想着，眼泪忍不住滚了下来。

陈洁心不知何时路过了她的身边，看见她哭泣的样子，忍不住停下脚步，平静地看着她。

“为什么？为什么我拥有了你的一切，我还是处于劣势？”刘茜指着陈洁心说。

陈洁心平静地说：“你这样哭泣的样子，比平时装痴卖娇的样子真实多了。”

“但我现在比你有钱！我大学毕业之后也会有比你更好的出路！”刘茜指着她，眼里不断滚落泪水。

“那很好啊。”陈洁心平静地说。

“你男朋友也没有了，有钱的爸爸也没有了，你凭什么还这么平静？！”刘茜指着她大骂，“我就是讨厌你这副居高临下的样子，从一开始就讨厌你！”

“终于说出来了。”陈洁心说，“你终于承认讨厌我了啊。”

“可是……可是我觉得你现在很可怜。”刘茜捂着自己的脸，妆容又花了，“你的处境太可怜了啊……”

陈洁心凑近了她：“要在这种环境下生存，可不是一般人能承受的，需要很多很多技能才行。顺便告诉你，秦姐那个女人在试图掏空我妈妈的股份，你以后可能连公司一毛钱的股份都占不到。”

“那怎么办？”刘茜突然抬头，一脸惊恐地看着她。

"必须优秀啊，比一般人弹出更好的琴，比一般人考出更高的分，比一般人更能隐忍到不露声色地微笑，这才是公主要做的修行。你要加油，不然你将来也只能成为摇尾乞怜的小狗，祈求那位富爸爸能够可怜你，能给你一分是一分。"陈洁心说完就抱着课本离开了。

"你自己都做不到，凭什么说我，你连一个吴瑜庭都搞不定！"刘茜大声对她说。

这句话算是说中了陈洁心的心病，她停下脚步，回头看着刘茜。

刘茜看自己终于又占了上风，不禁有点得意，看着陈洁心一步一步朝她走过来。

"你有没有想过，我这样被你耍着玩，是因为什么？"陈洁心盯着她的眼睛，一字一句地说，"我这样被吴瑜庭伤害，又是因为什么？"

"因为你骄傲，目中无人，自以为比我们都优秀都厉害！"刘茜毫不客气地顶撞她，陈洁心凑近了她，睁大眼睛的样子让她有点被吓住，闭了嘴。

"我会被你玩弄于股掌之间，我会被吴瑜庭伤害，那是因为我就是这么相信你们，因为我以为我可以像个傻子似的在我的朋友和恋人面前当一回孩子，不必再戴着那副所谓的大小姐的面具！"陈洁心大声说着，"是的，事实证明我错了！"说完她决绝地转身离去。

"我不要这样的生活了，我要换回来！"刘茜大声说。

陈洁心没有理她，头也不回地朝前走。

刘茜一脸颓然，慢慢蹲在了地上。

以前的她，虽然总是要为物质方面的问题担心，但是旁边的人都喜欢她，都对她露出笑脸。那时候她觉得，人们的善意不过是被自己单纯可爱的表象所迷惑了，心里甚至还嘲笑着人们容易被愚弄的本质。可是现在……

"好像装可爱也没有什么用了对不对？"一个男声响起，她惊恐地四下张望，什么都没有看到。

她当然不会看到。

一身白色西装的哈老师站在路灯上面，冷冷地看着下方的她。

九

"刘茜都说要换回去了，你为什么还不同意换回去啊？"顾蒙亮听说了最近的事情之后，对着哈老师生气地说，"就算按照'河神计划'的规则来说，你这样违背许愿者的意愿继续下去，也是不对的。"

哈老师百无聊赖地看着手里的一朵小花，坐在窗台边做出沉思的样子："还记得我和你说过的那个女奴的女儿吗？你知道她的结局是什么吗？”

“什么？”

“她嫁给大将军之后，我再次听说她的消息，就是她的死讯。她死在大将军家花园的后院里，被毒蛇咬伤中毒而死。老贵族不甘心，带了女儿的尸体来找我哭诉。我看到那具尸体，真是惨不忍睹。虽然毒蛇最终被打死，但看得出绝对不是‘意外被毒蛇咬死’，更何况她还怀有身孕。”

顾蒙亮没有想过那名女奴的孩子居然有这样悲惨的下场。

“后来大将军给了很多钱财安抚老贵族，并且将自己一名美丽的妾室送给了他，算是平息了老贵族的怒气。老贵族毕竟是皇家官员，不会因为一个私生女和将军过不去。”哈老师看着窗外清冷的月亮说，“而我的大祭司告诉我，这绝对是谋杀。是大将军家里那些妖娆的妾室，还是大将军本人授意下的手，就不得而知了。我更倾向于后者，倘若没有大将军的意思，谁敢对他的妻妾下手？”

“你们奴隶制国家真是可怕。”顾蒙亮觉得全身冰冷。

“在现代也是一样。”哈老师看着他说，“本来是生长在地里的花，突然移植到了水里，会很难存活。但羡慕人家在水面上摇曳的身姿，却看不到在淤泥下挣扎的盘根错节，最后落得飘零凋落的下场，又怪得了谁呢？”

十

被“父亲”叫去律师事务所的时候，刘茜非常忐忑。

“父亲”要她交出手上的股份，而“母亲”被气得住进了医院，让刘茜死都不要放弃。

刘茜现在没有任何办法。

“你手上的股份本来就不多，不如折成现金，这样够你出国读书了。”“父亲”在电话里冷冷地说着，显然不打算在女儿身上投入更多的金钱和精力，“你要是出嫁，我会给你准备嫁妆的。”

嫁妆？这位“父亲”本来就不喜欢她，以后说不定随时会改变主意。她的命运就系在“父亲”喜好的一念之间上，如果交出股份，那以后就真的什么都没有了。

“父亲”派来的车在学校门口等她，刘茜在车前踌躇不前。

“大小姐，你以前可不是这样的。”司机也表示出了不耐烦。

是啊，大小姐以前不是这样的，那大小姐以前是怎么样的呢？

刘茜惶恐不安的时候，突然被一个男生抓住了手腕，回头便看见了有几面之缘的英俊容颜。

顾蒙亮对她说："只要你停止你的愿望，只要你和河神说，你就可以回到过去！回到你那个烤红薯为生的家庭，回到以前那个单纯的环境。"

"哎呀呀，顾少爷，你这样可不好。"哈老师好整以暇地站在不远处，对这一切表示不赞同。

"我是想回去啊！可是我不知道怎么办！"刘茜哭叫道，"这里实在太可怕了，我应付不来！我要回去！"

司机拿着手机低声报告着："大小姐在大街边哭着不上车呢，请您等一等……"司机想要把电话递给刘茜。

刘茜更加乱了阵脚，连连后缩："我不管，我不去，你们爱怎么弄怎么弄！"说着掉头朝宿舍跑。她只想回到自己的宿舍里，用被子蒙上头大睡一觉，把所有的纷扰都拒之门外。

"大小姐！"司机叫着，想去追，却被另一个女孩阻止了。

"我和你回去吧。"陈洁心沉声说，"这种局面只有我能应付得了。"

"你是谁？"

"有眼无珠的东西，我是你的大小姐。"陈洁心冷笑道，"告诉我爸，股权我是不会放弃的，现在要斩断我的经济来源，随他的便！即使靠着打工，我也能应付生活。"

"你……你是谁？"面前这位神态凛然的少女，司机觉得似曾相识，但不敢确定。

"河神大人，"陈洁心沉声说，"我的愿望已经得到了满足，让我回去吧。"

"遵命。"哈老师殷切地微笑，指尖划动，一只色彩斑斓的蝴蝶从天空翩然飞来。

"什么，难道许愿的不是刘茜，是陈洁心吗？"顾蒙亮意外地说，"我还以为那时候她说的是气话。"

陈洁心坐上了父亲派来的车，对着窗外粲然一笑："以前是我太弱了，所以才会有'换过来'的念头，可是……"她示意司机可以开车了。

可是，现在我已经变强了。

陈洁心注视着前方，身边有景物不断掠过，掠过的不光是校园旁边的景物，似乎还有刘茜、张扬，甚至还有吴瑜庭……

我要回去了，河神大人。

那天晚上演出之后，她心情郁闷地跑到了解放桥头，对一个银发的河神许下了愿望。

——"我男朋友既然那么喜欢刘茜，那我就变成刘茜吧。"

我还以为世界上会有一个人，可以让我完完全全地当一回孩子，在父母那里得不到的娇纵，可以在他这里实现。

现在看来，是多么可笑啊。

十一

时间过去快半个月了，胡依婷怅然若失地走在校门口，抬头就看见了顾蒙亮站在校门口对她笑。

“顾总！”她惊喜地迎上去，“你回来了！事情办得怎么样？”

“很意外，但还是解决了。”顾蒙亮对她笑笑。

校门口停下一辆车，司机恭恭敬敬地打开车门，陈洁心提着自己的包包下了车。

她看见顾蒙亮之后，微微一怔，随即微笑点头。

路上还看见匆匆而过的吴瑜庭，他和几个男生走在一起，小声议论着昨晚的球赛。

不远处，还有和两三个男生打打闹闹的刘茜，她像是什么都不记得一般，嚷嚷着叫男生请她喝酸奶。

顾蒙亮心中有些感慨：“一切好像都没有发生过一般，但是又有些东西悄然改变了。”

“下午是选修课，顾总你不在，选修课我帮你选了，和我一样的，欧洲古代史，今天是第一节课。”胡依婷指了指第三教学楼的四楼。

顾蒙亮当然没有意见，和她一起上了楼。

大教室熙熙攘攘坐满了来自不同院系的人，连陈洁心都在。

上课铃响了，大家安静了下来，老师穿着米色小格子衬衫，扎着领带走进来了。古铜色的皮肤，银色的短发，衬衫下是一副肌肉结实的好身材。

“哇，这个老师是外教吗？好帅哦！”周围的女生赞叹道，教室有了一阵阵笑声。

顾蒙亮脸色惨白，胡依婷嘴角抽搐。

“大家好，我叫哈里，你们可以叫我哈老师。”哈里潇洒地说着，“你们的老师生病了，我今天暂时来代课。”

“见鬼啊！快点把那个棺材拿过来，把他装进去！”胡依婷低声叫道。

顾蒙亮只感觉自己满眼金星，不想再多做思考。他只想跑回自己的房间，盖上被子，然后舒舒服服地睡一觉，醒来之后最好什么都没发生过。

·第四章·

骨肉还

一

“天啊！原来教我们古代欧洲史的那位老师，是我们学校新来的心理老师哎！”

商务英语课的课间，生活委员古玥莘从外面跑进来，忍不住散布着八卦。

“什么什么，就是那个银发的老师吗？”

“是的，就是有混血基因的那个哈老师！他的中文说得超级标准，还带有本地口音。天啊，真的是太梦幻了……”古玥莘本来是去办公室拿全班的心理报告表的，这下完全忘了分发手上的表格，只顾着散发帅哥的八卦了。

顾蒙亮坐在后面，翻看着一本英文小说，忍住想吐槽的冲动。哈里这个木乃伊越来越不受控制，整天总想着法子接许愿的任务。这不，又扮上了心理老师。

“你说我可不可以去找他说一下我的心理问题？”古玥莘问旁边的李薇。

李薇看着她：“你这么开朗，有什么心理问题？”

“我有黑眼圈了。”她指了指自己的黑眼圈。

“这个问题你不如去问美容博主。”李薇嬉笑着说。

“我的黑眼圈全都是因为楼上搬来的邻居！趁着现在没人，我先去咨询一下，嘻嘻！”古玥莘显然找到了一个去心理咨询室的理由，顾不上上课铃声的响起，拿了书包一溜烟就跑出去了。

顾蒙亮目不斜视继续坐着，倒是旁边的胡依婷一拍桌子：“完了！她要是和那个木乃伊说了自己的烦恼什么的，我们今晚肯定有得忙了！”

顾蒙亮这才反应过来，指着门口叫道：“快拦住她！”

可早不来晚不来的老师已经站在了教室门口……

顾蒙亮扶额。

二

古玥莘坐在哈老师对面，喝着他亲手泡的玫瑰花茶，然后烫得差点一口水喷出来。

“你有什么事，可以和我说。”哈老师今天穿了一身白大褂，里面配的是浅灰色的V领毛衣。他跷起二郎腿，单手撑着自己的脸，侧脸看过去简直完美，“你有十五分钟的时间。”

——因为十五分钟之后，哈老师要回棺材里睡觉了哦。哈里斜眼看了一眼安安静静放在白色帘子后面的雕花镀金棺材。

古玥莘的烦恼说起来很简单，就是邻里关系。她家年前搬了新家，是靠近市中心、交通很便利的一个旧小区，住一楼。刚开始全家人都很高兴，但好景不长，才住了半个月不到，楼上搬来了一对老夫妇，儿女均不在身边，他们生活方面并无奇葩之处，除了……喜欢叫人上门打麻将。

本来古玥莘一家以为这只是老年人的兴趣爱好，后来才发现这对老夫妇是开了麻将馆。和他们交涉过，但这对老夫妇说一个月可以赚三千多，他们绝对不会放弃。和物业反映，物业也不想管。于是她每天都会听到楼上噼里啪啦打麻将的声音，一直到半夜一两点。每天被这样折磨到不能休息，古玥莘便气不打一处来。

“我想来硬的，但我父母不让，说怕破坏邻里关系。”古玥莘生气地说。

哈老师想不通：“打扰你们休息的他们怎么不怕破坏邻里关系呢？”

“是啊！”她怒道。

哈老师欲言又止，掏出金怀表看了看时间，便把古玥莘边往外送边说：“今天晚上十二点你去雅儒大桥丢个硬币许愿，会有人帮助你的。”

咦？这就结束了？

古玥莘走到楼下才回过神来，跑回去想问问哈老师说的是不是逗她玩，结果却发现咨询室空荡荡的，一个人都没有。

她不信邪地叫了两声：“哈老师？”

无人应答。

她大胆走过去掀开老师座位后的帘子，发现有个镀金的精致大箱子摆在那里，她想打开看看，却发现上了密码锁。

这是什么东西？为什么会放在这里？

她摸着下巴沉思片刻，却觉得这个箱子的长宽高好像刚好适合一个人躺进去。呃……突然有一种汗毛直立的感觉怎么回事？她火速退了出去。

这个哈老师不会是人贩子吧？额，好可怕哦！

虽然内心忐忑，但是晚上古玥莘还是找了一个男同学守在桥边，自己跑到桥上扔硬币去了。

为什么设定为抛硬币？

因为哈老师没有西门豹那套高科技设备，所以他根本不打算潜入江心去捞硬币，而是半路接住了硬币很自然地问对方："请问你丢下去的是一块钱硬币，还是一角钱硬币呀？"

古玥莘被眼前这个突然出现的穿着白袍带着面纱的男人吓到呆住："一角钱的。"

"你可真小气啊。"哈老师非常坦诚。

"我要你帮我阻止我家楼上那群人打麻将。"—— 即使仰视，她也感觉这个人有点眼熟，"请问你能把面纱稍微拿下来一点吗？"

"许了愿赶紧走吧，不然等下我要变成干尸了。"哈老师继续坦诚地说。

古玥莘认为自己遇见了变态，惨叫了一声跑了。

"这届河神看起来太山寨了。"顾蒙亮坐在车内，冷冷地看着外面的一切。哈老师非要强行接替执行"河神计划"，他也只能随行，要不然怎样？继续让这家伙脖子上挂着名牌，让警察打电话通知顾少爷去认领干尸？

三

哈老师不是西门豹，不能直接调出古玥莘的资料，她的资料是胡依婷通过杜阳查学生档案找出来的。

杜阳看着她神情复杂："听说西门豹走了，又来了个新的河神？"

"一个比西门豹更加一言难尽的家伙。"顾蒙亮朝天吐了口气，"那个星球专门盛产奇葩，我不应该给它起名叫'天庭星'，应该起名叫'奇葩星'比较合适。"

"他怎么混到学校里当心理咨询老师的？他不是没有西门豹那种修改电脑资料的能力吗？"

"我怀疑他会催眠！"胡依婷从一堆资料里悲愤地抬起了头，"丫会把你放到一个空间，那个空间大概是和你过去的记忆有点关系，也或者是和什么'另外一种可能性'有关系。反正就是把人弄进去了，过段时间出来了就变得跟另一个人似的。我不知道到底发生了什么，反正我没怎么去过。那地方好像叫五维空间什么的……"

杜阳眼睛一亮，他上一个专业研究的是物理："五维空间感觉如何？"

顾蒙亮感觉到万分疲倦，捂住了头："调出来没有？"

"调出来了，古玥莘家在福柳小筑，是个很老的小区了，在老市中心，这是她家的住址。”

顾蒙亮接过资料扫了一眼，上面写着古玥莘还有个今年初三的妹妹，父母都是做小本生意的，今年刚换的住址。

“哈老师说，这孩子被邻居打麻将的声音吵着了。”胡依婷说。

“还得晚上去看看。”顾蒙亮这么想着，“请问如何在没有苍蝇机的帮助下潜入一个老人家的家里，并且在不被他们发现的情况下观察他们打麻将？”

杜阳皱眉说：“去淘宝买个针孔摄像机？”

顾蒙亮看了一眼这个外表是自己同学，其实已经是爷爷辈的人，他显然是缺乏法制观念：“估计这种记录被视为违法，警方不会采纳的。”

“晚上我爬他们家窗户先看个究竟！”胡依婷对自己的体能非常有信心。

“给你买个夜行服？”杜阳智者千虑。

“被发现了可千万记得要跑，不要说认识我。”顾蒙亮说。有一个私藏的、会四处乱跑的木乃伊已经很心累，不想再多一个爬人家窗户还被抓个正着的秘书。

当天晚上，胡依婷就跑去爬人家的窗户了。

客厅里烟雾缭绕，麻将扔在桌子上啪啪作响，的确很影响人的居住环境。穿着淘宝上买的夜行服的胡依婷倒挂金钩在外面看着，不禁皱起了眉头。

这家人住的卧室外有一个阳台，胡依婷一个翻转就落到了阳台上。她心里盘算，对付这么没有公德心的老家伙，不如直接摧毁那两台麻将桌效果更快更明显。

卧室里没有人，黑漆漆的，只有桌上一个小球球在发着绿色的光。胡依婷觉得很奇怪，这对老夫妇怎么还收藏这种小孩子喜欢的玩具。她大着胆子走了过去，那是个用某种丝线绕成的小球，手掌这么大，中间似乎是空的。发光的是整个球体，那个微光在每根丝线上流动着，看起来不知道电源在哪里，特别精致。

门突然开了，胡依婷赶紧一个打滚儿，滚到了阳台上。进来的是那对老夫妇。

“老头子！”那个老太婆惊奇地叫了起来。

“果然出现了。”老头子喃喃地说。

“要不要和涂先生说？”老太婆嗫嚅着问。

“说了之后会有什么后果呢？”老头子问，“我们是不是不能过这样的生活了？”

“这是我们和涂先生约定好的啊。”老太婆说。

老头子打通了电话，压低声音说话。

胡依婷想凑近听听他说什么，不留神阳台的东西太多，踢到了一个旧铁桶。

“谁？”老头子和老太婆冲了出来。

胡依婷刚想跑，就觉得脚上一麻。她吃惊地回头看着举着麻醉枪的老头子，这是捕获野生动物用的麻醉枪。她的腿上又中了一枪。她想爬到窗户外面，却觉得自己浑身瘫软……经过西门豹改造过的身体，有惊人的运动能力和自愈能力，却对麻药没有抵抗力……顾总……

四

第二天，古玥莘在课间惊恐地举着手机对李薇说："昨天晚上我们小区有个偷内裤的变态被发现了，大家都追着他，可惜跑了！你看，今天都上新闻了！"

顾蒙亮一脸木然地在旁边啃着面包，胡依婷昨天晚上没有回花苑，她每次执行任务都会给他发信息报告情况，这样的情况很少见。

是出事了吗?

他皱着眉头，看了一眼教室外面叫他出去的哈里。

"还是没有消息吗？"哈老师问他。虽然平时他和胡依婷因为自己被"抛弃"的事情撕过，但他日常的行动都是靠胡依婷背着装着他的棺材进进出出，突然不见了这个人，他也很没有安全感。

"她这么厉害，和我打起来也不会吃亏，不会有什么危险吧？"哈老师不信有人类可以制服胡依婷，"她有什么弱点吗？"

胡依婷的弱点，目前知道的就只有不会游泳。

"嗨，哈老师！"古玥莘看见哈里在门外，便主动走出来和他打招呼。

"你好，昨天睡得好吗？"哈老师不动声色地寒暄。

"在学校睡得还好呀，现在都不怎么回家睡，麻将声太吵了。"

哈老师没有作声，意味深长看了顾蒙亮一眼。

"老师，你介绍我去雅儒大桥是要见谁?我昨天看到一个穿白袍子穿金凉鞋的神经病。"古玥莘想起了昨天晚上的事情，紧张地和老师八卦着。

顾蒙亮神情复杂地看了看哈老师。哈老师指着门，对古玥莘说："快上课了，你赶紧进教室。"古玥莘进去了之后，顾蒙亮说他打算亲自拜访一下那家人看看到底是什么情况。

"我也一起去吧。"哈老师对顾蒙亮的战斗力不放心。

"你能维持正常人状态多久？"

"不战斗的话，四五十分钟吧。"哈老师说，"战斗的话会消耗很多能量，我很快会恢复成干尸状态。"

“我扛不动装着你的棺材。”顾蒙亮说。

“借杜阳的车就好了。”哈老师对他眨眨眼，“一旦有问题，我们掷杯为号。”

“你以为你是在拍《西楚霸王》啊……到时要是我还没出来你就报警处理。”顾蒙亮无力吐槽对方的脑回路。不知道哈里在现代的知识是不是来自于电视剧和网络，学语言奇快，前段时间还在家里用Ipad狂看古装剧。

虽然内心吐槽着哈里，但顾蒙亮心里更担心胡依婷。昨天晚上他又梦见胡依婷被锁在冰箱里扔下江心，她在冰箱里拼命地挣扎呼喊，却无济于事。从梦中惊醒，他看见糯糯在床边安静地看着他。

“糯糯，西门豹在就好了。”他轻声说。

糯糯仿佛听懂了一般，轻轻舔着他的手。

五

据说这对老夫妇很少出门，基本不见外人，能接触他们的方法只有打麻将。顾蒙亮来之前还专门百度了一下打麻将的规则。

开门的是老夫妇中的老太婆，自称郭婆婆，老头子叫胡阿公。他们怀疑地看了一眼顾蒙亮，要求每人先支付三十元钱。

房间里面烟雾缭绕，都是一众中老年牌友，客厅有一桌，大房间里还有一桌。

“刚好有一个空位，还有一个要等。”郭婆婆面无表情地指了指房间里，然后挨着胡阿公坐下了。在烟雾缭绕之中，这两个人像两尊没有表情的泥像一般。

对面的牌友招呼顾蒙亮坐下：“你这个学生仔有意思，不上课，跑到这里打麻将。”

顾蒙亮观察着房间。看家里的摆设，都是有些年头的红木家具，不像是缺衣少食的人家。再看看墙壁上的照片，是老人家和几个儿子从小到大的几张合影，一共三个儿子，都长得仪表堂堂，也不像是没出息的样子。里面有一张近年来照的照片，顾蒙亮看得觉得有点不对劲，但是哪里不对劲又说不上来。

“你看什么？”胡阿公突然开口问。

顾蒙亮被吓了一跳，急忙咳嗽一声：“随便看看。”

胡阿公走过去，二话不说取下了相框，然后收进了自己的卧室里。顾蒙亮有点尴尬。

对面还穿着睡衣的老阿姨对顾蒙亮说：“不要在意啊，他们就是这样的，对人很不客气。但这里打牌环境很安静啊，也没人打扰，所以我们都喜欢来这里打。”

你们觉得环境好，可是别人就不用休息了吗？

顾蒙亮皱眉听着此起彼伏的麻将撞击桌面的声音，有些焦虑。

胡依婷到底去哪里了？她是离开这里了，还是已经走了？

烟雾缭绕之中，卧室桌上的那个球发出微弱的光芒，时亮时灭，似乎非常不稳定的样子。

到了早上八点，哈里在车里醒了过来。

他睡了多久了？现在是在哪里？

他打开棺材，发现四周黑乎乎的。眼睛适应了光线之后发现，他还在车里。

他睡过头了。顾蒙亮也没有回到车上。

不祥的预感笼罩着他，他抬头看看上头紧闭的二楼窗户，想起顾蒙亮叮嘱他要报案。

到了附近派出所，警察听完他的事情要查看身份证的时候，他才想起自己没有身份证。

他只是个“私人藏品”。

啊！他瞬间气炸了。

六

顾蒙亮醒过来的时候，觉得头有点痛。他发觉自己动不了，也发不出声音，双手被纱布之类的东西交叉固定在胸前，眼睛也被重重纱布蒙上了。

这感觉……怎么像自己变成木乃伊了！

他感觉自己左右都是逼仄的空间，越发像他给哈老师准备的棺材，不禁挣扎着要出来，结果还是动都动不了。

好可怕啊！胡依婷快来救我！

他不知道，胡依婷现在的处境比他更糟，因为她也是被这样固定住四肢，还被打了麻醉针，现在要被送到外地去了。

“女娃子的身体同位素反应得比较厉害，这个男娃的身体原本也有些同位素反应，但现在降低了。”这苍老的声音似乎是胡阿公。

“那这个男娃怎么办？”这个声音是郭婆婆。

电话响了，胡阿公接的电话，接了电话后，他低声说了几句，隔着木板顾蒙亮听不清他说什么。只听到他挂了电话对郭婆婆说：“涂先生要我们赶快离开这里，因为女娃子失踪，怕引起关注。”

胡依婷失踪不会引起关注的，她当初被扔下江心好几天也没人管。倒是我失踪了我爸一天找不到我就会引起全国轰动啊！顾蒙亮在心中苦叫。

这时候传来了敲门的声音。

“谁啊，我们休息了。”胡阿公应道。

“警察，查一下户口。”外面的声音沉声说。

胡阿公沉默了片刻，和郭婆婆低语了几句，便去开了门，却听见门外传来了警察的喧哗：“胡阿公，你不记得我了吗？”不知道是不是听错了，总觉得这位警察小哥淡定的声音有点颤抖。

“记得呢，派出所的民警小石。”胡阿公镇定地说。

“你今天不打麻将了？”小石说。

“不打了，太晚了，让他们都回去了。”胡阿公说。

“啧啧，我怎么闻到奇怪的味道？”

这声音……是哈里！

顾蒙亮眼睛瞬间睁得圆圆的。哈老师！我在这里啊！救命啊！他恨不得放声大叫。

“是麻醉药的味道。”哈老师漫不经心的笑声、脚步声朝顾蒙亮困着的地方走过来，“我觉得这里也许有熟人在呢。”

啊！没错！是我！快过来救我！

“你们没有搜查令不能搜查我的屋子！”胡阿公严厉地说。

我就在屋子里！顾蒙亮用力扭动身子，在箱子里发出声音，希望对方能听到。

“那我们先回去了，您早点休息。”小石这样说。

“晚安。”哈老师也这么笑笑。他们就这么走了。

这么不靠谱的收藏品！我要把你送回埃及！顾蒙亮心里破口大骂。

听到门被关上的声音后不久，他头顶的木板突然被掀开了，两个苍老的面孔出现在他面前。

“这男娃娃果然是醒了。”手电筒对着顾蒙亮射过来，他忍不住眯上了眼睛。

“要不要直接把他的头切下来？”郭婆婆问。

啊？不要啊！顾蒙亮吓得魂飞魄散！看着他们的手伸过来，他想叫却发不出声音。住手！我爸不会放过你们的！我秘书也不会放过你们的！我的收藏品也不会放过你们的！还有我的爷爷西门豹也不会放过你们的！

天啊！能帮他的一个都不在身边。救命啊！

七

楼下的车旁，小石眉头紧锁："果然是他们。"

坐在驾驶室里的杜阳听不懂他的话，看了看哈里，哈里也表示不懂。

就在一小时前，在派出所心急火燎的哈老师突然想起了可靠的杜阳同学，便把他从实验室拉了出来报了警。（经过了上学期的波折，杜阳直接跳级读研二了，顾桃花的事情了结之后，他已经选定了自己的专业和未来的方向。）

"的确是有问题的。"小石皱着眉头，突然钻进了车子里打了个冷战，"让我先冷静一下。"

"怎么回事？"杜阳回头看他。

"楼上那对老夫妇，三个月前就死了。当时是我接到的警情，这里一楼和二楼的住户因长期邻里矛盾爆发，两家人打到一起，一楼的男主人失手戳到胡阿公脖子上的大动脉，没送到医院就停止呼吸了。"

"咦？"

"我记得很清楚，因为这事那个男主人被判了刑，一楼的住户也因此搬走了，刚才又看见那对老夫妇之后，我吓了个半死，强忍着才没叫出来。"小石摘下帽子擦了把汗。

"他们有什么奇怪的地方吗？"杜阳问。

"胡老头是个驼背，郭老太婆有点瘸腿，但刚才我看他们，身板挺拔，动作非常灵活，根本就不是原来的样子。"小石越想越觉得不妥，忍不住趴在车椅上呼了口气，"幸好是大白天，不然吓死我了。"

——顾蒙亮之前看到他们的合影感到奇怪就是这个原因，照片上的老头是个驼背，他在房间里看到的胡老头是个身材挺拔的老头子。只可惜他当时只是觉得不对劲，没有马上发现这点，所以没有及时离开，才落入险境。现在要是想到该后悔死了吧。

"如果说有这样的背景，胡依婷被抓走也不奇怪啊，他们不是普通人。"杜阳抬头看了看上面的阳台，"我希望顾蒙亮没事。"

"这户人家住在这里很久了，之前听说他们也来派出所报案，说三个儿子从不回家看他们。听前辈说，还找过居委会调解过。但是他们儿子反应很冷漠，除了给钱，还是不愿意回来看他们。"

"能找到他们儿子的电话吗？"杜阳问。

"可以的，我可以带你们去找居委会的人。"小石看着哈里眼都不眨地看着阳台，"你随我们去，还是留在这里？"

"我留在这里。"哈里从车后备厢拉出了雕花棺材背在背上，"一小时之内你们要赶回来，不然我就……”他看了一眼杜阳，杜阳会意地点头。

“他们走了，就剩下个银发的小子背着一副棺材下来了。”郭婆婆在窗帘后看着下面，冷冷地说。

龙城自古盛产棺材，就算是在大街小巷的本地特色礼品店，也有卖袖珍小棺材做礼物的，寄寓“升官发财”之意。她看见哈里背着个精美的棺材，也权当是工艺品而已，并没有往心里去。

胡阿公看着沉沉睡去的顾蒙亮。刚才他们又给顾蒙亮打了一针麻醉。

桌子上的线球已经完全不亮了，不知道是不是白天光线充足的缘故，他们拉上窗帘，关了灯看，还是不亮。这个少年身上的同位素反应比少女身上的要低很多。上头说，这个少年他们就不需要了，等下直接来个人把这个少年弄走。

郭婆婆叹了口气，说：“不知道会把他怎么样。”

“这不是我们能操心的事情。”胡阿公粗鲁地说。

郭婆婆点点头，随即又听到了敲门声。他们侧耳倾听，这敲门声居然是来自于阳台门外，并不是自家大门!

打开门的时候，他们忍不住愣住了。

阳台上站着一个从未见过的银发英俊男人，古铜色的皮肤，逆着光在对他们笑着：“我过来看看我的一个朋友，他在哪里？”

这个人好像在哪里见过，但是怎么也想不起来。

“我们这里……没有你的朋友。”胡阿公结结巴巴地说。

“在哪儿？那位少年在哪儿？”银发青年问他们。

郭婆婆忍不住抬手指了指床边的大木箱。

来的人当然是哈老师，简称哈里。

“随便把人放在箱子里不是什么好习惯哟。”哈里上来打开了木箱，看见了被捆成了木乃伊的顾蒙亮。

他突然觉得自己后心刺痛。回头看的时候，看见了胡阿公举着麻醉枪对着自己。

“胡依婷也是被这东西制服的吧？”哈里指着自己的后心。

胡阿公正为他为什么没有被自己击倒而感到诧异，银发青年却歪歪斜斜地倒了下去。奇异的是，他倒下去的时候，嘴角还是带着笑容的。

桌子上的线球发出了耀眼的光芒，这是从未见过的光芒。

“天啊！快点去通知涂先生……”郭婆婆叫着，被光芒刺得捂上了眼睛。

光芒褪去的时候，周围一切如常。但眼前的银发青年不见了，大箱子也不见了，连桌子上的线球都不见了。

“我们回来了。”听到几个熟悉的声音，郭婆婆惊喜地冲到门外，看到的却是三个男孩子。

最大的那个穿着初中生校服，小的穿着小学校服，最小的那个看起来才上一年级的样子，背着大大的书包。

“小海，小江和……小溪，你们怎么都……”郭婆婆不敢相信自己的眼睛，为什么看见的是自己儿子小时候的样子？

三个儿子看起来有点怯生生的，打了个招呼就各自去做自己的事情了。胡海去忙着写作业，胡江去帮弟弟放书包，年纪最小的小溪可能是饿了，进了厨房去找吃的。

胡阿公出来之后，看着这一切，也不敢相信自己的眼睛。

“这是怎么回事？”郭婆婆指着帮着放书包的胡江，有点颤抖地说，“小江……小江他还活着……”

胡江帮弟弟放好了书包，然后拿出自己的作业也赶紧做起来。

“小江，你过来一下。”郭婆婆招手叫胡江过来。

胡江忐忑地放下作业，亦步亦趋地走过来，郭婆婆想伸手摸摸他的脸蛋，被他躲开了。

墙上满满的都是胡江的奖状，他的成绩最好，却是最不讨父母喜欢的一个孩子。原因大概就是，他每次靠近父母的时候，就显出这种厌恶的眼神。

“他还是那么讨厌我们……”郭婆婆心虚地说。

胡阿公气不打一处来，冷笑说：“讨厌就对了，养这么大，从来就没有回来看过我们，一天到晚泡在实验室里，他对我们的回报也就是那两副身体了……”

“嘘！别说了！”郭婆婆越发心虚地看着胡江，而胡江的眼神也更加厌恶了。

“看什么看？觉得父母没文化让你蒙羞了是不是？考全校第一了不起是不是？快滚！”胡阿公吼道。

正在写作业的胡海被吓了一跳，急忙过来把弟弟拉到身后。与此同时，小溪在厨房里打破了东西，战战兢兢地走了出来，看到父母正在生气，立刻躲到了阳台外面去。

“臭小子，你回来！”胡阿公怒道，“你就是这样不负责任，长大了娶了媳妇就来欺负自己的老妈，你妈去你那儿住了几天就被你媳妇赶回来了！”

胡溪根本不知道发生了什么，“哇”的一声哭了起来。

胡海急忙把小弟弟也拉到身后，胡阿公随手拿起旁边的扫帚就朝身后那两兄弟打去，胡海死死护住自己的弟弟，任凭扫帚雨点一般打到了自己的身上。

“别打了！你别打小海！”郭婆婆急忙拉住了胡阿公。

胡阿公用力甩开妻子的手，怒道："这小子有什么用，去外地开公司，从来就没有回来看过我们！都是你从小宠着他们，长大后个个都是忘恩负义的畜生！"他用力一推，把郭婆婆推到了一边。郭婆婆也怒了，夫妇俩立刻打作一团。

胡海抱着自己的弟弟们，冷冷地看着这一切。

有人敲门。

打开门之后，外面站着一个年轻的警察。

"我听到楼上有打闹的声音……"小石看着房间里多出来的三个没见过的孩子，以为走错了地方，但是注意到满脸被抓出指甲印的胡阿公，确定自己没错，"你们这是在打架吗？家里还有孩子呢。"

胡阿公狠狠甩上门："关你屁事！我们关起门来打自己家的孩子关你们什么事！"

"有《反家暴法》……"小石听到屋里传来摔东西的声音，不禁有点难堪，想再敲门，却又一筹莫展。他看看站在他身边的杜阳，"怎么回事，我觉得有点怪怪的。"

是怪怪的。

杜阳皱着眉头看着这一切，这门口看起来比之前的要新。他走到楼梯口往外看，外面是一条灰扑扑的马路，路边的小树歪歪斜斜地长着，原本停放着一溜小汽车的路边，现在稀稀拉拉停放着自行车和几辆摩托车。

"怎么回事？"小石也注意到了。

"如果我没有猜错的话，这大概是……五维空间……"

"同学，我听不懂你的话。"小石表示紧张。

"这个概念很难解释得清楚，这就是一个交织着时空扭曲、意识碎片，还有一些记忆断层的空间，刚才我们看到的，应该是胡家的三个孩子。"

"对啊，刚才我们去居委会查问过了，说这家人的儿子都很没良心，虽然个个有出息，却怎么也不回来看自己的父母。"小石沉吟着说，"现在看好像是有原因的啊，家庭暴力啊……"

门里又传来一声清脆的摔碎瓷器的声音。

"我们怎么回到那个正常的世界啊。"小石毕竟年轻，很快接受了这种奇异的遭遇。

"恐怕要找到之前那个和我们一起来的银发青年了。"他拿出自己的手机，"顾蒙亮有先见之明，给他那副棺材装了定位系统……呃……"

这里没有网络、没有手机信号，没有WIFI。

看见说得头头是道的杜阳也一脸郁闷，小石意识到问题比他想的严重得多："这里真是个可怕的地方！"断了网络，和聋子瞎子有什么区别。

门突然从里面打开，胡海背着胡溪，后面跟着胡江，在爹妈的怒骂中夺门而出。

胡阿公举着菜刀追在后面："你给我站住，看我不砍死你们！"

小石一看这哪里是家暴啊，简直是要上升到刑事案件，急忙冲上去上演空手夺刀。杜阳在旁边帮不上忙，眼睁睁地看着郭婆婆冲过来对着小石的脸和手一阵乱挠。

回到楼下的小石觉得自己脸好痛："真是要命。"杜阳很同情他，小警察遇见老流氓，真是一肚子委屈。

虽然进入了一个奇怪的世界，但所幸之前开的车还在。杜阳打开车门，取出车上常备的外用药给小石。小石一边上药一边奇怪地说："有没有觉得好奇怪，这里一个人都没有。"

是的，除了喊声震天的那家人，周围一个人都没有。不单单是周围没有人，楼上的每家每户都没有一点人烟味，整个世界一片死寂。

"如果这里是属于'回忆'的世界，不知道是谁的回忆呢。"杜阳皱眉，"看起来很不正常。"

"当然不正常啦，因为这个意识世界的主人正因为被麻醉针打中，现在是昏睡状态。他的意识力量不足以构建一个完整的世界，"一声轻轻的笑声传来，穿着白袍、头戴金冠的哈里缓缓降落在车顶上，"这两个老家伙已经被我引入顾蒙亮的意识里了，要快点去找到他们的秘密，才能救出顾蒙亮和胡依婷。"

"你你你……"小石指着哈里说不出话，哈里和杜阳看他"你"了很久之后，终于接受了这种设定——新时代的警察，什么电影没看过！

"他们的秘密到底是什么？"杜阳镇定地问。

"应该在他们家孩子身上。"哈里沉着说，"他们家孩子是根据这对夫妇的回忆做出来的，所以很容易跑着跑着就找不到了。好在这世界除了他们一家人也没有别人了，我们分头去找。"

"我去找大哥胡海。"杜阳上了车，发动了车子。

"我去找二儿子胡江。"哈里轻轻一跃跳上路灯，"他们真的往三个方向跑了。"

"我去找小儿子胡溪，但是我没有交通工具啊！"小石表示捉急。杜阳抬了抬下巴，示意旁边有没上锁的自行车。

八

杜阳追踪的是胡海。

他开着车，感觉眼前的景象越来越开阔，大马路，高楼林立，到处都是闪烁的霓虹灯和广告牌。

这里是……北京?

他远远看到了熟悉的天安门。街上没有人，一个人都没有，这灯火通明的长安街看起来有点诡异。

他开着车在长安街上飞快行驶，景色越来越现代，已经开始接近现代的建筑了。

一个中年男人站在CBD的大楼前沉默着，伸手叫车。

杜阳开车开了那么久，第一次看到有人，急忙一个急刹停到他的面前。那个男人西装笔挺，依稀有胡海小时候的样子，只是紧皱眉头，看起来心事重重。

“你怎么现在才来？”他不耐烦地看着杜阳，然后坐了上来。

杜阳惊疑不定，不知道这个情况该怎么处理才好。根据之前在居委会查到的记录，胡海是北京一家大公司的老板。

“胡总。”他试着叫了一声。

“往前开吧。”胡海感觉很疲倦，他微微闭上了眼睛。

杜阳往前开着车，偷偷看着后视镜里的胡海。

“对了，叫你给我爸他们打的钱，打了没有？”胡海似乎又把杜阳当成自己的秘书了，顺口问道。

“打了。”杜阳见招拆招，小心翼翼地回答，“今年胡总要回去看看他们吗？”

胡海看着车窗外飞驰而过的夜景，用手捂住了自己的嘴巴，没有作声。过了好久，他才说：“我大学刚毕业得到第一份工作时，回过一次，我爸爸讥讽我，说我找的工作还不够还他供我上大学的钱。”

“怎么这样说？”杜阳想不通。儿子学成归来，事业小有成就，父亲不都该欣慰吗？！

“我有工作，依然是欠他们的，既然欠他们的是钱，我就用钱来弥补他们。”胡海停顿了片刻，“我每次回家的感觉，一次比一次绝望。我的小弟弟是我供完的大学，他考上大学第一个通知的是我，他说：‘哥，我终于可以不用回那个家了，你也不用回去了！’”

杜阳沉默着。两代人隔阂如此之深，这是他没想到的。

“我父母总是彼此仇视，之后会把对彼此的怨恨发泄到我们身上，我们也没办法，只能逃离。”胡海哽咽道，杜阳发觉他的样子变得更年轻青涩了，似乎回到了大学刚毕业那会儿。

“我赚了那么多钱，在北京买了几套房，公司要开到国外了，结果我父亲给我打电话，依然骂我是个没用的赔钱货。他说我这辈子欠他的，用多少钱都还不完。”胡海轻轻捶着自己的头，“我现在很幸福，妻子温柔，孩子听话，我的兄弟也非常友爱，我觉得没必要回去，可是我不回去就是不孝的，对吗？”

“……”杜阳无言以对。

那个家庭让他那么痛苦，他怎么好劝他回去。可如果他不劝说他回去，他就无法救出顾蒙亮。

杜阳想了很久，开口说：“我想说说我的事。”

“你说。”年轻的胡海坐直了身子。

杜阳手扶在方向盘上，看着前面畅通无阻的马路，车子已经开到了四环上，北京的四环第一次这样空无一人。

“我一直爱着一个女孩子，很小的时候就想娶她，但她却义无反顾地爱上了别人。我自以为她的选择是错误的，阻拦了她爱的权利，让她含恨离开。到后来，我才发现他们是真心相爱的，我犯了无法弥补的错误，让我爱的女孩痛苦了一辈子。”

胡海静静地听着。

“爱应该是会给人带来幸福，但很多时候，爱会给人带来痛苦和灾难，是不是爱本身就是有毁灭性的呢？”杜阳平静地看着前方，“你看我这么年轻，其实已经是个垂垂老矣的人了。我怀着痛苦和不安，占据着别人留给爱人的宝贝活了这么多年，直到那个女孩的孙子遇见了我，我终于有机会忏悔，希望死在他的手上。”

“他怎么说？”胡海有点好奇了。

“他原谅了我，他能深切体会他奶奶的悲伤，但还是原谅了我。他原谅了我因为爱而犯下的错，那一刻，我终于解脱了。”杜阳忍住鼻酸，手轻轻放在方向盘上。

“这孩子真是不容易。”胡海感慨地说。

“但这孩子现在处于危险中，你愿意帮他一把吗？”杜阳看着后视镜，“比如回家看你父母一次？”

胡海一时间愣住，看着杜阳的眼神突然变得奇异起来：“你到底是谁？”

九

“我是谁不重要，最重要的是，你能不能和我回一趟家？”小石找到的是胡溪，他是一家报社的副主编兼主笔，年轻有为，正坐在那里不耐烦地敲打着键盘。他对小石的提议表示了烦躁和焦虑。

“其实我成家之后，让我妈妈来和我住过一段时间。”胡溪叹了口气，摘下眼镜说，“听说她和我爸依旧三天两头打架，一直和我哭诉。我心肠软，刚好我媳妇怀孕了，就想让她过来，一方面和我爸分开一段时间，一方面也来照顾一下我媳妇。”

“那很好啊。”小石觉得这个小儿子其实还挺有孝心的，并不像居委会大妈说得那么冷漠自私。

“结果她和我媳妇吵得天翻地覆，我媳妇都快产后抑郁了……我实在很难做人，只好先把妈妈送回老家了。”他抱住头说，“妈妈总觉得我们在歧视她，只要有点不如意就会又哭又闹的，我实在是……不知道怎么处理。我现在也是一家之主，我要对自己的家庭负责。送她回去的时候，她还找了我们这里的媒体，结果被一家我们的敌对报刊写了专栏，说我是个不孝子……”

小石听得目瞪口呆。

胡溪痛苦地说：“我送妈妈回老家，并不是说不管她，只是觉得她不适合和我媳妇住在一起。媳妇产后需要安静休息，结果闹到这个地步，我那时候才深切了解两个哥哥不愿意回去见他们的痛苦。”

年轻的小石皱起眉头，他不知道该怎么劝对方。

“你也觉得我很冷血对不对？”胡溪问。

“不，我觉得你真不容易。”小石说。

胡溪看着小石，把眼镜轻轻放在桌子上：“第一次有人这么体谅我。”

小石连连摆手：“哦，不不不，我只是说我内心的最直接的感受。”

“冲你这份理解，我回去看看他们吧。”胡溪一脸真诚地看着他。

小石有点感动：“你我素不相识，你愿意为了我去做这件事……”

“也许我们就是需要一份理解吧，为了这个，我们可以做任何事。”从事写作的胡溪说了这样一句话。

十

胡江所在的地方是一家生物研究所，品学兼优的他一路读到博士，然后在研究所里担任了重要的职务。

哈里轻轻降落在研究所的门口，他没有跟着小石他们去调查胡家三兄弟的资料，但是直觉带着他来到了这里。令人意外的是，和其他地方空荡荡不同，这家研究所是有“人”的存在的。

大楼保安问他找谁。

真稀奇，这保安的资料不应该存在于顾蒙亮的脑子里，现在居然开口和他说话了。

只有一个可能，这里的人，见过胡阿公或者是郭婆婆，这是属于他们意识里的东西。

“我找胡江。”哈里淡淡地说。

保安没有多加阻拦，指了指电梯门。

电梯旁边，有一面展示墙，上面有各个专家和科研人员的名字。胡江是里面最年轻的实验室负责人，长大之后的他，面容清瘦，神情淡漠，只有一点点童年的影子。

哈里不由得想起了在父母的责骂下拼命写作业的孩子。

一路询问，终于来到了胡江的实验室门口。

门是虚掩的，里面有人对话：“涂先生，这个项目还差一点点，请多给我一点时间。”

“胡教授，你脑子里的那个瘤子真的不会阻碍你的项目吗？”这个声音让哈里听了之后全身一震！

这是谁？

“涂先生”？

怎么好像在哪里听过这个声音？

怎么也想不起来了……哈里捂住脑袋，觉得脑子很疼。

“涂先生是想把我从这个项目里换掉吗？”是胡江的声音。

“我看过医生给的结果，你的脑子已经无法支撑你进行下一步的研究了。”

“‘换头’项目……”胡江说到这里，突然被人打断了。有个女人跌跌撞撞从走廊那边风一样地跑过来，把哈里撞到一边，然后打开了门：“老公！老家那边来电话，说你父母和邻居发生斗殴，身上被捅了几刀，现在在送往医院的路上！”

哦，是那天的事。

哈里一下子明白了，他从门缝往里看，里面站着胡江，还有一个背对着他，坐着轮椅，穿着黑色西装的男人。

涂先生？对方没有回头。

不知为何，哈里有一种冲动，想上前看看那个人的脸，但是却迈不动步子。

“快回去看看！”胡江拉着妻子就往回走。他们根本没注意到哈里，急急忙忙往外走出去。

哈里也顾不上他们，他的全部注意力都集中在那个“涂先生”的身上。

涂先生没有动。

哈里走过去，用力扳过对方的身子，看到的却是完全空白的一张脸。

那张脸的脸皮突然动了动，仿佛在笑他。

“啊——”哈里从未感觉到如此惊吓，他脚下的地板突然全部碎裂，整栋大楼瞬间坍塌，他整个人往下坠落而去！

“哈老师！”有人在推他。

他猛然睁开了眼睛，看见的是杜阳和小石惊慌的脸。他不知道他刚才有一半身体已经慢慢枯竭，开始出现干尸状态，这回睁开眼睛才慢慢恢复了。

“我……我怎么在这里……”哈里从他的棺材中慢慢坐了起来。

他的棺材一直放在胡家的阳台上，这是他打开五维空间之后第一次出现意识坍塌。连接顾蒙亮的意识和胡阿公意识的世界通道消失了，他能保全自己的意识逃出来真是个奇迹。

“顾蒙亮呢？”他突然想到这点，意识世界坍塌了，顾蒙亮很可能回不来了。

“我们在箱子里发现了他，不知道是不是麻醉药的关系，他还在沉睡。我们已经报警了。”

“不光是麻醉药的关系，”哈里看看倒在地上失去意识的胡阿公和郭婆婆，“他们都迷失在‘那个世界’了。”想到这里，他就忍不住捶了一下桌子，“该死，我的力量已经不能回去了，再磨蹭下去我就要变成……”他看了小石一眼，没有把“木乃伊”三个字说出口。

杜阳好奇地看着桌子上因为拳力震动而滚了两下的小球，他拿起来看：“这是什么？”小球闪着微弱的光芒，非常非常微弱，他小心扯了扯上面的丝线，“这个韧度，是人的……头发？”

看着沉睡不醒的顾蒙亮，哈里心烦意乱。杜阳觉得事情很有蹊跷，便趁人不注意，把小球装进了自己的口袋。

“顾蒙亮，你要快点回来啊！”哈里握紧拳头说。

外面响起了救护车的声音，医生护士们一拥而进，把顾蒙亮抬上了担架，顺便把那两个老人也抬上了担架。

“不要随便动他的身体，不要注射任何药剂给他。”哈里大声对医生护士们说。

“这个由我们医生决定。”护士冷冷地看着哈里，然后把顾蒙亮他们抬了出去。

“该死！要是注射了什么奇怪的东西惊扰到他的睡眠状态，那他真的有可能在那个世界全面崩溃，再也出不来了啊！”哈里冲着小石怒道。

“这个……我尽量和医生说说。”小石的表情有些一言难尽，但也知道事关重大，便跟着医生护士走了出去。

哈里想追出去，但感觉全身虚弱，脸上出现了灰败的神色。

十一

“快点啊！要不然赶不上见他最后一面了。”男人的声音。

“我真不明白，你这么讨厌你父母，为什么这个时候赶着回去？” 女人的声音。

颠簸的感觉。

顾蒙亮微微睁开眼睛，这里是哪里？

“我是很讨厌他们对我和兄弟们做的一切。”男人沉默了片刻，然后说，“但是这几年做‘换头’项目，我才知道，每个人的‘头’都是有局限性的。”

“什么意思？”女人问。

“大脑。”男人说，“出生之后的经历，决定了他们的大脑发育程度。我父母这样目不识丁，彼此怨恨，和这个世界为敌，很大原因是他们的经历所决定的。”

女人沉默，只是加大了油门。

外面是黑夜，汽车在公路上奔驰着。

顾蒙亮慢慢坐了起来，看到两个陌生人在那里。

“喂……”他想开口说话，伸手出去，却发现自己的手是半透明的，手穿过他们的头，他们却毫无反应。

“咦……”顾蒙亮看看自己的手，看着自己的身体轻飘飘地悬浮在座位上。我变成幽灵了吗？顾蒙亮有点疑惑。

“你其实是爱你父母的吧？”女人沉默地说。

男人沉默。

“我不知道，他们最讨厌的就是我，或许是因为我和他们最不一样。大哥至少认同他们追求金钱的那一套，小弟也试图在感情上接近他们，可是我看起来最冷血，走得和他们最远，追求的东西也和他们完全不一样。”

女人松开扶着方向盘的一只手，轻轻拍了拍男人的手，表示安慰。

“很感激遇见你，有了你，我才感觉到人生其实很充实。”男人反过来拍拍女人的手，“正因为我很幸福，我就在想，我还是感谢我爸妈的，毕竟他们给了我生命，并把我养大，这样的我才能遇见你，遇见幸福。”

夫妻之间缄默一笑，温情尽在不言中。

“这次见他们，我不知道是不是爱，我只是觉得，血缘关系是这辈子斩不断的。”男人又沉默了。

这是胡家三兄弟中的老二？

顾蒙亮听他这番话有点感动，伸手想去拍拍他的肩膀，却看见迎面而来两道刺眼的车灯。

“小心！”男人大叫一声，女人想打方向盘，但是已经来不及了。

顾蒙亮感觉身体被巨大的冲击冲飞了，没有痛苦，就是巨大的冲击把他整个人任意冲向空中。他恍恍惚惚在空中翻滚了好几下，世界在他面前颠三倒四，让他有点不知所措。

“女性当场死亡，还有一名男性，正试图联系他的家人和所在单位的领导……”救护车的灯光刺激了顾蒙亮的眼睛，他眯着眼，依稀看见一个坐着轮椅的西装男人被人推了出来，来到胡江的担架前。

“半边脑袋都压扁了，怎么办？”旁边的人问他。

“我可以保全他的半边大脑。”轮椅男冷淡地说，“他的大脑对我们来说很宝贵，在找到合适的身体之前，保全他的大脑。”

“涂先生……”胡江用微弱的声音叫住他。

“你妻子当场脑死亡，我爱莫能助。”涂先生继续冷淡地说。

胡江忍住泪水，对他说：“把……我和我妻子的身体……给我父母……他们如果还未脑死亡………”

“你没有身体，你的大脑更难保全。”涂先生说。

“拜……托……了……”泪水顺着胡江血迹斑斑的脸流下来。

轮椅男冷淡地看了周围的医生护士：“按他说的办，去龙城把他父母的遗体运过来，如果没有脑死亡就立刻换头！”他的研究所和这家医院有紧密合作，一切都是有条不紊地进行。

身体发肤受之父母……把身体发肤还给你们吧……

顾蒙亮的眼角有泪水滑下。

确定是泪水。

按照他们的要求，医院没有对这三具熟睡的身体做任何事情，只是安放了一套监控设备观察他们的各项生命指标。杜阳发现顾蒙亮有苏醒的迹象。

顾蒙亮的眼泪流了下来。

杜阳伸手擦过了他的眼角。

“这孩子，梦里看到了什么？和他奶奶一样感性。”他凑近顾蒙亮耳边轻轻呼唤，“快醒过来，孩子。”

顾蒙亮微微睁开了眼睛，泪水模糊了双眼，他好像看见了一个老人在慈祥地对他笑。

“爷爷？”他本能地这样叫，眼前人影清晰了，是和他看起来年纪一般大小的杜阳。

“这孩子叫我爷爷？”杜阳觉得这简直是意外之喜。

“我做了一个好悲伤的梦啊，”顾蒙亮的神志恢复了清明，“但想不起是什么了。”

小石从门外走过来，说：“那两个老人家刚才醒了一会儿又睡过去了，应该恢复正常了。”

“查到胡江的资料了吗？”

“嗯，就在胡阿公被人刺死的那天，胡江在去往机场的时候发生车祸，和他的妻子当场死亡。”他把调出来的资料给他看。

“胡阿公没有死，是因为他儿子把身体换给了他。”顾蒙亮躺在床上说。

小石以为他在说梦话，但是看见杜阳的表情不像是开玩笑，就恍然大悟：“所以胡阿公他们死而复生……”他捂住了嘴巴。

“哈里说胡江的实验室也许和胡依婷的失踪有关系。”杜阳拿出了那个球，“这个球和哈里身上有强烈的同位素反应，都是属于‘天庭星’那边的东西。只要接近哈里就会发光，估计胡依婷也是因为这个原因被抓走了。”

“你们到底是什么人？”小石有点迟疑地看着他们，“这一切太不可思议了，我该把这些写进报告吗？”

“你就写打麻将扰民的老夫妇私自扣留了上门劝阻的好少年，非法拘禁论处就可以了。”杜阳对他说，“这事情还没有查清楚就公开绝对没好处，相信我。”

小石点点头，突然觉得自己拥有了不得了的秘密。

顾蒙亮想着梦境中的一切，突然说：“我觉得胡江是爱着他的父母的。”

“你是指他把身体献给父母这个行为吗？我不这样认为。这难道不是‘断绝’关系的做法吗？就像神话故事里哪吒说的——把骨肉还给你们。”杜阳若有所思，“就像是在说‘你给予我的生命，我还给你们，从此各不相欠’。”

“他的确是有过断绝关系的念头，但是后来他遇见了深爱的妻子，遇见了幸福的时候，还是很感激父母给予了他生命，因为只有有了生命，才有机会遇见幸福啊。”顾蒙亮认真地说，“他也许会想到，父母变成这么不好的样子，也许是从未遇见过幸福？”

小石突然也想加入讨论：“我同意顾蒙亮的说法，当我们遇见幸福的时候，就会感激父母给了我们生命。”

“所以你认为他最后把身体给予父母，是想让父母也拥有一次遇见幸福的机会？”杜阳这才明白顾蒙亮想表达的意思。

告诉他们，我们遇见了幸福，所以很感激他们，那请你们也忘记这一切不好的经历，去遇见幸福吧。也许，这就是血脉相连最直接的“回馈”。

顾蒙亮突然发现这讨论中少了一个人——胡依婷。他握紧了拳头，一定会把她找回来的。

“你能不能帮助古玥莘搬到一个好一点儿的小区里？”哈老师在第二天选修课结束之后，严肃地对顾蒙亮说。

“如果你可以顺着龙江江水直达大洋彼岸不再回来，我就给古玥莘买一套房。”顾蒙亮诚恳地说。

“以前在我统治的王国里，能用军队和黄金解决的问题，都不能算得上是问题。”哈老师不甘心地说。

“如果我爷爷回来了，我愿意把你送回到你说的那个王国。”顾蒙亮说。

嗯，自从小哈来了之后，顾蒙亮身上的戾气是越来越重了。

·第五章·

小别离

一

深夜，连接高速公路的洛维大桥安静地横跨龙江。

两个小小的身影背着书包靠在桥墩下瑟瑟发抖。已经是春天了，但是倒春寒让他们难以忍受，其中一个小小的身影忍不住打了个喷嚏。

“陈家瑜，你没事吧？”其中一个小男生问，他从书包里掏出一个棒棒糖，“给你吃。”

小姑娘欣慰地拿过来，剥开糖纸看了看，突然一扬手，把棒棒糖扔向了江心。

“啊！最后一支了！”小男孩非常可惜地叫。

“听说如果自己的东西掉入江心，会有河神帮你捞起来的。”叫陈家瑜的小女孩对小男孩笑笑，“肖恒星，这是我听到的故事哦。你要许愿吗？”

肖恒星赶紧双手合十，默默祈祷：“希望我爸爸妈妈来找我。”

“你都离家出走了，还希望他们来找你啊！”陈家瑜觉得他简直不可理喻。

“那你离家出走是为了什么呢？”肖恒星问她。

陈家瑜想了想，低头说：“我希望我爸爸来找我。”

那不都是一样的嘛。

两个小孩闭起眼睛，虔诚地对着江面祈祷。

“喂！小孩子！不要乱扔东西！”突然出现的声音把他们吓了一跳。

他们睁开，看见一个穿着白袍、长了一张异国英俊面孔的男子，他衣袂飘飘地站在他们旁边，。

肖恒星赶紧躲到了陈家瑜身后。

白袍男子见两个小孩戒备地看着他，忍不住叹了口气：“刚才还在向我祈祷呢，现在却怕我怕得要死。”

“那……你是河神吗？”陈家瑜试探地问。

听同学们说，这座城市里有河神，如果在十二点的时候丢下自己的东西去许愿，只要诚实回答河神提出的问题，你的愿望就可以实现了。小女生之间老是有这种稀奇古怪的传说，但这时候，陈家瑜心存侥幸，万一是真的呢？

那个白袍男子伸出一只手阻止了他们：“今天我不是！今天我休假！我现在是出来找人的，你们看到过一个脸蛋长得像苹果的小姐姐吗？个子大概这么高。”他用手比了比，“力气很大的。”

胡依婷失踪了，作为河神组合里的重要人物的顾蒙亮情绪非常糟糕，作为合伙人的哈里表示当务之急不是完成“河神计划”找到西门豹，而是找胡依婷！不然顾蒙亮真的撂挑子了，他后面的计划怎么办？！

而陈家瑜和肖恒星对望一眼，纷纷摇头。

“那没办法了。”白袍男子挠挠头，“要是西门豹在就好了。”就这么说着，他“嗖”的一下不见了。

陈家瑜愣愣地看着：“所以，真的是河神啊。”

“河神大人！记得让我们的爸爸妈妈来找我们啊！”肖恒星对着波澜不惊的河面喊。

站在桥栏杆下面的哈里差点没掉下去，他掏了掏耳朵，无奈地望了望天。哎，胡依婷到底去哪里了？

在桥底下的陈家瑜发了会儿呆，直到肖恒星使劲儿推她：“有车过来了！”

带了集装箱的卡车在洛维大桥边停下，司机伸出头，然后看看时间，车上下来了两个人。

打开集装箱，里面放着几个大盒子，看起来像是冰箱的外包装，放得很松散，全然不在乎整个集装箱空了大片地方的样子。

两人走到一个箱子旁边打开看了看，然后放心地关上了集装箱的门，把车开上了洛维大桥。

集装箱里，两个小小的身影缩成一团。

“我们会不会被闷死啊？”肖恒星小声问她。

“还好吧，这里没那么冷了吧。”陈家瑜说着，拿出自己的学生手机，“哼，家里给我打了十几个电话，再打就快要没电了。”

“真羡慕你，我都离家出走快一天一夜了，我爸妈还没有发现我走丢了呢，一个电话都没有。”肖恒星有些沮丧。

“那些大人，就应该给他们点颜色看看！”陈家瑜很有把握地说，“离家出走，让他们知道自己错在哪里！”

车子继续平稳向前行驶。

“我们会不会被带到很远的地方啊？”肖恒星忍不住问。

“没关系，等车停了我们就下车。我身上有钱，我们可以住酒店的。”小女孩有些骄傲地拍拍口袋。

“陈家瑜，你懂得好多啊。”肖恒星一脸艳羡。

刚说到这里，车停了。

集装箱的门再次被打开了。

“涂先生说，要隔两个小时打一针。”两个人戴着帽子，手上还戴着手套。他们进了集装箱，从中拖出一个看起来和周围的箱子一模一样的箱子，然后熟练地打开箱子，拿出了手电对着箱子里照。

肖恒星伸头出去偷看，吓得差点叫出来，被陈家瑜捂住了嘴巴。陈家瑜的手也在发抖，但是她极力控制着。

铁箱子里，似乎是一个人。

一个人从随身的小箱子里掏出一管针剂，给箱子里的人注射，然后再盖上了箱子，锁了起来。一连串的动作一气呵成。

“这么强力的麻醉药，每隔两个小时给她打一针，不会有事吧？”其中一个推了推自己的眼镜，问道。

“注射了那么多麻醉药，她的呼吸和脉搏还是平稳的，各项指标也很稳定，难道你不觉得奇怪吗？”

“这么说也是。”

“这人同位素反应非常强烈，我们都要小心。”那人手上戴着一块很大的手表，“看起来只是个普通的女孩子而已。”

车子重新开始行驶了。陈家瑜把放在肖恒星嘴巴上的手拿下来。

肖恒星吓得瑟瑟发抖：“他们是人贩子吗？”

“不知道，应该不是什么好人。”陈家瑜虽然今年才十岁，但很有自己的想法，“下一次停车我们就偷偷溜出去。哎，我们去看看刚才那个人。”说着她突然站起来去扒拉刚才的箱子。

肖恒星很害怕，不知道这样是对是错，但是他还是本能地追随陈家瑜。

他们小心挪开旁边的箱子，然后巴望着刚才那个被打开过的箱子，箱子上着锁。铁箱上有一个小小的铁栏做成的窗口，大概是让里面的人呼吸用的。

陈家瑜打开手机的电筒去照那个窗口，发现里面是一个看起来十八九岁的少女，此时双眼紧闭，在沉睡着。

“喂，能听见吗？”肖恒星小声喊她。

对方没有反应。

陈家瑜关了手电，心事重重地靠着箱子坐下：“这两个人是要把这个姐姐卖去山里吗？”

肖恒星看看自己的手机：“我们报警吧，等救下这个姐姐还能立功，回去了爸妈也不会骂我们了。”

“听起来真不错！等我们救了人，成了英雄，爸爸妈妈就不敢骂我了！”陈家瑜这么说着，拿出手机准备打电话，“没电了……”手机显示屏一片黑暗。她用手肘戳了戳肖恒星，“你的呢？”

肖恒星赶紧摸出了他的手机递给她，她按了两下，然后呆呆地看着手机：“你这个笨蛋！你爸妈不是没有来找你！是你的手机欠费停机了！”她愤怒地用手机打他的头。

肖恒星用手捂住头，不知为何内心有一点点释然。原来爸妈那么久没有打电话给他，不是因为没找他，是因为手机停机了。

陈家瑜又打了两下，突然发现肖恒星的手机屏幕也暗下去了……没电了！

“怎么办？”肖恒星望着她。

陈家瑜想了想，一脸严肃：“记住他们的车牌号，我们先逃出去，然后去报警救这位姐姐！”

“嗯！”

两个小伙伴齐心协力把那个铁箱子恢复原状，然后躲在一排大箱子后面，头挨着头……睡着了。

二

顾蒙亮一众来到了派出所，看见小石正被两对夫妇围攻。

一位中年男人揪着他的领子：“我的女儿失踪了！手机也打不通！你们还不帮忙找吗？！”中年男子叫陈宇，是某企业的总经理，旁边站着他的妻子。他对女儿陈家瑜的失踪非常生气，指责妻子没有尽责任。妻子也不敢作声，一直默默听着。

小石接过同事递过来的视频资料给他看：“我们昨天晚上看过学校附近的视频资

料，上面显示昨天放学之后，你的女儿陈家瑜和他们班的一个男生一先一后上了公交车，这路公交车不是开往你们家方向的。你们在这个方向有亲戚吗？还是有小女孩平时去的地方？”

旁边另外一个中年男子凑近那个屏幕，大叫说：“不可能！那个方向不是他们平时去的地方！”说话的正是肖恒星的爸爸，他满头大汗，打儿子的电话总是打不通，他担心自己的儿子已经遭遇不测。旁边的肖妈妈正低声啜泣。

看小石在派出所忙得鸡飞狗跳，顾蒙亮他们知趣地退到一边。

依然没有胡依婷的下落。医院里的胡氏夫妇醒了过来，但是不会说话，对外界刺激也没有反应，警方无法从他们嘴里打听到胡依婷的下落。上海那家研究所是他们二儿子胡江工作的地方，也许和胡依婷的下落有很大的关系。

哈里突然想到那个被杜阳偷偷带出来的小球，在接近哈里的时候有强烈的光反应，接近顾蒙亮有微弱的反应，他嘀咕道：“我真的很好奇什么人会做‘天庭星’的同位素测试啊！”

“你们还记得年初遇见的那个叫陈晓宇的少年吗？他说要偷木乃伊的那些人，也是上海口音。”而顾蒙亮显然在另一个频道，他沉吟道。

“真的吗？”最近哈里对顾蒙亮非常讨好，“我本来以为他们要偷我纯粹是为了钱。”

“如果不想掩人耳目的话，走公路也许是最好的方法。”杜阳沉着分析道，“私人飞机的话动静比较大，很容易会被发现，而胡依婷不太好控制，走铁路的风险对他们来说比较大。”

“胡依婷如果还是活着，的确不太好控制。”哈里说到这句的时候，突然收到了顾蒙亮凌厉的眼神。

“胡依婷不会有事的！”杜阳摆手安慰顾蒙亮，“她身体里有宝贵的外星物质，是个珍贵的样本，那些人不会那么简单就杀了她。”

“我们古埃及要运送俘虏，为了以防万一会直接剁掉手脚。”哈里一时兴起这么补刀的时候，顾蒙亮气得扭过了头。见自己讨了个没趣，哈里就伸头去看那边吵吵嚷嚷的小孩失踪案，看到了失踪的两个孩子的照片之后，忍不住说：“哎，这两个小孩我昨晚见过的，就在洛维大桥那边。”

“什么？！”小孩家长连同民警小石一起伸长了头围住了哈里，“你再说一遍！”

“是啊，他们还对着龙江许愿呢。”哈里耸耸肩说。

三

陈家瑜缓缓醒过来，发现车子还在移动，四周一片黑。

“哎呀，我们睡着了！”她用力推旁边的肖恒星。

过去多少个小时了？那些坏人有没有再进来过？他们无法判断，并且有点心慌。

陈家瑜爬过去偷偷看了那个箱子一眼，发现那名少女依然在里面沉睡。

“我们再等等，等他们开了车门我们再下去。”陈家瑜小声说。

两个小伙伴背靠背沉默了片刻，肖恒星突然问她：“你为什么离家出走？”

“我爸爸骂我。”她用一种满不在乎的口气说。

“为什么骂你？”

“他就是喜欢骂身边所有的人，包括我妈妈。”陈家瑜抱住腿说，“就因为惹他生气，答应寒假带我去东京迪士尼的签证也取消了。”

这时候，车突然停了。

车厢门从外面被打开，刺眼的光线照射进来，原来已经天亮了，阳光很灿烂。门口出现了两道黑影。

那两个人又进来了，驾轻就熟地走到那个箱子面前，然后从口袋里拿出一把钥匙打开锁，拿起针筒对着少女的手臂注射下去。

“这小姑娘的身体愈合能力很强，真叫人羡慕。”戴手表的那个摸了摸自己的脖子，他的衬衣领口系得紧紧的，脖子上还围着一条简单的黑色围巾。无独有偶的是，眼镜男脖子上也有一条一模一样的围巾。

打完针之后，两人又锁上门。

他们没有注意有两个小小的身影已经下了车，躲到了一边的草丛里。

此时车停在国道边，周围是一片刚刚插秧的田地，那两个司机锁好了车厢也不走，蹲在旁边抽了会儿烟，那个戴手表的还跑到田间小解。

“呀！”

“怎么回事？”另外一个戴眼镜的闻声赶来。

“怎么会有两个孩子……”之前那个赶紧系好裤子。陈家瑜注意到他手上戴的是一块和她爸爸一样的进口手表，价值不菲。

“你们是谁？怎么会在这里？”两个人看到这两个孩子身上还穿着做工考究的校服，一看就不是这附近农村的孩子。

“我们迷路了，叔叔帮我们报警，好不好？”陈家瑜拉住想发言的肖恒星，脆生生地说道。

“好啊。”戴眼镜的男人本能地拿出手机，被戴手表的人一巴掌打掉：“你疯了，报警？”

戴眼镜的这才发觉不妥，及时收住了手：“那……等到了武汉，随便找个派出所门口扔下去就可以了。”

“还要两个多小时才到武汉呢。”手表男说。

陈家瑜和肖恒星被他们关在驾驶室内，也在窃窃私语着。

四

一群人看了整整一晚上公路视频，期间哈里还变成干尸，在小石的休息室藏了一个晚上，吓得半夜想进去休息的小石差点没像只猫一般跳到天花板上。

现在杜阳和顾蒙亮都是满眼血丝，只有哈里一个人刚刚苏醒，神采奕奕。

杜阳突然指着屏幕说：“我觉得那天哈里离开后不久出现的那辆卡车很可疑。”

“怎么了？”顾蒙亮问。

“这辆车带着个集装箱，路线也比较特别。”杜阳指了指屏幕。

“什么意思？”

“这种长途货车基本都是运送货物，到了物流中心就会返程，一般不会进入市区的，市区也禁止这类长途车出入。但这辆车……它绕过了物流中心，接近了市区，然后很特别地从洛维大桥上面经过，这个路线太不经济了……”杜阳沉吟，“我建议去交警部门查查这辆车。”

哈里对杜阳的观察力表示佩服，回头想询问小石的时候，却发现小石被两边的家长紧紧围住，几乎要被他举起来了——“快去把我家的孩子找出来！”“找不出来我就躺在你们派出所门口了！”

“这是什么？”哈里指着监控视频的一个定格问。

那是大卡车停在洛维大桥上，旁边有两个小小的黑影一闪而过，不注意还真看不到。

“能放大吗？好像是两个孩子。”杜阳眯着眼说。

那边的家长和小石停止了纠缠，齐齐看过来：“孩子？”

“嗯，穿着校服，看起来像是附近小学的孩子。哈里你看是不是你那天晚上遇见的那两个？”

陈爸爸和肖爸爸凑上去一看，忍不住大声说：“这就是我们家孩子啊！”

小石把监控视频来回拉，终于确定了那两个孩子就是丢失的孩子，穿的还是他们的校服。

“我怀疑他们是上车了。”杜阳指了指那辆徐徐开走的大货车，“而且，他们并不是被胁迫上车，是自己上的车，看起来要偷偷离开这座城市呢。”

听到这里，陈爸爸脸色一变，一拍桌子：“这个没良心的丫头，走就走了！我不找了！就让她被人抓走！被人卖了！”

“啪”一巴掌，只见陈爸爸捂着脸，吃惊地看着自己一直很温顺的妻子。陈妈妈含着眼泪，怒视着他：“我辛辛苦苦生下来、尽心尽力照顾的女儿，你怎么能这么说她？！”

“我这不是气话……”

“住口！我已经受够你了！我知道你工作忙，平时在家里对我们颐指气使我都忍了，可是家瑜小小年纪有什么错，你动不动把她当下属一样训？她现在离家出走你还和她斗气？你和一个小孩子斗气？你到底有没有当父亲的自觉？”

陈爸爸忍不住辩解：“我每天工作那么忙……”

“少拿工作当借口！你在工作上是一个男人，可是你在家里，完全就是比小孩还不如！”陈妈妈怒吼道，“要是家瑜找不回来，我就和你离婚！”

“别着急，都先别急！我们这就去找他们。”哈里突然跳出来，大手一挥，“毕竟这两个孩子当时许愿就是希望父母去找他们呢！”

“真的吗？他们真的这么说？他们没有生气吗？”陈爸爸凑上来，一脸疑惑，“那为什么他们要离家出走？”

“我也不知道。”哈里也想不通，他沉吟了一会儿，说：“可能他们这么做，就是为了要你们去找他们吧。”

“离家出走，就是为了要我们去找他们。”

家长们愣愣地站着，回味着这句话。

说完这句，哈里也愣住了，他好像想起了什么事情。

好像很久以前，那个少年在大大的宫殿里躲了两天两夜，为的就是让他去找他呢。

他记得当初在满是灰尘的石屋里找到了那名少年，他瞪着乌黑的眼睛，看见有人来找他，眼里居然闪过一丝如释重负的神情。

哈里捂住脸，突然发出了低低的笑声。那名少年……是谁呢？那个王后，又是谁？

“笑什么笑啊！赶紧帮我们找孩子！”陈爸爸着急地推了哈里一把。

五

快靠近武汉城区了。

手表男看了看自己的手表，示意了一下开车的眼镜男。

车靠边停下了，手表男开门下车。

陈家瑜和肖恒星紧张地对望一眼。他们坐的是后排驾驶员的休息椅。

眼镜男看了他们一眼，伸手从他们的座位下抽出一个箱子后，也下车了。

"该死的！"从集装箱里传来眼镜男的骂声。

箱子里的麻醉药，本来是用玻璃瓶子装着的，现在全部都碎了。

"好好地放在车上，都有防震措施，怎么会碎？！"眼镜男指着装着麻醉药的盒子怒道。

"是那两个孩子。"突然，他们想起了驾驶室里的那两个孩子，急忙下车，就看见两个小小的身影正往前跑，"抓住他们！"

"放开我们啦！"没跑几步，两个小孩就被逮住了。他们哭叫着，希望有人路过能看他们一眼。然而没有车辆经过，旁边是两排高大树木，后面是一片一望无际的翠绿色的芦苇，荒无人烟。

"你们这两个小家伙，为什么弄碎我的药？"两个男人把他们扔回驾驶室，恶狠狠地问。

"我们不知道是什么东西，拿出来玩，但是不小心弄碎了。"陈家瑜一把眼泪一把鼻涕地哭道。

"拿出来玩？"眼镜男和手表男两个人对望一眼，狐疑地看着他们，"那为什么要跑？"

"怕你们骂我！"陈家瑜捂着脸哭了，哭的时候从指缝偷看他们。

手表男看着旁边的小男孩一直说不出话，只是惊恐地瞪着他们，心里的怀疑不由慢慢升起。他指着男孩子说："你来说！"

肖恒星牙齿打着颤，他不会撒谎，他看着陈家瑜用手机一支一支砸碎的，但他不敢说，只是惊恐地望着他们，感觉一切都完了。

眼镜男也不相信他们，凑近了肖恒星，看见了他们校服上印的学校字样——"龙城屏山小学"。

"这两个孩子，是龙城来的。"

空气凝固了。

"看样子，是不能放你们走了。"手表男缓缓地说，眼睛里闪过冷酷的光。

这时，他们似乎听见有撞击的声音，一下，两下。

又是一下撞击声，非常清楚。

他们这才发现撞击声来自后面的集装箱，赶紧把两个孩子关在驾驶室，跑到后面看，却看见铁箱子已经被打开，锁被扭得七零八落的。箱子上有个圆形的洞，看来是从里面直接一拳打穿然后伸手扭断了铜锁。

箱子里空荡荡的，除了原来绑住少女的绳索，什么都没有了。

“货物”跑了。

驾驶室那边有清脆的玻璃碎裂的声音。

他们赶紧跑出来，却看见一个黑影肩膀扛着一个孩子，手里还抱住一个，身轻如燕地在他们面前一跃而起，一脚踩在车顶，然后翻身进了旁边的芦苇荡，只留下一阵水声。

鬼魅一样的速度。

两个人都出了一身冷汗。

果然是涂先生点名要得到的“货物”，这么可怕的力量!

“怎么办？”两个人对望一眼。

陈家瑜以为自己眼花了。

就在那两个男人去车厢查看的时候，一个面容苍白的少女一拳打碎了车玻璃，打开了车门，然后扛起她，抱起肖恒星就跑，整套动作风驰电掣，瞬间完成。

世界上怎么会有力气这么大的人，扛着他们还跑得一溜烟飞快？！

少女举着他们一下子跳进了芦苇里，芦苇扫得陈家瑜的眼睛都睁不开，她急忙捂住了眼睛。

仿佛没前进多久，就突然停下来了。

“我突然想起……我好像不会游泳……”少女轻声说了一句，然后慢慢向下沉去了。

陈家瑜才发觉自己被带入的是一片池塘，急忙叫着已经吓得呆住的肖恒星，努力抓住周围的芦苇，然后努力拍水抓住要下沉的少女。

“姐姐，姐姐你坚持住啊！这水没有多深，抓住芦苇就可以了。”陈家瑜着急地大喊，抬起头感觉水快没过她脖子的部分。

少女缓缓睁开了眼睛……那些麻药，让她像喝醉了一样看不清楚东西。

“姐姐，抓这里。”肖恒星拉住她的手抓住旁边的一团芦苇。他的牙齿打颤得更厉害了，现在是春天，池塘的水非常冷。

“我……我没力气了……”少女嗫嚅着，完全没有刚才的气势，“顾总救命……”

六

“胡依婷的弱点是什么？”顾蒙亮觉得有必要严肃地讨论这个问题。

凌晨三点，哈里背着自己的棺材，打着呵欠，跟在杜阳和顾蒙亮身后上了楼顶。

“麻醉药对她是有效的，而且她不会游泳。”哈里列出几条他掌握的情报，“还有一点你可能没注意到，她吃得很多。”

顾蒙亮当他最后一句是吐槽，就没理他，但是杜阳很在意：“我认为他说得有道理。”

“吃得多也算是弱点？”顾蒙亮不解道。

“胡依婷的运动能力很惊人，虽然身体被外星人改造过，但毕竟还是人类的构造，所以……她必须要消耗大量的食物才能保证她能量的供应，你没注意到她每次有大行动时都需要提前补充很多高热量的食物吗？”杜阳提醒她。

“现在我们去哪里？”哈里环顾四周，不知道顾蒙亮为什么要他们爬到这么高的楼顶上。凌晨四点，他想干什么？

顾蒙亮没有回头看着他，半空传来了螺旋桨转动的声音：“我爸调了架飞机过来，直接飞武汉。”他拿着手里的平板电脑，“小石说那辆车一直朝着武汉方向前进，走的国道，我们现在过去可以先到达武汉。”

只要有一点希望，他就不会放弃。视频显示那辆货车在湖南境内的一个服务站停留过，车上下来了两个人买水喝。

“就算这两个人和失踪的孩子有关，也不能确定和胡依婷有关。”杜阳提醒他。

“这辆货车挂的是沪牌，之前和另外一辆车在洛维大桥上有交接，另一辆车就是来过胡家的货车，货车找到，司机失去踪迹，非常可疑。和胡家老头儿通电话的也是来自上海那边的电话，我更愿意相信这些和胡依婷有关，”顾蒙亮沉声说，“我不愿意放过任何一线希望。”西门豹在就好了，他那张强大的信息网和无孔不入的苍蝇机一定可以保护胡依婷，可是他……顾蒙亮握紧了拳头。

杜阳暗自心惊，很少看见顾蒙亮这么有决断的时候，他这次是真急了。

风把顾蒙亮的风衣领子吹到了脸上——凌晨四点，楼顶上只有远处尚未休憩的灯火映射的微光。眼前的少年，有几分从湖面走过来的那位年轻男子的模样，温柔的，坚定的，似乎可以让人信赖的模样。

七

“姐姐，快上来。”好不容易靠近了岸边，陈家瑜和肖恒星拖着已经失去行动能力的少女，吃力地上了岸，三个人歪在岸边大口喘气。

“这位姐姐会不会是低血糖？你那里还有糖吗？”陈家瑜问肖恒星。

“有！”肖恒星从书包里掏出奶糖，剥开糖纸，笨拙地塞进了那个少女的嘴里。

少女的嘴巴蠕动了一下，吞下了一颗糖：“还……不够……”已经两天没吃东西了，完全支撑不了刚才那么剧烈的运动。

肖恒星急忙把包翻了个遍，把所有糖果都一颗颗剥开塞进了少女的嘴里。

歇息了片刻，少女的眼神开始聚焦了。

陈家瑜小声问：“姐姐，你是谁啊？”

“我叫胡依婷。”少女这回开口说话了。她坐了起来，看了一下四周，“这里是哪里？”

“武汉附近。”陈家瑜像个小大人一样说。

“哈？我穿越来这里了？”胡依婷觉得非常神奇。

肖恒星抬头，看见他们头顶盘旋着一个小小的直升机：“看！有飞机模型！”

“这里有这么高级的玩具？”胡依婷心里起疑。她站了起来，带着两个小孩慢慢朝岸上走去，走了大概一两百米，却发现那个直升机一直跟着他们。

“不好！”她突然顿悟，“这可不是什么玩具！这是跟踪我们的！”说着捡起一块石头，对着半空中的直升机砸去，手速和准头都让人反应不过来，那直升机的螺旋桨瞬间粉碎，直直掉入了池塘里。

“哇，好厉害！”陈家瑜和肖恒星大开眼界——这怎么做到的？！

“见鬼……”胡依婷已经很久没有进食，又被注射了很多麻醉药，身体的愈合能力已经用尽了她的能量，现在突然一使劲，又让她感觉头晕目眩，手软软地垂下来。

——西门豹改造过的身体，看来也是有弱点的嘛。

“姐姐，他们过来了！”陈家瑜叫道，指着远处的一群人。

胡依婷看看四周，池塘边上就是一个大山坡，上面是一片果树林。她咬咬牙指着那边：“快走！走那边！”

“胡姐姐，那边有个屋子！”陈家瑜指着果林里的小木屋说，“里面可能有食物！”

食物对于目前的胡依婷来说实在是太重要了，跑了这一段路，她感觉自己虚脱得快晕倒了。

小木屋好像是一个看林人住的，里面只有简陋的床铺，床下放着脸盆和一个热水壶，还有两盒围棋，没有其他东西。

胡依婷只觉得自己的血糖在急剧下降。

“姐姐！有热水！”陈家瑜惊喜地指着热水壶，拿下书包，“我们还有两盒螺蛳粉！用水泡开可以吃！”

龙城盛产全国知名的小吃螺蛳粉，这种美食创立于二十世纪八十年代，二十一世纪初突然风靡全国，是号称“只要你忍受得了吃三次，一辈子都会离不开它”的著名小吃。但吃货绝对不会想到有一天会有两个小孩在逃命的时候，泪流满面地从包里掏出螺蛳粉方便装，屁滚尿流地撕开盒子包装，再心急火燎地往里面灌热水，最后双手合十祈祷粉快点被泡开。

刚烧的水够烫，空气中很快就开始弥漫起刺鼻的酸笋味，饥肠辘辘的感觉席卷而来。

胡依婷忍不住吞了口口水。

外面有声音，胡依婷凑到窗口那里往外看，不禁皱起眉头。外面有七八个男人蹑手蹑脚在靠近小木屋，他们手上拿着木棒，看起来都像是一些小混混。

哼，一群乌合之众。

胡依婷顺手拿起旁边放着的围棋，大概是看林人用来打发时间的。

有胆大的已经靠上来了。

突然，小木屋的窗户里激射出两枚围棋！快准狠，直接射入了那名混混的眼睛里！

“啊！”小混混惨叫着，捂着眼睛在地上打滚，“我的眼睛要废了！”他满脸是血，胡依婷为了保护自己和孩子，手下可没有留情。

有两个人接着冲上来，窗户里又射出了七八枚围棋，准确地打中了他们。不知道屋里那个女孩哪来这么狠辣的劲头，让棋子有这么大的杀伤力。棋子直接嵌入了身体里、眼睛里，还有一枚直接打入了一个男子的嘴巴里，直接卡在了食道里，让男子两眼翻白倒在地上发不出声音，而他的同伴正抱头鼠窜。躲在树后的同伴吓得直哆嗦，再也不敢冲出来。

小木屋陷入了死一般的寂静，里面没有声音，外面的人也不敢作声，只有一股子酸笋的味道从里面飘来。

胡依婷艰难地抵御着饥饿的感觉，只祈求身后那碗粉快点泡开。

哈里平时老是笑她吃得多，如果看到她现在的情况就知道，吃是争取胜利的第一要义！几千年都不吃东西的木乃伊怎么会懂?

“涂先生，我们已经包围她了。”眼镜男拿着手机和老板报告，“女孩还在负隅顽抗，攻击力非常高……涂先生，您说得很有道理……是。”眼镜男一副收到新指令的样子，挂断了电话，皱皱眉，似乎闻到了一股奇怪的味道，问道：“什么东西这么臭？”

手表男皱了皱鼻子，表示各花入各眼，各味入各鼻，他倒不觉得臭，只是觉得有点饿。

徒手激射了三回合的围棋子之后，胡依婷已经虚弱得蜷缩在地上了。

“能量消耗好大啊……”她翻着白眼嗫嚅着说。

“姐姐，这碗泡好了，你先吃一点吧。”陈家瑜捧着烫烫的螺蛳粉递过来。

闻到食物的香味，胡依婷本来涣散的眼神瞬间发光了。她接过方便碗，直接把热腾腾的粉用叉子绕了几绕，大口大口地往嘴里塞，看得陈家瑜和肖恒星睁大了眼睛。

就在吃得正尽兴时，门突然被撞开了，两三个男人冲了过来。

胡依婷一手托着个碗，另外一只手竖掌朝其中一个男人的肚子打去！

门本来就窄，三个男人几乎是挤进来的，被胡依婷一掌打在肚子上的那个男人顿时觉得自己五脏六腑翻转了一般，有一股巨大的冲力让他身体向后飞去，重重撞在后面的同伴身上，胡依婷再补上一脚，冲进来的人都往后飞了出去。

“一碗螺蛳粉的力量就这样没了，还有吗？”胡依婷一掌打出之后，感觉肚子又空虚了起来。

“我这里还有一碗！”肖恒星想起自己泡的也快好了，赶紧送了过去。

手表男在外面冷冷地看着带来的人伤的伤逃的逃，皱起眉头：“还得靠我们自己吗？”

眼镜男从口袋里拿出了刀：“放弃这具身体吗？”

“放弃吧，涂先生说会给我们新的。”

胡依婷以风卷残云之势吃完了肖恒星泡的那碗粉。用热水烫出来的粉有点硬，她吃得不是很舒服，但几天没进食的她，吃什么都觉得是无上的美味。

“你们两个小学生怎么会来到这里？”她伸头看了看外面，总算回过神来了，“身上有手机吗？”

“有的，但是没电了。”陈家瑜有点难过。

“看看这里有没有充电的地方。这里有人住，应该有充电器的。”胡依婷示意他们到处找找。

陈家瑜和肖恒星一通翻找，终于在枕头下找到一个充电器：“姐姐，真的有！”两个小孩兴奋地尖叫。

陈家瑜忙插上手机，顾不上一堆未接来电提醒，赶紧拨打胡依婷报出的顾蒙亮的电话。

刚一打就接通了，对面是个焦急的男声："胡依婷！"

"顾总！"此刻听到这个声音，胡依婷也有些兴奋，忙接过手机，"顾总，我现在在武汉，特别惨，在一个果树林里，你能定位我的坐标吗？我现在被包围了，而且没有力气了……"

"开着手机，我去找你！"顾蒙亮在电话里叫道，"我已经到武汉了，会找警方定位你的位置！"

顾总的速度还真是快啊，怎么秒传送到武汉了？

"姐姐，他们要过来了，手里还拿着刀！"此刻，紧盯着窗外的陈家瑜喊道。

胡依婷一听对方带了致命的凶器，便心里一寒，放下电话看看四周，只有一扇门一扇窗户，带着两个小学生，万一发生什么械斗可不能伤了他们。

"姐姐！"陈家瑜突然身体颤抖地叫了起来，"他们，他们拿刀在割自己的脖子！"

"咦？"胡依婷听到这样的话不由得大惊失色，跳到窗户前，看见那个眼镜男刚刚一刀割下自己的头颅，脖子上那条围巾被扔在地上。

自刎？这是什么情况？

奇怪的是，那两个人割下的头颅并没有立刻滚落到地上，也没有流血的迹象，而是似乎悬浮在脖子上，脖子和头颅之间闪着一圈白光。

停顿了几秒，那两个人带着他们的头颅冲了过来。

胡依婷大惊失色，扣紧着棋子纷纷朝他们打去。这多加一碗螺蛳粉的威力，打出的黑白棋子犹如漫天棋雨，劲头很足。

几十枚棋子打在了那两个人的身上，身上顿时千疮百孔，棋子全部嵌入他们的身体。那两具身体僵硬地站在原处，然后慢慢倒下。但是，分离的头颅依然悬浮在半空中。

这诡异的场景让胡依婷他们大吃一惊。

令人吃惊的，不单单是单独悬浮的头颅，还有这两颗头颅竟以肉眼看不到的速度，完美闪避了所有胡依婷射出的棋子！

眼镜男的头露出了微笑，然后两颗头颅以极快的速度朝着胡依婷冲过来！

胡依婷怎么说也是见过大场面的人——她可是和法老王有过实战经验的人！她深呼吸，在旁边小孩子的尖叫声中及时调整了心态，重新扣满棋子朝那两颗头颅射去！

小木屋的窗户太小了，胡依婷要贴着窗户才能射出棋子，不管是角度还是视野都受到了很大的限制。那两颗头速度太快，立刻就在眼前消失不见了。

“好可怕！”两个孩子看着会飞的人头早就吓得魂不附体。

门突然被撞开了。

眼看着两颗头颅冲过来，围绕着他们上下快速移动，胡依婷指着门外大叫：“快点出去！”

孩子们哭着冲出去的瞬间，胡依婷感觉到自己的手臂被划出了一道长长的口子。

她定睛一看，原来这两个家伙把自己的头撞得都流血了，嘴巴下方的一个奇怪的凹槽插着“自刎”用的刀。他们不但力量大，速度快，还带有攻击功能，并且不要命！真是可怕！

胡依婷滚到床下，举起床朝他们砸去。趁两颗头颅闪躲的间隙她飞快地跑了出去。

“去找有村民的地方！”她冲着那两个孩子叫。

眼镜男他们的首要目标当然不是孩子，他们要的是胡依婷。

胡依婷没命地往村庄那边跑，转眼又看不到那两颗头了。正疑惑的时候，突然觉得脚上一麻，她双脚一软，倒在了草丛中，脚腕剧痛。低头看的时候，草丛深处，两颗头的嘴上带着刀正冷冷地望着她。

她突然觉得全身一软，不好！为了给身体的愈合提供能量，刚刚储存的一点热量又没有了！

胡依婷跪在草丛里，那两颗头颅又不见了。

满目的绿色，草丛里还带着露珠，如果是平时，这里一定是一幅生机盎然的早春图，可是此时此刻，胡依婷知道这一片娇嫩的绿色里隐藏的杀机。

她靠着一棵树，努力离那些草丛远一些。

失去了行动能力的脚，急剧下降的体力，她眼下到底还能做些什么？

远处草丛微微颤动，突然一道寒光迎面飞来……

八

“你们有没有看见这两个小孩子和这个女孩啊？”在村头，三个年轻人带着照片问村民。

一个是穿着考究的美少年，一个是文质彬彬的学霸，还有一个银发青年一直背着个雕花大箱子。

被问话的老奶奶耳背，呱啦呱啦说了一大堆本地话，三个年轻人都表示听不懂。

顾蒙亮的判断是正确的，他们刚下飞机就接到了胡依婷的求救电话，根据她的描述还有手机信号定位，应该就是这附近。

“你们有没有见过这两个男人，或者是这个女孩子？”顾蒙亮照片上的两个男人是从监控录像里截图下来的，面目很模糊，村民都用一脸“你在逗我”的表情看着心急如焚的顾蒙亮。

“刚才不是有两个孩子哭着要报警吗？”抱着孩子的一位妇人走过来说，像是突然想起了什么，“帮他们报了警，不是说要找几个人去果园那边看看吗？”

“那两个孩子在哪里？”美少年这样问。

“大概是受了惊，在那头的王大伯家里休息着呢，好像是从他家那边的果园跑过来的。”妇人指了指村尾的一户人家说。

顾蒙亮一听便冲了出去，按妇人指的方向找到了王大伯家，看见了两个穿着校服、犹如惊弓之鸟的孩子。

“胡依婷在哪里？”他大声问。

“啊，是河神！”陈家瑜认出了银发青年就是那天晚上看到的白袍男子，突然哭出来，“有两个人头怪在树林里袭击胡姐姐！快点过去救她！”

“人头怪？”哈里眯了眯眼睛。

九

胡依婷手里扣紧了剩下的棋子，瞪着半空中已经被打瞎了一只眼睛的手表男……的头。另一颗头还藏在草丛里。

胡依婷大气都不敢出，死死盯着四周的草丛，只要有一丝异动，她的棋子就会发射出去。

脚腕好痛。虽然是改造过的身体，但是痛觉依然是和正常人一样的。

一阵风吹来，后面的草丛开始微微颤动，她想都不想一抬手就扣住棋子射过去。左边的草丛也在动，她另外一只手的棋子激射而出！

机会来了。

在两把棋子射出去之后，胡依婷伸手去口袋里拿新的棋子，这时脸上已经伤痕累累的眼镜男突然从草丛里窜了出来，嘴里叼着刀。

就是她伸手去拿棋子那么一刹那的时间，她露出了破绽！

手腕剧痛。

胡依婷痛呼一声，感觉自己的手腕软软地垂了下来。她整个人跪在草丛里，大声怒吼：“你们到底是什么人？为什么要抓我？”

说的时候，突然感觉到脖子上一紧，那两个人叼着藤蔓缠绕住了她的脖子，把她毫不留情地往后拖。她想用手解开那条藤蔓，但是手已经动不了，只能抬起手臂徒劳地挣扎。

胡依婷感觉自己脖子被勒住，只要她身体挣扎，脖子上的藤蔓就越紧，再挣扎下去，自己就要窒息。她似乎回到了被绑在冰箱里扔下江心的时候。

说也奇怪，她被关在冰箱里扔下去时应该是死了，没有意识的，为什么痛苦依然埋藏在记忆深处？那种无助的、被困住的、无能为力的感觉……

远远的密林深处隐隐传来了人声，来的是三个穿着卡其色风衣的人。三个人迅速清理了现场，一人拿着箱子，里面装着那两颗人头，另外两人用黑色袋子装起了胡依婷，打算悄无声息从原路撤退。整套动作驾轻就熟，就像清洁工处理厨余垃圾一般自然。

沙沙的草丛声，好像有风吹过。三个人的精神有那么一瞬间有点恍惚。

耳边突然传来了一声冷笑，他们警惕地四处张望。

突然，每个树疙瘩都变成了眼睛，缓缓地睁开。

“实在太不像话了你们。”一个冷冷的声音从半空降落，所有的树木都睁着大大小小的眼睛瞪着他们，这三个人顿时呆住了。

“往上看。”一道声音友好地提醒。

抬头看的时候，他们发现树上站着一个白袍子银发的英俊青年，结实的肌肉在近午的阳光中反射着健康的光泽，那青年五官深邃，有一张异国人的面孔。

“欢迎来到我的世界。”银发青年摊开手笑着说。

草丛之下突然隆起大大小小的土包，像一张张凸起的嘴唇。所有的嘴唇都像扩音器一样传送着青年冷冷的话语：“你们只有死在这里了。”

银发青年轻轻一挥手，他们手中的少女像是被巨大的吸引力吸了过去，落在了他的臂弯里。他拉下布包，看到了胡依婷的脸。

那三人大为惊骇，转身就跑，却发现前面的路怎么跑都跑不到尽头，所有的景物都像是在后退，但是却无穷无尽地在身边重复着。

银发青年一手将胡依婷搁置在旁边的树枝上，随意折下一片树叶，放在唇边轻轻一吻，拉出一支箭矢，手在空气中比出握弓的模样，箭矢悬空一发，直直射向三人中一人的眉心。那人顿时目眦尽裂，直直地倒了下去。

“意识永久剥夺，下一个。”他又折下了一支箭矢。

“不要啊！不要啊！”另外两个人一边在原地狂奔，一边狂叫着。下一秒，又一个人倒下。

另外一人顿时吓呆了，跪在原地求他放过自己。

“告诉我，幕后主使人是谁？”银发青年轻描淡写地问。

“是……是涂先生！”

又是这个名字？银发青年微微一怔，拉弓的姿势停下。他头顶的太阳突然变成了一颗巨大的眼球，冷冷地盯着他，但是他毫无觉察。

他注意到地上的箱子：“这是什么？莫非是那两颗会飞的人头？”他收了弓，抱着胡依婷跳了下来，无视那个人，径直走到箱子前，打开箱子，同时看到了两颗人头。两颗人头双目紧闭，似乎进入了休眠状态。

是谁呢？他疑惑，想凑近看看。

箱子里的人头突然睁开了眼睛，盯着银发青年狞笑起来。

银发青年认出来了，那两颗人头就是他自己的脸！他顿时惊觉自己的空间被人侵入了，回头便看见了那颗巨大的眼球。

“你……你到底是谁？！”

巨大的声音在他心底响起：你来找我了吗？

十

顾蒙亮和杜阳赶到的时候，看到的是倒在地上的三个男人、哈里，还有被绑着的已经失去知觉的胡依婷。

杜阳伸手去试哈里的鼻息，发现很微弱：“他看起来很痛苦。”

“他以前都是通过连接我的意识共同建立五维空间的，但这一次救人心切，自己就冲过来了。”顾蒙亮边解胡依婷身上的绳索边回答道。

“醒不过来怎么办？”

“醒不过来听说会死在那一边。”顾蒙亮说，“他只能维持四十分钟左右的正常肉身状态，如果再这样下去，不知道会不会加速他的干尸化。”

“先把他们带回去吧。”顾蒙亮示意他们把这五个人带回去。也有人注意到旁边的箱子，捡起来看看，里面空空的，什么都没有。

回到王大伯家里，却看见两个孩子趴在桌子上，怎么叫都叫不醒。顾蒙亮忍不住骂道：“这家伙！”

“怎么了？”杜阳不解。

“哈里这家伙，这次没有连接我的意识，直接连到了小孩子的身上！”

十一

树木长出了眼睛，草木变成大嘴巴，天空有悬浮的眼球，这就是孩子们的梦境啊。

陈家瑜在草丛里睁开眼睛，看见胡依婷挂在树上昏迷不醒，旁边躺着几个看起来就像坏人的人。

“喂，肖恒星！你快看！”她摇醒旁边的肖恒星，指着半空中的那个巨大的眼球。它正在吞噬着之前见到过的那位银发大哥哥。

“这里是哪里？”肖恒星嗫嚅说，“有点像我看过的那个爱丽丝仙境什么的。”

“你上周不是说和你爸爸看了那部电影吗？”陈家瑜说，“这里变成了你看过的景象吗？”

“小心！”肖恒星拉着陈家瑜跑，那两颗可怕的人头不知道从什么地方出现，开始追赶着他们。他们吓得绕着大树跑，跑了一圈又一圈。

“爸爸！”肖恒星哭道。

“爸爸！”陈家瑜也哭了。

“陈家瑜！”一个男声远远传来。

“爸爸！”陈家瑜看到了爸爸，急忙招手朝他撒开脚丫子跑去，“爸爸！这里有两颗会飞的人头！”陈家瑜急急地叫着，“爸爸，你是来找我了吗？”

温暖的手一把把她护在身后。“是啊，爸爸来找你了。”他低声说。

“肖恒星！”肖爸爸也从树丛里冲出来，一把抱起了肖恒星，“你怎么跑到这里了？”

肖恒星抽抽搭搭地说：“我想找妈妈……”

“妈妈工作很辛苦的！一直就是爸爸负责照顾你啊！”肖爸爸着急地解释道，“你这样我就很尴尬了！”

“可大家都是妈妈陪着去做活动的……”肖恒星被说中了心事，眼泪就像决堤的河水一样奔溃而下。

“他真爱哭。”陈家瑜对自己的爸爸说，却发现自己不知道什么时候也泪流满面。

爸爸，你终于来找我了吗？我对你很重要的，对不对？

半空中被吞噬了一半的哈里露出冷冷的笑容：“你失算了，这里是孩子们的意识，在他们的世界里，邪恶的力量会大大减弱，不信你看你那两个愚蠢的手下。”

下面那两颗人头正在发呆，完全没有之前的战斗力。

哈里伸出一只手，用力扒住眼珠，奋力地要挣脱出来：“孩子们！帮帮我啊！”

“大哥哥！”陈家瑜抬头看见了哈里，“我帮你跳下来！”爸爸到来之后，陈家瑜充满了勇气和力量。她从书包里掏出一颗泡泡糖，朝哈里扔了过去。

泡泡糖变成了巨大的白色泡泡，轻飘飘地飘向哈里，温柔地裹住了他的上半身，将他一点一点从眼珠里拉了出来。

巨大的眼珠瞪着哈里，眼神里有许多不甘心。

“我总有一天会揭开你的真面目。”哈里低声对它说，“以伟大法老之名起誓。”

眼珠子里突然闪过了一丝嘲弄，它松开了哈里的身体，完全消失了。

哈里就这样被一个巨大的泡泡糖包起来，冲着下面的孩子说：“加油啊！快收拾那两颗人头！”

肖爸爸随手拿起旁边的木棒，挥舞着要驱赶那两颗人头。肖恒星躲在爸爸后面，看着爸爸拿着木棒像赶苍蝇一样驱赶那可怕的人头，像超人一样。陈爸爸也不甘落后，脱下皮鞋没头没脑朝那两颗人头砸去。

哈里落在树上，一把抓破了泡泡糖，然后落在树杈上，抱起一直昏迷在那里的胡依婷。

两颗人头相互望了一眼，迅速飞走了，变成远处两个黑点，消失在天空。

“哇，爸爸好棒！”孩子们欢呼。

陈爸爸一把抱起陈家瑜，把她举到自己面前，严肃地说：“以后，不准悄无声息地从爸爸身边跑掉！”

陈家瑜擦着眼泪，咧开嘴笑，就是说不出话来。

“说啊！答应爸爸啊！”陈爸爸把女儿拥进怀里，“你再跑，爸爸也会把你找回来！”

哈里眯着眼睛，默默地看着。

记忆里那个被留在原地的少年，孤独寂寞的眼神，突然刺痛了他的内心。

他迅速收起思绪，打了个响指：“好啦，孩子们，该回到原来的地方等你们的爸爸妈妈来接你们啦！”

十二

警察赶到村子的时候，两个孩子还在熟睡。他们带走了那三个穿风衣的人，也在小木屋找到了打斗的现场证据，只是那两个神秘的开货车的人，一直没有找到。他们的头不见了，连原本留在树林里的躯干都不见了。

“背后还有接应的人吧。”杜阳靠在医院窗边说。

医院里，胡依婷手腕和脚腕缠着厚厚的纱布，她慢慢地睁开眼睛，顾蒙亮急忙凑上去：“你怎么样了？”

“好饿……”她说。

“这里有武汉热干面，还有鸭脖子。”杜阳提着两袋东西走进来。

警方没有采纳孩子们对于打斗那一段的夸张描述，他们认为孩子们在极度紧张的情况下，分不清想象和现实的区别。但他们认为胡依婷的确是遭遇了绑架，抓过去的那几个人已经不能说话也不能动了，问不出任何有效的线索。

胡依婷吃完了所有的热干面和鸭脖子，顾蒙亮说要下楼去买更多的食物，走之前却回头盯着医院对面酒店某个房间的窗口。

房间里静静地躺着一个干尸状态的人。这里的窗户正对着医院对面的病房，窗帘都是打开的。

干尸的面孔慢慢充盈起来，皮肤变得光滑有弹性。哈里睁开了眼睛——

“为什么这次要直接连接孩子们的意识？他们的意识世界很脆弱，很多变故的。”顾蒙亮推门走进来。

“小孩子的内心比你想象的要丰富得多。”哈里慢慢坐了起来，“我很想知道他们叛逆的时候在想些什么。”

“我曾有过一个继子，历史上被称为图特摩斯三世，是我当王妃的时候，丈夫侧妃的儿子。”哈里望着楼下草坪嬉笑打闹的孩子们，“我没有儿子，所以把他过继过来，当自己的儿子养。他其实是有点怕我的。我不知道怎么训练才能让他将来成为一个伟大的法老，就带着他去看我怎么对付那些犯人，看着士兵们对那些犯人砍手砍脚，树立他的威严感。”

“你真是……”

“那孩子当时被吓坏了，当天晚上就做噩梦了。和我哭诉的时候，我把他教训了一顿。”哈里说，“于是他就从王宫里消失了，我们都以为他离家出走了。”

“他去哪里了？”顾蒙亮这才明白哈里的本意，他有些意外地看着哈里。

“他躲在一个被废弃的石屋里，没吃没喝，躲了两天。”哈里摇摇头笑道，“我一直害怕他出事，又为他的不懂事而愤怒。找到他的时候，内心的狂喜冲淡了所有的情绪，我被自己吓了一跳。”

“然后呢？”

“我压抑着内心的情感，转身离开，没有惩罚他。可是我记得转身时他的眼神，从期待变成了绝望，我一直搞不清楚这到底是为什么。”

“他内心渴望你来找他。”顾蒙亮很快地接口。

哈里没有作声，也许他在陈家瑜他们身上，早就得到了答案。那时候，抱抱他会不会好一点？

“他一定很恨我。”哈里低头捂着脸笑了，“因为那孩子在我死后，毁掉了有关我的一切痕迹。”

图特摩斯，长大之后已经不再是孩子，他大概也不记得对继母曾经有过的期待，所以内心只剩下对继母强大威严的愤恨。

孩子啊，还是只有孩子的世界充满无限可能性。

或许这次，不过是一场小小的离别。

·第六章·
妄言症

一

胡依婷和哈里都不见了，他们把棺材也带走了，只留下了一封信。

信的内容很简单："昨天接到小石的电话，说医院里胡家那个老头子醒了，说他们见过上海那个研究所里的人，但是只记得送他们去的那个货车司机。我和胡依婷过去调查一下这个人，顾总的目标太大，回龙城会好一些，我们随时和你保持联系。"

货车司机？运送两个老人去研究所的那个吗？

顾蒙亮打通了小石的电话，却得到一个令他震惊的消息：胡家那个老头子，恢复意识后不久，头部和身体产生了严重的排斥反应，现在已经送进手术室急救了。

"好像触动了某个机关一般，一下子就变成这样了。"小石沮丧地说。

机关……吗？

雕花箱子轻微一动，盖子慢慢打开，从里面坐起一个银发青年，把早餐店老板吓得扔了抹布转身疾走。

"这里是哪里哦？"哈里揉了揉眼睛，手臂上的青灰色刚刚褪去。

周围晨曦的微光刚刚显露天边，看起来像是在某个县城附近。前面是一条大马路，对面是条小河，几乎看不到行人和车辆。早起开早餐店的老板已经悄悄关上门，大概正后悔自己今天为啥这么勤奋、开门这么早以至于撞见鬼。

胡依婷拿出手机看了一眼："小石帮我们查了那个司机的背景，这里是他的老家。要不我们顺着他给的地址去看看？"

哈里背着空棺材，跟在胡依婷身后慢慢地走在马路边，嘴边叼着刚从早餐店顺出来的包子。他眯着眼看远处的小河，桥的那一边似乎站着个小姑娘。

小姑娘穿着朴素的棉衣，披着湿漉漉的长发，好像刚洗过头。她茫然地看着河面，然后开始脱棉袄，叠好放在脚边的书包上，接着慢慢走向了河里。

“这个场景怎么觉得很套路？这是要干吗？”胡依婷一看见河就有点应激反应。

哈里眯着眼看：“你看河对面是不是就是我们要去的地方？”

“喂！她要自杀！你快点救她！”不会游泳的胡依婷着急地推着哈里。

哈里不动：“也许只是下去游个泳呢！”

“神经病，现在天儿这么冷，你见过穿着校服游泳的女孩吗？”胡依婷怒道。

这个时候，小姑娘走到了河中央，然后消失了。

桥距离水面不高，最近下雨涨水了，河水比较浑浊，水流湍急。胡依婷指着哈里说：“你不去救她，别想让我再背着你！”

话音未落，哈里已经放下棺材，一个健步冲上去，直接跳入了河中央。

冰冷的河水中，哈里摸到了一双柔软的小手，这双手抱住了他的右臂，紧紧依偎着他。

“别害怕。”他低声说。

“爸爸。”小姑娘被他托出水面时轻声说。

咦？哈里有一刻的迷茫，把小姑娘拦腰抱起的时候，看见了桥上一脸担心的胡依婷。

“这河水才到我腰这么深，你着什么急啊？”哈里一脸无奈地站在河中央，河水从他腰边流过，他全身都湿透了，抱着小姑娘一步一步走到对岸去。

“……”胡依婷看着他们，一时间不知道该说什么好。

二

小姑娘名叫卫馨，住在县城附近，今年读高三，至于她到底是想不开要跳河还是想去河里冷静冷静暂时不得而知。为表歉意，她带着哈里回自己家里去换衣服。这里是江苏省境内，初春的寒风刺骨，吹在全身湿淋淋的哈里身上更冷。

“我感觉我要加速退化成干尸了。”哈里哆嗦着低声对胡依婷说，背紧了背上的棺材。

“你不要在这种时候变成干尸！”胡依婷怒道，“现在的我背不动你！”

“少装了，三四天了你还没恢复？！你当西门豹做的身体这么没有质量保障吗？”哈里也怒了，张开嘴说话的时候吸入更多寒气，让他像被平白无故灌了口雪一般。埃及没有冬天，哈里最讨厌寒冷的天气。

卫馨的家是自建的两层楼房。这种自建楼房没什么设计感可言，平平整整的，一楼租给店铺，二楼自住。她让哈里去二楼浴室洗澡，然后找出了两件旧衣服放在浴室外面等他出来穿。

事实证明，身材好可以驾驭任何衣服，老干部一样的毛衣和白衬衣被哈里硬生生穿出了时尚感。

“爸爸，我把你的湿衣服拿去洗了烘干哈。”卫馨很自然地说，然后拿着衣服去阳台放洗衣机里。

哈里赶紧拦住她：“你认错人了，我不是你爸爸！”

卫馨回头看了他一眼，眨巴着眼睛：“爸爸你几年没回家，一下子想不起来也是正常的。”

胡依婷在旁边抱着电暖炉享受温暖不肯放手，冷嘲热讽道：“你也真是的，好不容易回到家了，也不多和女儿聊两句！”

哈里回头怒视胡依婷：“你别煽风点火！”

他走到阳台，耐心地对卫馨说：“小姑娘，我肯定不是你的爸爸，我不知道你身上发生了什么事，但是我衣服干了就马上走。”

卫馨瞪着水汪汪的眼睛看着他，楚楚可怜得让哈里忍不住后退两步。她突然露出笑容：“爸爸，你的衣服穿着还是那么合身！你身材没怎么变啊！”

“要死了！”哈里捂住额头，看着胡依婷：“这是你们这个时代年轻人习惯玩的游戏？”

胡依婷装没听见，若有所思地看着自己的手机。

“这个家真令人玩味啊。”她把哈里叫过来，正是之前小石给的那个货车司机的地址。

爸爸？哈里和她对望一眼，真有意思。这家里没有男主人的痕迹，柜子里的合影都是小女孩和妈妈的。

“你爸爸呢？”胡依婷盯着照片看了一会儿，随口问，回头看见卫馨搂着一脸铁青的哈里的脖子，笑眯眯地回答着：“在这里啊。”

得，算了。

眼看十一点了，楼下传来了开门声，卫馨似乎有点慌乱，但很快平静了下来。

进来的是一个中年妇女，穿着朴素，戴着一副眼镜，手里还拿着课本，看起来是位教师职业的女性。

“卫馨，你早上又没去学校！”她一进门就怒斥，但是看到了哈里和胡依婷就愣住了。

“妈妈，我今天掉河里了，爸爸回来路过就把我捡起来了。”卫馨指着哈里说。

卫馨的妈妈卫兰看看哈里，又看看卫馨。

这下好了，哈里咳嗽一声，等待着对方妈妈的爆发，然后自己好解释清楚事情的来龙去脉，顺便打听一下这家的男主人去哪里了。

但卫兰听完，怒气顿时消了，只是默默地把课本放下，然后进厨房去做午饭了。

“哈？”哈里回头看胡依婷，胡依婷也是一脸懵。

“怎么回事？”他口型提问。

“我不知道！”胡依婷口型回答。

卫馨若无其事地烘烤着哈里的湿衣服，她刚洗过的头发还是湿的。

“这位是谁？”卫兰拿着锅铲出来问卫馨，指着胡依婷。

只问我？哈里是略过了吗？胡依婷看着卫兰提防的眼神，顿时紧张起来。

“爸爸，这个姐姐是谁？是你现在的女朋友吗？”卫馨可怜巴巴地问他。

哈里本能地挥手否认：“不是，一个朋友……送我过来的……和我没有任何关系。”

你干吗急着和我撇清关系啊？！胡依婷简直想一巴掌打掉他的头。

“不过，我真的不是你爸爸啊！”哈里摊开手说，“而且我是个危险人物，再过十分钟，我可要变成可怕的样子了。”

“十分钟，等等！你的意思是，你要回到……”胡依婷不由惊恐道。

“等她们尖叫的时候，你趁机威胁她们说出她爸爸的下落。”哈里朝胡依婷挤眉弄眼地说。

哈里在母女的注视下，平静地走到放置在门边的金色雕花棺材前，大大方方地躺了下去。卫馨和她妈妈好奇地凑上来看。只见哈里慢慢闭上了眼睛，皮肤逐渐变成没有生气的青灰色，然后全身肌肉萎缩，变成了干尸状态。

两人在棺材边上看了好一会儿，然后卫馨发出了“哦”这样的声音。

“哦”是什么意思？你们就不能尖叫两声吗？！胡依婷几乎要抓狂了。

“那就让爸爸睡一会儿吧。”卫馨想盖上盖子，她妈妈阻止她：“留点空气给他呼吸。”

胡依婷几乎要瘫软在电暖器旁边了，这一家人都是神经病啊！

吃过午饭后，哈里还躺在棺材里，大概是不想被人叫爸爸。胡依婷一脸茫然，直到被卫馨推了一下：“你和我一起去上学。”

“为什么？”胡依婷惊讶道。

“今天是家长留校查看日，因为我被评为问题学生，所以你要当我的表姐，去学校陪我上一天课。”她看着胡依婷一字一顿地说，肩上还背着书包，“学校规定的。”

胡依婷翻了个白眼，说：“你妈妈怎么不去？”

卫馨说："我妈妈不能去，所以我今天上午是不想去学校才那样的。"

"……"

三

自从高考之后，胡依婷已经远离高三生活很久了。这一次，她再次被卫馨卷入了昏天黑地的高三年级。山一样高的复习资料，到处贴着的学习标语，六七十人的大教室，还有戴着厚厚眼镜在黑板上奋笔疾书的数学老师。

卫馨的同桌一个月前顶不住压力回家休息了，她的位置刚好被胡依婷补上，没人注意到教室里多了一个人，看见胡依婷进来，大家也都是"哦，来了个人"这样的反应。

哎，这些专注于学习的高三生！胡依婷感觉自己好像混进了不得了的地方。

座位和座位之间距离很窄。下课之后胡依婷以为自己可以出去放松一下，可是整间教室没人动一下，就连走廊外面也是静悄悄的，没什么学生出去。

胡依婷看了看旁边卫馨正在做的数学卷，瞬间觉得头疼："你是文科还是理科？怎么上了历史课还有生物课啊？难道你们生物会考不是高二考完的吗？"

卫馨不回答，只是低头猛做题。

"卫馨的家长，老师叫你出去一下。"窗口的男生冲胡依婷叫道。胡依婷想起喊的是自己，于是站起来走了出去，抬头却看见卫兰在走廊上和她招手。

江苏的初春非常冷，教室里的人多，即使没有暖气也不觉得寒冷，但是只要靠近窗户边，胡依婷立刻感觉到了脸颊上被寒风刮中的刺痛。啊，真冷啊！

卫兰平静地看着胡依婷，说："我不知道你们从哪里来的，也不知道你们那些奇怪的魔术是怎么回事。今天麻烦你来假扮她的家长，是因为我是这所学校的老师，不能又当家长在后面听课又去给学生上课。"

原来是这样啊！

胡依婷舒了口气，急忙解释："我们是半路遇见卫馨的，看见她要跳河，我朋友救了她。实在是不想打扰你们，我们可以马上离开的。"

卫兰盯着她的眼睛说："我不介意她这么乱认你的朋友做父亲，我在乎的是她目前的学习状态。"

"你……"胡依婷看着她，有点反应不过来，"你更在乎成绩？"

"我更在乎她将来的人生！"卫兰打断了她，接着说，"这不是她第一次从外面胡乱拉人来认作父亲了。如果可以，我希望你们能留下来，因为她马上要准备高考了，这段时间我不希望她再逃学。"

……这妈妈也是疯子。

胡依婷想到一个更关键的问题："她爸爸在哪儿？"

卫兰扭过头望着远方："这个不重要。"

对我们来说很重要好吗？！

"我们早就离婚了。她爸爸在上海那边跑长途，是个好吃懒做的家伙，和我们没有任何关系。"

"你有他的联系方式吗？"

"没有。"卫兰说。

"最近的照片有吗？"

"不要说最近的照片，过去的照片都没有。"

"毕竟他是卫馨的父亲！与其让她到处乱认别人做爸爸，为什么不让她好好面对自己的爸爸呢？"胡依婷急了，一方面是为了此行的目标，一方面也是替卫馨着急。

卫兰推了推眼镜："对于卫馨来说，高考才是她现在最重要的事情，我绝对不能让她在高考这个关键时刻栽跟头！"

坚决的态度，毋庸置疑的眼神，胡依婷被她盯着都有了片刻的窒息感。

而在教学楼远处的写字楼里，一个男人拿下了望远镜："告诉涂先生，我们找到那个女孩子了。"

旁边一个抱着盒子的男人说："哼，这小姑娘太狡猾了，难怪我们黑进了民航系统和铁路售票系统，都没有查到她的踪迹。"

"早上说她已经订了飞回龙城的航班，我们的人在龙城扑了个空。"拿着望远镜的人说。

"涂先生说，抓她回去。"旁边的人简明扼要地说了刚才电话里的重点。

光是听对话也就罢了，如果这房间此时进来一个人，一定会被眼前的场景吓得魂飞魄散——这打电话的人，头是放在盒子里的，他的身体没有头，但之前却端端正正坐在沙发上拨打电话，然后把手机放到盒子里那颗头的耳朵上。身首分离还能坦然自若，头在说话，躯体却是自行行动的。

"我可不像那两个家伙般没用，他们的躯体只要脱离了头颅就活不下去了。"打电话的人的躯体站了起来，从盒子里拿出他的头颅，颈项上有光滑的切口，还有闪着蓝光的对接轨道，他把头放在了脖子上，"我是涂先生研究所的新一代产品。"

拿着望远镜的男人突然笑了："我记得涂先生对这个系列有一个特别的称呼。"

接上头颅的男人微微睁开了眼睛："飞头蛮。"

四

下午的最后一堂课，整个高三年级都要去操场跑步。胡依婷害怕自己的脚关节还没有完全复原，躲在教室不想出去，结果才躲了一分钟就被班主任火急火燎地拎起领子提下去了。

“老师！老师，我不是你们班的学生！我是卫馨的家长！”胡依婷急忙指着自己的脸给他看。

“备战高考期间一定要坚持锻炼身体！”牛高马大的班主任是教物理的，提着她就像老鹰抓小鸡，“卫馨平时连课间操都逃，作为家长，你监督她一起做！”

“老师，我已经高考过了，我今年大一了啊！我在旁边看着她做就好了啊！”

“考过一次你再考一次又何妨！你考上的是清华北大吗？不是清华北大你说什么你考上了大学？”

这么听起来好有道理哦，胡依婷直接被扔进人群里跑步了，跑着跑着，就看见一辆小货车缓缓开进了校园。

“那是什么啊？”她问卫馨，心里莫名觉得奇怪。

卫馨边跑边看了一眼，说：“那是给学校送牛奶的，学校要求高三学生晚饭要喝一瓶牛奶，保证营养。”

跑步时，胡依婷一直在套卫馨的话，她想搞清楚卫馨怎么能把一个古埃及人看成是自己的爸爸。

“我爸爸在我小时候就去上海工作了。他其实很喜欢我的，经常给我寄小裙子回来，可妈妈都退回去了。”卫馨边跑边擦着汗，“妈妈说高考之后我就自由了，我打算报考上海那边的大学，然后去找爸爸……可是他现在回来了！”

一说到爸爸这个话题，卫馨就开心得不能自已。她的开心不是装出来的，是发自内心的。看着她冒出了细细汗珠的脸，胡依婷突然明白了一件事：这位少女能感到开心的事，是她愿意相信事情就是这样的，而和事实本身并无关系。

她病了，因为妈妈强制隔离了她和爸爸的联系，她就病了。

胡依婷打开手机，看到有几个顾蒙亮的未接来电，正考虑着要不要打回去的时候，就被班主任一记后脑击，旋风一样没收了手机。

“熊老师，这是我的手机！”她只来得及对老师的背影大声说。

“学校禁止带手机，我们对留校家长和学生一样的要求，我帮你保管，下了晚自习找我！”班主任收起手机。

“老师！”这老师真熊啊！连家长的事情也管？！

“他姓熊，人如其名。”旁边的同学咂舌。

——还真姓熊啊！

“你喝牛奶吗？”卫馨把自己晚饭的牛奶递给胡依婷，“学校规定每个高三的学生都要喝，但是我不喜欢牛奶，喝了会胃疼，每次都是给同学喝的。”

“那我不客气了。”胡依婷拿过牛奶一饮而尽。

卫馨趁晚读还没开始去洗手间了。

“你喝了她的牛奶，可别变得和她一样神经兮兮的。”后面的男生阴阳怪气地说。

“为什么啊？”胡依婷不解道。

“她缺爱啊！瞎认爸爸的事情我们都知道，上次认的是个邮递员，直接拉回家要请他吃饭，人家老婆闹到学校了，搞得天翻地覆的。”

男生的同桌也插嘴道：“她和她妈卫老师关系不好，高一的时候据说在课堂上吵起来，然后学校考虑影响，就不让卫老师教她所在的班级了。她们在学校里见面都不打招呼的。”

“你们见过卫馨的爸爸吗？”胡依婷问。

“没有啊，她从小就跟她妈一起生活的……”男生说着说着打了个呵欠，“好困哦，我先睡十分钟，老师来了叫下我……”

而他的同桌不知什么时候早就趴下了。胡依婷看着他们，竟然也觉得有点困……

从洗手间回来的卫馨，看见路过的教室里都是人仰马翻地趴在桌子上睡觉，到了自己班上也是一样，顿觉奇怪。竟然连领读的英语课代表都抱着英语书趴在讲台上睡着了。

这时，两个男人从教室里走出来，肩上扛着胡依婷。这两个人身材高大，身上穿着送奶工人的衣服，其中一个稍微胖点的人手上掂着个小球球，隐隐约约地发着光。

“你们是什么人？”卫馨警惕地问。

“我们找人。”稍胖一点的人抬了抬下巴，“喏，找到了。”

胡依婷的眼睛微微睁着，脸上的表情非常松弛。只是那人路过卫馨身边的时候，胡依婷说：“去……找你……爸爸……快……”

咦？卫馨微微一怔。

“她让她去找她爸爸？”微胖的男人也听到了，摇头苦笑道，“说什么呢。”

胡依婷此时内心什么都明白，对方是“涂先生”派来的人。虽然不知道他们是怎么找到她的，此时要再度绑架她。可她叫不出声，也说不出话，那瓶牛奶有问题！今天的牛奶都有问题！

走到楼梯间的时候，“飞头蛮”掏出一根细小的针管，一针打在胡依婷的手臂上，她立刻失去了知觉。

“喂！”卫兰卫老师突然从身后赶了上来，“是你们搞出这样的状况吗？这些学生怎么全部晕过去了？！”

“别害怕。”微胖的男人转过头嘲讽地看着她，“你的学生们过一会儿就醒了，我们的目标只有这个女孩而已。”

卫兰惊慌地四下张望，没有找到自己的女儿，看着胡依婷要被带走，心想或许和女儿有关，忍不住大叫：“放下她！”

此刻的卫馨正往走廊的另外一个方向跑，她听清了胡依婷的话，于是先冲到了办公楼：“老师！那边有两个奇怪的人要绑架我表姐！熊老师和他们打起来了！”然后冲向办公桌上拿起电话打回家里，祈祷那个棺材里的“爸爸”能听见铃声。

还好电话接通了，是一个男声：“喂？”

“爸爸！”她哭道，“你的朋友要被奇怪的人抓走了，她叫我找你！”

等老师们冲到教学楼时，正好看见两个男人抬着一个女生进了旁边的货车，不远处是躺在地上的卫老师。

“卫老师！”“快叫救护车！”老师都是女性比较多，都有点吓坏了。熊老师第一反应就是掏出手机打电话报警，但只见眼前蓝光一闪，熊老师突然感觉到手腕一阵剧痛，半空中浮着一个叼着刀具的人头，冲着她们狞笑。

熊老师捂住自己的手腕看着半空，瞬间觉得自己的知识体系受到了严重的挑战：“这不可能！”

胖男人上了车，那个失去了头颅的身躯依然有条不紊地把胡依婷塞到了车后面，然后自己也上了车。那颗飞舞的人头冲着众人龇牙咧嘴之后，又飞了回去，准确落在了那具躯体的脖子上。

“鬼啊！”有人已经吓得晕在了地上，有人偷偷掏出了手机准备摄像，以便证明自己没有出现幻觉。

“别拿手机啊！”熊老师捂着自己流血的手腕，试图护住受伤的卫老师。

话音未落，那蓝光一闪，摄像的手机也裂成了两半。老师们纷纷吓得退成一个半圆形。

“快走吧，不然警察来了就麻烦了。”微胖的男人提醒“飞头蛮”，人头再一次飞了回来，回到了那人的肩膀上。

车子发动，然后无视身边的人群，飞快地朝校门冲去。门是关着的，保卫处的老门卫早看到了这边的骚动，他报了警，然后果断锁上了门，颤巍巍地站在门口。平时他只管收收快递，看看出门条之类的事，现在他成了学校的最后一道防线。

“飞头蛮”眼睛里冒出了杀气，嘴边的刀刃反射着寒光。人头缓慢地飞了出来，然后慢慢地定格在了门卫葛大爷的面前。

在这千钧一发的时候，门卫大爷被人一把推开了。

微胖男手上的球发出了明亮的光芒。

眼前，是一个银发男子，英姿勃勃地保持着推开大爷的姿势，右手还拿着一把汤勺，冷笑着看着半空中浮现的那颗人头：“哟，你好像比上次那两颗稍微强一点。”

人头飞快绕过哈里，逃到操场那边。

哈里冷笑一声没追上去，而是轻飘飘落到了微胖男的面前。他不会去追那颗人头的，他的运动能力在现实世界受到限制，运动量大了，他维持正常状态的时间就会急剧减少。

他示意那个微胖男滚到一边，对方急忙让开，他打开车门去找胡依婷的时候，肩膀突然被那个无头的身体伸手抓住了。

“烦人。”哈里快速扭住对方的手，然后把那具结实的身体一个过肩摔摔到了地上。

远处传来了救护车的声音和警笛声。

微胖男看了他一眼，突然一咬牙，把自己的脖子扭断了。

哈里微微错愕的时候，微胖男的人头已经飞快地叼着小球逃走了。

“这家伙也是个‘飞头蛮’？”哈里看着倒在地上的两具无头男身有点意外。他们的身体都没有流血，是改造过的身体。

他想弯腰下去查看的时候，却被卫馨飞身过来一把抱住了腰：“爸爸！你果然来救我了！”

哈里一阵呆愣，又听见她对着旁边人说：“看见没？我爸！厉害吧？！”

哈里想说什么，却又没有说出口。他抬头看见远处被人搀扶着的卫兰，她满脸瘀青，身上都是擦伤，略带担忧的眼神。他想起了很久以前的一些事，记忆中那个小男孩冲着他说“你不是我妈妈”的样子，他不由得握紧了拳头。

他提醒卫馨：“卫馨，你妈妈受伤了。”

卫馨一愣，这才注意到身旁的妈妈。而卫老师也许是看到女儿没事，一下子精神松懈了，就晕了过去。

五

两具无头尸体已经被警方带走了，经过DNA检测，发现微胖的男人两个月前因死亡销户了。

"是苏州地区的人，因为交通事故身亡的。"警察小赵皱着眉头看资料。

"另外一个人呢？"刑警队长问他。

"另外一个查不出来，法医说他们的身体结构很奇怪，已经送到解剖室了，尤其是脖子部分好像是被什么加工过的，虽然被扭断了，但是切口很平滑……"

"这样……你去警察内部网络看看全国各地最近有没有类似这样的案件。"队长说，"然后等法医解剖完了之后，我们上传一份资料上去。"

"好。"小赵应着，打电话给法医，但是半天没有人接。他知道法医在解剖尸体的时候不喜欢被打扰，便去解剖室外面等。但是刚走到解剖室外面，就看见解剖室的大门被撞坏了，门大开着，地上还有碎玻璃……

"爆炸的那具尸体是那个胖子的，没有烧焦的痕迹。法医说仿佛是从身体内部，血管或者是神经那里压力过大，膨胀碎裂的，具体原因还在调查。"小赵心有余悸地和猛抽烟的队长报告，"还有，另外一具不知名的尸体，跑了。"

"跑了？"队长讶异道，"没有头，怎么可能跑？被偷走了？"

"不，是跑了。"小赵拿出一张照片，上面拍得很模糊，但是依稀可以看见一个无头身影蹿过走廊，"监控在爆炸之前就被破坏了，这个摄像头比较隐蔽，所以拍到了这张，速度太快拍得不是很清楚。"

"他妈的这是妖怪吧？"队长一把夺过照片看，"我从未遇见过这样的事情！"队长狠狠掐灭了烟，"那个叫胡依婷的女生醒了没有？去给她做笔录！另外加派人手保护她的人身安全！"

这时小赵哆嗦着说："胡依婷她……"

"怎么了？"

"失忆了。"

"我是龙城人，我叫胡依婷，然后不知道为什么一觉醒来出现在这里。"胡依婷目光呆滞地看着警察们。

"和你在一起的银发青年是谁？"小赵问她。

"啊，哪个银发青年？有这个人吗？"她问。

所有警察都低下了头。

学校现场很混乱，但是在场的老师都确定凭空出现了一个身怀绝世武功的银发青年，被撞出腰伤的门卫大爷尤其确定这一点。

“我记得那个叫卫馨的女孩子叫他爸爸。”其中一个警察说。在场的警察纷纷摆手，表示在户口登记中，那个女孩子的爸爸不是这个年纪的人。

卫馨被叫去心理医生那里做诊断，确诊出来她有轻度妄想症。

“她三岁就没有了爸爸，总是希望能见到爸爸。”心理医生得出了结论。

卫兰充满忧虑地说：“医生，这个诊断结果能不能保密？万一影响到她高考填报志愿怎么办？”

“这个没关系，她这种症状是属于心理障碍方面的，和精神类疾病不一样。”心理医生颇为玩味地看着她，“在你心里，女儿考上好大学比她目前的状况更重要吗？”

卫兰突然捂着脸哭了起来：“经过这次事情，我突然想到，如果她考上好大学，我不在她身边，她要是再遇到这种状况，谁来保护她呢？我一个人带孩子，就怕耽误了她的人生。可是不知不觉，她的人生已经变成这样了。孩子的现在都过不好，哪里谈得上什么前途呢？”

卫馨躺在帘子后面，表面上看是睡着了，可是妈妈的话听得一清二楚。

她流下了泪。

“你为什么哭呢？”卫兰离开之后，心理医生走进来问她。

“我感觉妈妈那一瞬间突然走到我心里去了。”

心理医生在她面前慢慢弯下腰：“你能看清楚我是谁吗？”

医生摘下了眼镜，卫馨看到他有一头银色的头发、一双深邃的眼睛：“我们见过吗？”

“我就是之前你认作‘爸爸’的那个人啊。”医生，也就是哈里说。

卫馨茫然地看着他，一下子好像对不上号。她那颗在现实和想象中摇摆不定的心，终于平静下来了。

哈里的回忆深处那个小男孩泪流满面冲着他怒吼说“你不配做我母后”的场景陡然袭来，他赶紧扭过头想避开这一幕，却看见真正的心理医生站在门口，有点疑惑地看着他：“你是谁呀？”

六

胡依婷父母双亡，监护人是一个远房亲戚，警方联系到了她的亲戚，说她大概上周被人绑架，一直是失踪状态。随后警方又在武汉发现了她的踪迹，也说她失踪了，后来她还救下了两个被拐儿童。

“简直是云里雾里的。”队长感到晕头转向。

“武汉警方给出的一个细节让人在意，”小赵说，“他们说胡依婷被发现的时候，手脚神经线被伤，当时医生断定说这个女孩将来行动有障碍。”

队长猛一抬头，透过病房门口的玻璃看胡依婷。

胡依婷的手脚好好的，手腕上只有浅浅的伤痕。这道伤痕提醒他，武汉同行说的受伤是存在过的，只是不到一周的时间，她的伤口就已经恢复到这个地步了。医生却说胡依婷身体状况是正常的，没有任何异常的数据。

“会不会有什么异常你们遗漏掉了呢？”队长问。

医生透过眼镜镜片看着他：“那就是我们目前的科学的局限了。”

目前的……科学的……局限？

睡了一觉，哈里从棺材里醒了过来，看见胡依婷蹲在旁边看他。

“你们没事了吗？”

“我撒谎我失忆了，他们也没有办法。”胡依婷摊摊手，“我要是说实话，就要把你的来历和我身体的秘密都告诉他们了。”

“顾蒙亮收到你那封信真的没有来找我们呢。”哈里说。

胡依婷刷手机，半天才抬起头，对他茫然地说：“我好像知道顾总没过来的原因了。”她指着手机上的新闻推送说，“他爸的公司好像有了点麻烦。”

新闻标题是“恒圆集团面临资金链断裂危机，董事长顾一鸣陷入丑闻”。

“你看，顾总。”她指着其中一张照片，上面的顾蒙亮穿着西装，跟在他父亲身后，一脸的严肃，“难怪一直没有过问我们这边的事情呢。”胡依婷很担心顾蒙亮追过来，但他一直没追过来，心里又有点失落。

卫馨刚刚从医院回来，在客厅旁的小饭桌上做《三年模拟五年高考》，看着两人在沙发那儿嘀嘀咕咕的，她一直很沉默地没插嘴。她想起刚才从医院回来，在半路上遇见那个男人的事情。

“小馨，我是爸爸啊。”男人中等身材，看起来神情委顿，但是五官依稀可以看出和卫馨挺像，“我这几年都有寄钱给你，可是被你妈妈退回了。”

卫馨有点茫然，她千百次幻想过爸爸的样子，有高大威猛的，也有温文尔雅的，但不是眼前这个满脸倦容，看起来毫不出色的中年男子。

“小馨，帮爸爸一个忙。”男人还说，“把这瓶东西放到他们喝的水里。放心，只是麻醉药，对他们没有伤害的。办了这个事，爸爸就有一大笔钱，可以送你出国读书了！”

我真的很想要一个爸爸啊……卫馨看着自己被冻红的手。尤其是妈妈把自己的理想寄托在我身上，完全不顾我的感受，不停地严厉责骂我的时候，我就真的想要一个爸爸啊……有些人轻而易举能拥有的东西，却是有些人穷极一生都得不到的，这种执念的痛苦谁又能懂呢?

胡依婷端起了茶几上的茶杯，喝下了水。

门口有人急促地敲门。

哈里愣住，叫卫馨去房间里不要出来，自己摸上门把手，然后凑近了猫眼张望。

一根铁棍直接戳穿了猫眼，哈里迅速往旁边闪开，保住了自己的眼睛。

紧接着，老式铁门被一脚踹开，无头身举着麻醉枪朝哈里射来。

狭小的玄关，哈里一把抓住无头身的手，借力一脚踩在墙壁上，顺着墙壁一脚踢上铁门，将无头身一半的身子压在门后。

这些动作都是电光火石之间完成的。

阳台的门突然被撞开，哈里正扭住无头身的手，一回头迎面就看见了寒光一闪，他急忙把门打开，用门挡住了迎面而来的刀刃。

好家伙，阳台到这里起码有五六米的距离，“飞头蛮”穿过阳台就飞到面前，这飞头的速度比它的身体要快，难怪当初胡依婷会赶不上他的速度。

哈里一脚盖上棺材，把棺材背了起来，然后抄起旁边收起来的圆形饭桌朝人头砸去。

圆形饭桌是平时人多的时候用来吃饭的，又重又沉，迎面飞来挡住了“飞头蛮”的视线，他堪堪避过，就听到了吊扇被砸碎的声音。

哈里已经背着胡依婷冲到阳台，跳下去了。

“飞头蛮”阴冷地笑着，跟着就冲了出去，无头身紧随其后。

而房间里的卫馨慢慢地倒在了床上。

七

哈里跑到了河边，桥上站着一个七八岁大的小女孩，嘤嘤地哭着，哭声让人听了有点心烦意乱。

“小朋友快让开！”哈里嘴上大叫着，人却直直地冲过去，眼看就要撞上小女孩了。但是小女孩仿佛吓呆一般，哈里只得在撞上她之前将她顺势拦腰抱起。

“飞头蛮”自然不会给他机会，叼着刀片的头直接朝他脖子上划过来。

可是哈里的身体仿佛在空中停顿了一下，在刀尖快要触及他的脖子的时候，往后平移了三尺，轻轻落在栏杆上。

小女孩吓呆了，缩在他怀里不说话。但是哈里身上的棺材突然歪歪斜斜往一边掉下去。

“飞头蛮”刚才划断了棺材一侧的皮带——这棺材是顾蒙亮出了高价买的定制品，皮带是韧性非常高的牛皮，他那个刀看上去只是薄薄的一片，居然能一下割断皮带，足见刀片的坚硬和锋利。当然，最可怕的还是他的速度。

哈里正这么惊叹的时候，无头身突然从身侧袭来，伸手要来抢他身上的棺材。他的怀里还抱着小女孩，猝不及防地被无头身拉住了另外一边的带子。

这个家伙！身首分离，身体强壮有力，头部机动灵活，哈里相当于同时要面对两个对手！

哈里一只手夹住小女孩，一只手抓住了无头身的手，长腿一扫，直击对方肚子。两个人用力都太大，一下子失去了平衡，仰面倒向河里。“飞头蛮”当然不失时机地冲过来，割断了棺材上另外一边的带子。

河水不过齐腰深，棺材的带子断了，首先落入了水中，向下游漂去。

哈里和无头身落入水之后，他将小女孩举了起来。

“我会游泳！”小女孩大声说，“爸爸不要担心我！”

这种深度的河流也淹不死人，哈里这才放开了小女孩，全力和无头身在河里对打起来。

无头身运动能力很强，但是最烦的是那颗不断偷袭他的人头。

哈里总算能体会到上次胡依婷一挑二时的苦处了：这人头速度快，目标小，还携带杀伤性武器，你踢不到他，你也飞不过他，这玩意像个苍蝇一样无处不在，胡依婷就是因为这个才受了重伤。

无头身趁着人头纠缠哈里的时候，朝棺材飞奔而去，举起棺材要走的时候，突然觉得重量不对，里面好像是空的。

“是空的，胡依婷不在里面，白痴。”哈里冷笑着看着那颗人头，“卫馨不见得会听你们的话。拿一个素未谋面的爸爸劝诱她，你们太不了解小孩子的心思了。”

“飞头蛮”露出了嗤之以鼻的表情，笑道：“我们的人已经到了她家，还带了她最讨厌的麻醉枪。”

“哦，是吗？”哈里在水里站起来，整个人浮了起来。

起初还以为是水的浮力，但是慢慢地，他的双脚离开了水面，升空，慢慢升到了和那颗头对视的高度。

“你没觉得我的速度比你之前接触的要快很多吗？”哈里嘲讽道。

整个人的身体能在现实世界悬浮起来这种技术，涂先生也做不到。阿飞愣然看着哈里。

哈里的手指间不知何时出现了一只翩然的蝴蝶：“在这个意识的世界里，我的能力会得到极大的增强。”他挑起眉毛看着“飞头蛮”，“你没觉得奇怪吗？按道理说你没有声带应该不能说话的，但是在我的世界里，你居然可以开口说话了。”

“是你！”“飞头蛮”咬牙说，“在武汉的时候，我们发现“飞头蛮”的意识有被异常数据侵入的痕迹，就怀疑有一个可以侵入别人的意识，用想象力和记忆造出一个平行世界的家伙。”

“哟，这么短的时间能收集到我的数据，不容易啊。”

“但是涂先生说，这种技术不能光靠一个人的力量完成，必须要一个人的大脑信息作为载体，来承载这个世界。”

哈里挑起眉毛不置可否。

“胡依婷如果也在沉睡，要带走她还是很容易，没有载体你很难维持这个世界。”“飞头蛮”这么说着，紧张地观察着哈里的表情。

但是哈里没有理他，而是若有所思地看着他：“你们的那位涂先生是一位喜欢做数据分析的学者吗？”

“你休想从我这里打听到有关他的一切。”“飞头蛮”大声说，“你把我困在你的意识世界里也没有用！我的同伴一定把胡依婷带走了！”

“爸爸加油！”小女孩趴在棺材上漂浮着。因为有了她的重量，棺材不再往下游走了，而是起起伏伏停在了河中央。

这声“爸爸”让“飞头蛮”如遭雷击，他似乎明白了什么。

哈里狡黠地笑了：“谁告诉你‘载体’是胡依婷了？”

晴朗的天空突然刮起风来，带动了不安的氛围，河水的流速也变得湍急起来。

八

胡依婷躲在棺材后面，躲开了激射过来的麻醉枪。

卫馨在房间里安静地睡着，哈里在他的棺材里沉睡。卫兰紧张地拿着锅铲躲在厨房里，冲着她小声叫：“你确定我女儿没事吗？”

“她没事的！”胡依婷大叫，试图判断子弹是从哪里射过来的。从这个射击角度和频率来看，对方只有一个人。她稍微放心了，把棺材推到厨房让卫兰看着，然后探头出去看看狙击手到底在什么地方。

“这些事情是冲着你们来的，和我女儿没关系吧？”卫兰继续问。

“没关系，躲过这波攻击我们立刻就走！”胡依婷说，“等我们的人打赢了，你女儿就醒了。”

“千万不要影响她高考……”卫兰不安地说。

胡依婷用由衷服气的眼神看了她一眼：“你心里只有你女儿的高考吗？”

“不！现在我关心的是她的安全！”卫兰大声回答，“我希望她离这些事越远越好！”

胡依婷的注意力放在外面的狙击手身上，只要哈里解决掉那个“飞头蛮”，那么这一局就稳操胜券了。那家伙不敢近身格斗。

有人从门外走过来了。门之前被撞坏了，所以来人不费吹灰之力就推开了歪歪斜斜的破门。

胡依婷攥紧了拳头，准备等他走进厨房的时候给他致命一击。

“卫馨在家吗？”来人开口，带着上海口音。一个头发微白，身材中等，面容消瘦的男人试探着走进屋子里，“卫馨，我来看看你。”他手上提着礼品盒。

卫兰突然站了起来，尖叫着：“利进，你怎么出现在这里？不是告诉你卫馨和你没关系了吗？你出去！”

“听说她要高考了，我想过来看看她……”这位卫馨的亲生父亲利进很普通，神情中带了一些戒备和拘谨，他看着卫兰说道，又看了看正慢慢站起来的胡依婷。

“你是谁？”他问胡依婷。

胡依婷愣了一下，摆手说：“我不是卫馨，我是……”一枚麻醉针从他的礼品盒里射出，正射在了胡依婷脖子上。胡依婷双眼圆瞪，直直地看着他。

“我没办法，那些人找到我，说这样做可以给我一笔钱……”利进嗫嚅着说，把藏着麻醉枪的礼品盒放了下来。

十几年没有来看过女儿的父亲，带来的不是礼品，而是麻醉枪。亏卫馨还在脑中勾勒了许多关于不同父亲的美好画面。

胡依婷想用手拔出那根麻醉针，但是身后突然有人往她脖子后的静脉上又插了一针。哈里千算万算还是漏算了一着，胡依婷失去了知觉。

“钟哥……”利进缩在一边想开口又不敢开口。

“妥了。”拿着狙击枪，被叫作“钟哥”的男人走了出来，“剩下的钱打在你的账户上。”

钟哥扛着胡依婷似乎又想到什么，走到房间去看，看见卫馨在床上沉睡。客厅有一副棺材，他一脚踢开棺材，里面躺着的是一个同样沉睡的银发青年。

钟哥举起了手枪，对着沉睡的青年——打死他会有什么情况发生呢?

“你的同伴，就永远回不来了哦。”沉睡的青年突然梦呓一样，说。

钟哥一脚踩在青年身上：“少他妈给老子装蒜。”

这时候，睡在房间里的卫馨痛苦地尖叫了一声。

“这他妈怎么回事？”钟哥迟疑了，难道打了他，另外两个人会受到伤害?

卫兰顾不上害怕冲了过来，冲男人大喊道：“那女孩说了，睡眠不能被打扰，不然他们全都会没命的！”她指了一圈，包括阳台上那具无头尸体。

“你见过一个带着刀的人头吗？”钟哥拿枪指向她，冷冷地说。这次的任务就是捉拿胡依婷，男青年的事情可以缓缓，但是无论如何，人头一定要带回去。

“我没见过。”卫兰颤抖着说。

枪响了。

九

一声枪响，让打斗的阿飞和哈里都有一瞬间的身形停顿。

“卫馨！卫馨你在哪里？”

正当小女孩蹲在沉浮的棺材上看着哈里和“飞头蛮”决斗的时候，她妈妈的声音焦急地从桥上传来。

女孩抬头，看见年轻的妈妈穿着朴素的衣服在桥上喊她。

“我在看爸爸打架。”

“她不是你爸爸！快回来！”卫兰大声说。

“你不让我看我就不做作业了！”小卫馨拿出了杀手锏。

卫兰一跺脚，急忙说：“你不要闹了！爸爸不要我们了！快点回来啊！危险啊！”

“妈妈你怎么了？”卫馨看见妈妈的衣服上沾满了血，觉得有点不对劲了。她跳下棺材，淌着河水往岸上走：“妈妈，你怎么了？”

卫兰慢慢地坐下：“妈妈没事的……你快回去……回到属于你的世界里去……”

“妈妈！”小卫馨跳上了岸，朝桥上疯狂地跑去。她看到妈妈的肩上中弹了。

这个卫兰不是卫馨记忆里的卫兰，是真正的卫兰的意识。

“那边的世界”发生了异变，哈里抬头看着天空堆积着乌云，乌云开始出现旋涡——这里的状态已经不稳定了。

“认输吧。”“飞头蛮”狞笑着说。

“我是怕吓到你。”哈里抬头看着天空，冷冷地说。他不想用这一招，因为会极大缩短他的活动时间，他会很快回到干尸的状态。

哈里银色的头发渐渐变得乌黑，变长。

他身上的衣服也在变化，那些布料窸窸窣窣地开始生长，变成华贵精美的白色袍子，他身体的线条也在变化，五官也从硬朗变得妖媚起来。

他扭头再次看着“飞头蛮”的时候，眼波流动。

法老王，哈特谢普苏特！

女法老的真身悬空浮在阿飞面前，天空回响着哭喊的声音，河水沸腾一般不断上涨，周围的世界开始变得扭曲。

“你是……女的？”

“无知的人，我是和太阳神最接近的法老王！”哈特谢普苏特的声音似乎是从四面八方传来的。她突然指向“飞头蛮”，无数木乃伊的幽灵狂啸地冲向他。

“啊——”“飞头蛮”目眦尽裂地尖叫着。

几乎是钟哥扣动扳机的同时，他身后的橱柜突然飞出了一颗不断旋转的人头。

他吓得猛地低头躲过，那颗人头仿佛绞肉机一般飞到客厅的鞋柜上，疯狂搅碎了鞋柜的木板，然后卡在了旁边的墙壁上，还在不停地旋转。

那颗头，似乎已经失去了控制，不停地转动着，嘴边两把刀不停地攻击旁边的墙壁。

这是那个青年的邪术吗？钟哥回头看棺材里的青年，发现他的皮肤开始干涸，本来健康有光泽的皮肤，开始出现了灰败的样子。

“这是怎么回事？”他问已经被击倒的卫兰。

卫兰中枪了，倒在地上已经失去了意识。

“喂！你振作一点！”他冲着不断旋转自虐的同伴的人头叫道。

那具无头的身体慢慢从阳台爬进来，伸出手似乎要努力拿回自己的头，但大概因为力不从心，伸手只要触及那颗人头，就会立刻皮肉绽裂——诡异的景象，他的头在和他的身体做搏斗。

棺材里哈里的身体已经渐渐变成干尸，从四肢开始，慢慢到躯干，然后到脖子以下，最后剩下的是头部。

这个时候，人头突然像被什么打中一般，停止了旋转，卡在了墙壁上。

他的身体直直倒下了！

钟哥一手架着胡依婷，一手举着枪，有点不知所措，突然听到棺材那边有异动，回头看的时候却呆住了。

哈里的皮肤又开始恢复生机，从脖子开始，皮肤开始丰盈起来，慢慢开始向四肢蔓延。

十

空中睁开了巨大的眼球，再次盯着哈特谢普苏特。

果然是你……眼球似乎会说话一般。

“你是谁？”威严的女法老王冲着天空的眼球大声叫唤。

眼球微微眯起。

——我找到你了。

眼球迅速退却，天空崩坏，鲜血从天空的口子里倾注而下。

“妈妈！”小姑娘大声叫。

哈特谢普苏特降落了下来，恢复成哈里的样子。他抱起小卫馨，而小姑娘不肯离开失去了意识的妈妈，大声哭叫。

“你不要爸爸了吗？”他问卫馨。

卫馨哭着摇头，指着妈妈泣不成声：“我只要妈妈，我只要一直陪在我身边的妈妈！”

“我知道了，我们走吧。”哈里低声说，盯着天空最后一丝光亮，纵身一跃，直直冲了上去。

哈里猛地从棺材里坐了起来。

旁边是倒在一边昏迷不醒的胡依婷。

还有从昏迷中刚醒过来的卫兰，一个哈里没有见过的男人正手忙脚乱地用毛巾给她止血。

床上安静睡着的是卫馨。她闭着眼睛的时候泪流满面。

钟哥带走了他的同伴。

哈里努力支撑着自己爬了出来，他感觉全身的力量都快消失了，他拼了最后的力量让他们都回到了这里，但是无法阻止自己快速进入“休眠”的状态。

“这是谁？”他问卫兰。

卫兰厌弃地说：“是卫馨的亲生父亲利进，当年离婚后，为了逃避法院判的给卫馨生活费的负担，跑去上海了。”

利进说：“我不是为了逃避，那时候没钱……”

“可你今天却为了钱，出卖了自己的女儿！”卫兰怒道。

利进继续辩解：“他们只是要抓那个姓胡的女孩，说不会伤害卫馨的……”

话音未落，哈里一把掐住了他的脖子：“我们要找的就是你！”

利进吓得屁滚尿流，连声求饶。

“真是个……”卫兰想骂不知道骂什么，听到卫馨叫“妈妈”的声音，急忙回头去看。

“妈妈。”卫馨怯生生地下了床，光脚走过来，“你受伤了。”

“我没事，只要你没事就好。”卫兰说。

哈里看着她们，感觉自己越来越支撑不住了，他全身蜷缩起来，皮肤开始干枯。

刚才的复原只是为了把他们从意识世界带回来，现在的他，已经支撑不住了。

楼梯口传来了脚步声。

这个声音让他们又紧张起来。

这个脚步从容、镇静，绝对不是一般人。

门口站着一个全身穿着皮装，身材高挑的女孩子，短发，粗眉，手上拿着半自动手枪，全身生气勃勃，走在人群中绝对引人注目。

“我叫启元。”她大声说，“是顾蒙亮先生派过来接应你们的，那两个家伙已经跑了，不用担心！”

哈里陷入沉睡之前，听到的就是这几句话。

叫启元的女孩子指挥着几个工人把装着哈里的棺材装上了货车，同时叫来了救护车，把卫兰和胡依婷送到医院去。

卫馨在救护车上陪着妈妈。

卫兰看着她，说：“医生说只是外伤，休息几天就好，你这段时间的学习，要自己负责了。”

“妈妈。”卫馨说，“在你眼里，是不是我只有不停地学习才是好孩子？”

“是的。”卫兰说。

“我就是不喜欢你这样。”卫馨低声说，“是不是我学习不好了，我就不是你的女儿了？”

卫兰愣住了，不知道该回答她什么。她一直以为为女儿好，就是让她能够好好学习，以后能走上光明大道。

“当然不是的，我只是希望你过得好。”卫兰颤抖着双唇说。

这时，卫馨突然抱住了卫兰："我做了一个很长的梦，梦里的你受伤了。虽然我很想要一个爱我的爸爸，但是一直陪伴在我身边的是你。"

她们没有再说下去，因为她们都是拙于表达的女子。

卫馨的眼睛明亮乌黑，有她妈妈的倒影。她的内心有些隐约的羞愧，因为她明白，不管幻想中的父亲有多么完美，能在她面前为她挡子弹的，却是一直陪在她身边的妈妈。

卫兰好像也明白了一些事情。

我的孩子，我爱你，如果我的爱给你造成了负担，我宁愿自己承受，放你尽情飞翔。那一刻，我给予你自由，于是，我也得到了自由。

爱亦是自由。

·第七章·
伪人间

“那孩子还没醒过来吗？”一个男声说。

“是的，没有。”一个女声说。

“真是奇迹啊，三分之一的身体都没了，还能维持生命……”男声说。

滴答。滴答。

快醒醒吧。

河水湍急。

——我有一个愿望，希望他能想起我来。

少女站在河边许愿，河里映照出一张异国人的脸，银白色的头发，琥珀色的瞳孔。

——少女啊，这是你在河流里丢失的记忆，拿回去吧。

一

这段时间，吴之幸觉得自己的手似乎不是自己的了。他随手摸到讲台上的三角钢琴，然后弹奏了一段《野蜂飞舞》。

“这是什么？”同桌肖静怡吓到了，“你还会这么高大上的东西？”

吴之幸看着自己的手，也有点不敢相信。他茫然走下讲台，一教室的人都目瞪口呆地看着他。

“你学过？”另外一位同学问。

“没有，我第一次摸钢琴。”吴之幸揉着自己的手，刚才的感觉就像是这双手不由自主地弹奏起乐曲一般。

音乐老师靠在钢琴边上，若有所思地盯着他笑：“我不相信你没学过，弹钢琴这种技能，可不是单靠天赋就能会的。”

音乐老师有一头银色的头发，一双琥珀色的眼睛，盯着人看的时候，似乎有一种蛊惑人心的魅力。但是眼神让人不舒服。

吴之幸的脸涨得通红。

肖静怡也好奇地看看他，还抓起他的手掌，仔细观察着。他的手掌宽大，上面还结了些茧，并不是在握笔的部位，而是在手掌处。

“你手掌有茧哎。”肖静怡说。

手上有茧，因为经常要干活啊。

吴之幸现在读初三，一年前因为父母要去外地打工，就把他托付给了城里的小姨赵玥，他这才从乡下的学校转到这个学校。赵姨一家在上海开了个面馆，因为没有房子，平时就是住在面馆后的小隔间。吴之幸来了之后，得等客人走了店面关门之后，才能架张床睡在面馆里，所以放学后的吴之幸都会在面馆帮忙。

吴之幸成绩中等，没有什么太突出的地方，只是英语课业上展现出令人吃惊的天赋。班主任还说不知道为什么一个乡下的孩子居然能说一口流利的美式英语。吴之幸想也许自己在语言方面比较有天赋吧。但是这堂音乐课，他又把自己和同学吓了一跳。

但是有一件事，吴之幸不敢对外人说，就是他完全记不起来这所学校之前的事情，脑子里一片空白，什么都记不起来。

赵姨和姨父每天晚上都会给他做一些恢复记忆的训练，并且告诫他绝对不能告诉别人。

——如果告诉别人，这些记忆就永远找不回来了。

接下来一节课是英语课，吴之幸一如既往地走神了。

同桌肖静怡又偷偷拿起他的手研究，他被她软绵绵的手捏得突然不耐烦起来，反手抓住了她的手，往他这边一扯，露出了她的一截小臂。

他呆住了，少女雪白纤细的小臂上，满是瘀青。

“怎么回事？”他紧张地问。

“摔的。”她抽回手，若无其事地把袖子放下来。

肖静怡是他同桌，她个子高，才被老师安排在教室的后排。虽然个头高，但她总是胆子很小，不敢和人对视，也不敢主动和人说话，唯独对吴之幸这个同桌是个例外，大概是熟了吧。

“是不是你爸打你了？”吴之幸知道她妈妈是再婚的。

“没有。”肖静怡否认说。

吴之幸见过她继父，那是个文质彬彬的中年男人，穿着体面，还体贴地帮她开门。

吴之幸没来得及追问，下课铃声就响了。他看到音乐老师在外面叫他：“吴之幸，你出来一下。”

他不记得音乐老师姓什么，只能慢腾腾地走出去。

老师穿着浅色的毛衣，皮肤是健康的古铜色，那双明亮的琥珀色的眼睛带着笑。

头发是染的吧？现在是夏天，怎么还穿着毛衣呢？他心里蹦出一个接一个的疑问。

“放学后，你再来一次音乐教室。”音乐老师说。

“我放学后要回家给赵姨帮忙。”吴之幸立刻拒绝了，不知为什么，这位音乐老师总让他心生戒备。

音乐老师注视了他片刻，然后递给他一张名片：“如果要找老师的话，可以打这个电话。”

他接过名片，上面只有一串电话号码和一个住址，连姓名都没有。

音乐老师拍拍他的肩膀，没说话就走了。

他直接把名片扔进了旁边的垃圾桶。

二

回到面馆，他放下书包去厨房帮忙。

姨夫看了他一眼，说：“你今天晚了十分钟。”

“路上有点堵。”他说。

“因为和同学一起聊天吗？”赵姨拿过一碗面汤递出去，对他说。她送出面汤的动作稍显粗鲁，汤水差点飞溅到客人衣服上，引得客人一阵抱怨。

这间店在热闹的市区，但因为味道不怎么样，客人并不多。有些时候吴之幸都怀疑这家店能不能支撑三个人在上海的生活。

“不要和同学过多地接触。”赵姨警告他。

他点头说：“知道了。”

夏天的傍晚，天空是漂亮的橘色，外面车水马龙，但小店因为生意冷清而很安静。赵姨和姨父似乎从不担心生意的事情，他们只是一遍又一遍地看着钟点。

天快黑了。

“时间到了，你和我进隔间。”姨父提醒他。

“知道了。”他应着，然后起身。

面馆的门突然被人一把拉开了，一个让吴之幸意外的人浑身湿淋淋地走了进来。

“肖静怡？”

走进来的肖静怡眼睛红红地看着他。

吴之幸赶紧走过去，拉开一张椅子让她坐下：“外面下雨了？”

外面是下雨了，雨点打在玻璃上留下一条条的水迹，只不过吴之幸之前没注意到。

“同学？”赵姨伸出头，警惕地望着他们。

“不，是客人。”吴之幸掩饰了他们之间的关系。赵姨不喜欢他和“外人”过于接近。

肖静怡呆呆地坐着，茫然地接受了吴之幸递过来的一碗牛肉面，然后大口吃了起来。

赵姨打量了她一眼，小声对吴之幸说：“等她吃完就让她快走，我们要关门了。”

电视里，新闻频道正在报道三个月前美国暴恐案件的后续。在佛罗里达州，有恐怖分子利用少年人肉炸弹挟持了一个学校的师生，最后造成惨案。罪犯当场死亡，涉案人员还在进一步调查中。

“那个罪犯看起来和我们差不多大。”肖静怡盯着屏幕喃喃地说，视频里闪过模糊的罪犯的背影——消瘦的身材背着机枪走进了学校。

“你怎么了？”吴之幸问肖静怡。

肖静怡停止了吃面的动作，然后起身，逃也似的跑了出去。

其实她刚一进门，吴之幸就看到了，她脚上穿的，还是家里穿的棉拖鞋，有一只脚穿了袜子，有一只没有穿。

吴之幸拿了把雨伞就追了出去，赵姨在背后喊他，他都没有听见。

“肖静怡！”他追上了肖静怡，拿雨伞挡在她头上。

肖静怡看起来有些不一样，现在的她，在他面前也变得那般畏畏缩缩，还有些魂不守舍的。她突然伸出手去撸吴之幸的袖子，吴之幸本能地反手一抓，抓住她的手腕，警惕地问：“你要干什么？”

吴之幸的袖子被撩起了，露出一节小臂，是健康白皙的肤色，没有瘀青。

肖静怡没有说话，只是摇摇头，又低下了头，继续往前走。

两人没有再说话，只是并排走着，仿佛这样的夜晚就应该是静止的。

“你爸打你了吗？”快走到她家小区的时候，吴之幸的脚步突然停了下来，忍不住问道。

“小孩子做错事，就会被罚的，但是爸爸妈妈还是爱我的，对吧？”肖静怡说得小心翼翼的，然后试探性地问吴之幸。

吴之幸看着她，想了想，摇摇头说：“不，不一定的。”

肖静怡刚想说什么，小区门口就传来她妈妈的呼唤声：“静怡，你跑哪里去了？”

肖妈妈站在小区门口，似乎是刚刚下班，身上还穿着职业套装，打着伞朝他们招手。

肖静怡迟疑着走过去，妈妈擦了擦她头发上的水，责怪地说：“就算是和爸爸妈妈斗气，也不应该这样啊。”她抬头看见吴之幸，温柔地笑着说：“谢谢你送她回来，我好担心她呢。”

这么温柔的女人啊！吴之幸内心感叹着，嘴上客套道：“不客气。阿姨我先回去了。”他看了一眼肖静怡，然后打着伞转身走了。

路过地铁站的时候，他突然没来由地感觉到天旋地转。

他蹲了下去，头痛欲裂，耳朵边似乎有巨大的爆炸声。半天他才缓过来，刚才是幻觉吗？这是怎么回事？

有人捡起了他的雨伞，挡住了他头顶的雨丝。

他抬头看，看见那个银发的音乐老师正微笑地看着他：“这里人太多让你不舒服吗？”

“没有。”难受的感觉消失了，他接过音乐老师手里的雨伞，从容地站了起来。

“你看这些来来往往的人。”音乐老师的手插在呢子大衣的口袋里，看着地铁站的人潮说，“有下班的，有放学的，也有赶着去见朋友的，他们都有自己的故事，你的故事呢？”

我的故事？吴之幸回想，但脑子里一片空白。

“你是个没有故事的人吗？”老师只留下了这样的话。

什么人，真是讨厌。

回到面馆，姨父拿着表，一脸冷淡地说：“你出去足足有四十多分钟，超过约定的时间了。”

“你不知道外面很危险，不能随便出去吗？”赵姨关上店面的门，严厉地对他说。

“时间到了，进来吧。”姨夫收起表，走进了厨房里面的小隔间。

吴之幸沉默地跟着他走了进去。

“你训练的时间不多了，你的身体还是不太好用。”姨夫看着吴之幸修长的手指，皱着眉头说，“这并不是一双适合的手，比起之前的，太娇贵了，甚至这副身体过去的记忆还影响着他现在的大脑。”

弹钢琴就是一个很不妙的现象，这不是属于吴之幸的技能，应该是属于这双手原本的主人的。

“找到能用的身体不容易呢。”赵姨在外面关上了隔间的门，把里面变成一个密闭的空间。

三

“外面很危险。”班长在早读的时候心事重重地走上了讲台，重申了一遍目前的注意事项，“大家尽量放学之后早点回家，不要单独外出。”

“什么意思，突然搞得这么紧张……”有同学表示不满，但看到班长忧心忡忡的脸，立刻闭上了嘴。

担忧在班上蔓延开来。

远隔大洋的国家被暴恐分子袭击的阴影笼罩着这座城市，因为同一个组织在全球标记了下一个袭击的目标城市，就是这里。据说这个可怕的组织从未失手过。

“暴恐有可能会在我们这座城市发生吗？”肖静怡小声问吴之幸。

吴之幸注意到她的校服已经洗干净了，熨烫得很整齐，头发梳得好好的，袜子也是崭新的小白兔袜子。

听到这话，前面的同学转过头来，一脸八卦：“你们没觉得现在安保力度加强了吗？”

吴之幸透过窗户看着楼下走来走去的保安，门口那边的警卫也加强了，学校正在加装新的摄像头，老师也告诫同学们说要是发现有可疑的人员必须马上报告。

“我听说事情的起因是佛罗里达州那个暴恐案的少年，他转学到那所学校，在里面学习了半年之后突然暴走了。”前面的同学眼睛突然亮了，“咦，你手臂上怎么有伤啊？”

肖静怡急忙收起手臂，皱着眉头没敢吭声。

“被人打的吧？”同学伸手想捋她的袖子，被吴之幸一把抓住手腕。

三人之间的气氛正尴尬的时候，又有个男生加入话题：“我觉得那种少年罪犯就是仇视社会，说不定这次他们派来上海作案的罪犯也是个少年。也不知道是有过什么悲惨的经历，还是被社会惩治过，一点人性都没有……说不定已经转学到哪所学校了。”

大家不自觉地用怪异的眼光看了一眼吴之幸这位转学生。

吴之幸松开那个前桌的手，把肖静怡的手拿回来，试图缓和尴尬的气氛：“他也未必是因为什么仇恨。”

“那他为什么下那么重的狠手？”男生高声反驳，“对手无寸铁的人施暴，完全没有怜悯之心！”

“只是……必须要这么做罢了。”吴之幸说着，没有再理会那个男生激动的辩论声，低头看书。

“他爸爸是个律师，所以他喜欢争辩。”肖静怡拿书挡住口若悬河的男生的唾沫，低声对吴之幸说。

是吗？可是我为什么会弹钢琴呢？吴之幸看着自己的手，发现自己在不自觉地玩转笔，各种花样。他以前也有这个习惯吗？

“居然有人认为暴力行为只是因为‘必须要这么做’。”冷冷的声音从门口传来，但似乎只有他听到了，旁边的同学还沉浸在热烈的讨论中。

吴之幸抬头看见走廊外站着的音乐老师，他靠在墙边盯着他，嘴角带着似笑非笑的表情。

他的肩头还停留着一只蝴蝶。

啊，这个人让人浑身不舒服，吴之幸咬了咬牙。

四

下午放学时，吴之幸被留下来做值日，扫地扫到最后一排的时候，发现蹲在那里的肖静怡。

“你怎么还没回去？”他问她。

肖静怡有点慌张，然后摆摆手。

“肖静怡，你在这里吗？”肖静怡的父亲在门口那里喊她，她吓得往桌子下面钻。

“她回去了。”吴之幸拿起扫把继续扫地，像是什么都没看到一样。

肖静怡的父亲微微一怔，要走上来看，但是吴之幸拿着扫帚停在那里，直直地看着他，他本能地站住了。

“你的口音真奇怪。”肖静怡的父亲转身准备离开，又停下脚步回头说，“有点像我去美国出差时听过的一个华裔的那种中文腔。你是华裔吗？”

吴之幸摇摇头。

肖静怡的父亲笑笑，然后扭头离开。

吴之幸愣在原地。

他根本无法回忆起之前的任何事情，记不起之前生活的片段。他是个没有过去的人——没有记忆，没有过去，也没有故事。

他的记忆很快就能找回来了，赵姨和姨父最近已经加强了恢复训练的力度。

“你……”

吴之幸回头看躲在桌子下的肖静怡，肖静怡正愣愣地看着他，说：“我怎么了？”

“你刚才……一直在说英文……和我爸爸对话……”肖静怡呆呆地说。

吴之幸脸色大变，突然不安起来。他看看墙上的钟，时间快到了，他把扫把交给肖静怡："你帮我扫剩下的，我要先走了。"

"别留我一个人在这里。"肖静怡求他。

"一个小时之后，我来接你。"他说，"你在这里等我。"

"好……"肖静怡接过他的扫把。教室外还有三三两两晚归家的学生，夕阳照在教室后面的墙上，一切看起来都那么平和。

吴之幸拿了书包，就急匆匆往外走。在校门口，他又看见了银发的音乐老师，他古怪地朝自己笑着。

这个怪人！吴之幸咬咬牙，背着书包飞快地穿过校门口，往地铁站走去。

六点十分。

地铁站的安检一如既往的严格，他放下了自己的书包过了安检口，走进了地铁站。

迎面有人撞到了他，掉下了一个黑色的塑料袋。他看都没有看那个人，然后捡起塑料袋塞进了自己的书包。

继续往前走，六点十五分。

楼梯口往前走是三个上车口，他绕过了摄像头，转身走向了对面的等候区。

一个小女孩笑着把一个充电宝塞在了他的手上，他面无表情地接过，然后塞进了书包里。

对面的地铁开过来，他上了地铁，六点二十分。

车上的人很多，他被挤在门边。

他身边站着一个穿着皮衣的短发女子，看起来二十多岁，面容俏丽，脸上戴着墨镜。

"你家明明在学校附近，为什么要搭地铁呢？"那个女子突然开口跟他说话。

他吓了一跳，定神想看清楚那个人的脸的时候，车到站了。她随着人流下了车，很快就被人潮淹没了。

这些人他认识吗？是"过去"认识的人？

不安的感觉缠绕在他心头。下一站他该下车了，他需要搭乘对面的地铁坐回自己出发的地方。

然后他风一般狂奔回了学校。

七点十五分。

学校准备要关门了，他说他有东西在教室忘了拿，看门的大爷才让他进去。回到教室，他低声喊了几声，肖静怡的脑袋畏畏缩缩地从教室后门伸出来。

"你回来了？"她看见他有点惊喜。

"快过来。"他招手让她带上书包，然后带着她一起回家。她的手紧紧抓住他的衣角，在颤抖。

说回家，不过是回面馆。快走到面馆的时候，路灯下有一只蝴蝶翩然飞过，他看见前方有一个背着大箱子的少女站在那里，仿佛在等着他。

“为什么要带上她呢？”在和那个背箱子的少女擦肩而过的时候，他突然听见对方这么问他。

他猛然回头，却看不到那个人了。

并没有一个背着大箱子的少女。

“怎么了？”肖静怡问他。

“刚才那个女的很奇怪，背了个大箱子，像一口棺材一样，但是又不见了。”吴之幸喃喃地说。

“有吗？我怎么没看见？”肖静怡问他。

是错觉吗？还是之前记忆的碎片呢？

“不管了，你去我家吃面吧。”吴之幸对她说。

肖静怡的手机响了，她一看电话是继父打过来的，就默默放了回去，没有接。铃声一遍一遍地响着，她笑着对吴之幸说：“这首歌是启元唱的，你喜欢吗？”

“启元是谁？”吴之幸问。

“天啊，她是风靡全国的青少年偶像歌手啊，你连她都不认识？”

吴之幸有点尴尬：“我不认识。”

肖静怡把钥匙扣递给他看，上面是个英俊的年轻人，面容过于柔美，似曾相识：“就是他啦！”

吴之幸拿过来看，看了半天，觉得在哪里见过，但绝对不是这种风格。

“你居然连他都没听说过，你是不是当代中学生呀……”她本想开个玩笑，但吴之幸却突然丢下她很快地跑了起来。

我没有听说过什么叫启元的明星，就像我根本不应该存在于这个世界一样。我什么都想不起来……但必须要完成任务才能找到自我……

“吴之幸，怎么现在才回来？！”赵姨站在面馆门口，举着表看他，一脸严厉，“东西拿到了吗？”

“拿到了。”他慢慢走近，低声说，“只拿到了一部分。”

“我都知道了，剩下的人说你没有去接应。”赵姨严厉地看着他，“身体的反应速度跟不上，你恢复记忆之后怎么办？”

“我恢复记忆之后到底是什么样子？”吴之幸疑惑地看着赵姨，“我到底是什么人？”

赵姨看着他，扶住他的肩膀坚定地说："恢复记忆之后就是要执行你的任务，不然你就会死！这就是你存在的意义！"

外面人来人往，看起来是平和安详的一天。有人进店要点餐，无聊地翻开着菜单，没人注意窗边的少年和老板娘之间气氛凝重，似乎蕴藏着不能提前启封的秘密。

赵姨不打算继续追究这个事情："你的时间不多了，不要忘记，等下和你姨父进房间里去！"

吴之幸走进了那个隔间。

——你父母生你气的时候，会把你叫到房间里去吗？

——你会害怕吗？

——他们把你关进小房间，还会怎么对待你呢？

这些都是今天肖静怡在学校里问他的，看起来像是鼓了很大的勇气才问的。

——你父母怎么对你呢？

他忍不住也问了肖静怡。

"你该'训练'了。"姨父打断了他的思绪，靠在小隔间门口看着他。

吴之幸从书包里拿出刚在地铁站接到的东西，一一拿出来打开。桌子上摆放了一排类似的物品，导线、计时器、硝化甘油……吴之幸要做的是如何在更短的时间里，把这些零件拼装起来，组成威力巨大的炸弹，并且安放它们。

这，就是他每天晚上在小隔间做的事情。

姨父给他的时间是十分钟。只不过现在他这双手，有点不听使唤了。

他摊开手掌，问姨夫："我为什么会弹钢琴？"

姨父抬眼看他，冷漠地说："那不是你的技艺，是这双手原本的主人的记忆。你的那双手，五岁的时候就会组装简单的炸弹了。"

"那我的手呢？"他问。

"炸了。"姨父又看了他一眼，"你身上的所有部分，原本都不属于你，属于你的只有这个脑子而已。只有当你想起以前的时候，这副身体才能算是'你的'，不然你会永远活在这副身体过去的零碎的记忆中。"

吴之幸看着桌子上小小的镜子里的人脸，他有一张清秀的亚裔人种的脸，脸上没有标签，连一颗痣都没有。

所以你是我们隐蔽性最好的战士！记忆中的某个男人拍着他的肩膀，冲他大笑。

"别分神，快点熟悉。"姨父催促他。

"是。"他低头说，突然想到什么，他又说，"我今天在面馆附近似乎看到一个背着大棺材的女孩。"

“别分神。”姨父严厉地说，“明天，继续去地铁站接头。这是最后一次了。”

五

第二天，是个晴朗的好天气。

吴之幸在楼梯口遇见了音乐老师。

“嗨。”音乐老师跟他打招呼。

“你很怪。”他这次鼓起勇气对他说。

“我怎么了？”音乐老师说，“头发或者是瞳孔的颜色吗？我是个混血儿。”

“不是，”吴之幸凑近他，然后轻轻点了点对方的胸口，“为什么这里每个人都穿着夏装，只有你穿着冬天的外套，这就是你最古怪的地方。”

音乐老师微微一怔，随即苦笑：“百密一疏啊。”

“你是谁？为什么总是观察我？”吴之幸绕过他，快步走进教室。

“我是哈里老师啊。”音乐老师挠了挠头，有点懊恼，“着装出现的BUG？真是的，我要提醒胡依婷才是。”

完全不知道他在说些什么。吴之幸在心里翻着白眼，一整节音乐课都在低头猛做数学题。

哈里在课堂的尾声突然兴致勃勃讲起了新增的《反家暴法》，列举着里面种种家庭暴力的案例。

听到这些，吴之幸停下了笔，去看肖静怡，发现她脸色苍白，便举手说要带肖静怡去医务室看看。

“不去医务室。”一出门她就这样对他说。

“不去就不去吧。”吴之幸这么说的时候，哈里鬼魅般出现在他身后。

“我不放心，就过来看看，你们是找不到去医务室的路吗？”哈里说着，还没等吴之幸反应过来，他就一把抱起肖静怡朝医务室走去。

“不！我不要去医务室！”肖静怡害怕地大叫，把手伸向后面的吴之幸，“告诉老师，我不要去医务室！”她泪流满面，脸上全是绝望和惊慌。

“哈老师，请你放下她！”吴之幸赶紧追上去。奇怪的是，哈里走得不紧不慢，可他就是追不上他。

哈里抱着不断哭叫的肖静怡，一脚踢开医务室的门，把里面的女校医吓了一跳。

“这个学生上课时说不舒服，现在又不愿意来医务室，你帮她看看。”哈里把肖静怡放到床上，然后一把拉起了屏风。

吴之幸刚想进来，就被哈里推到了屏风之外："医生给女同学看病，你进来干什么？"

"可肖静怡说她不要看病……"吴之幸想走过去，但女校医已经戴上了听诊器走进屏风里了，随即里面传出她的惊呼。

吴之幸在外面握紧了拳头。

哈里冷冷看着他："你早就知道了，对吗？"

"我知道什么？"吴之幸怒视他。

"在基地长大的孩子，不可能不知道她身上的瘀青和血迹意味着什么。"哈里嘲讽地看着他。

基地，这是吴之幸第二次听到这个词。

屏风里肖静怡的哭声越来越小，取而代之的是女校医愤怒的吼声："你父母一直对你这样施行暴力吗？"

"没有……他们是爱我的，只要……他们气消了就不会吵架了……"肖静怡抽泣着。

屏风突然被推倒，肖静怡正裹着被子，瑟瑟发抖。女校医一把掀开白大褂，从背后掏出枪来，被哈里死死按住："你冷静！"

这下吴之幸认出女校医是谁了，这就是肖静怡喜欢的启元啊，也是地铁上那个穿着皮衣、戴墨镜的短发女子。这到底是怎么回事？

"你再冲动一点，他的意识世界会坍塌！"哈里警告道，"这样我也维持不住了。"

"见鬼！"启元盯着哈里，眼睛里几乎要冒出怒火，"现在要怎么办？"

"在这里陪着她，直到你下班为止。"哈里无奈地说。

看着肖静怡的样子，吴之幸觉得心脏一下子用力收缩了般，尽管早就觉察到了真相，但这种情绪一直被压抑着，一直被他刻意忽视着，现在血淋淋地展现在他面前，他有些承受不起了。

放学铃声适时响了。

提醒了他好像有什么重要的事情。

最后一次。

是的，今天是最后一次了。

他快速走出了医务室，拉下了校服拉链，露出了自己的脖子，脖子上有个金属的项圈，他按下了项圈上的按钮。

"喂！"哈里随即冲了出来，没有能制止他。

项圈溢满了能量，似有无数细小的电流流过，直接刺激他的头部，他眼睛翻白，随即恢复了正常模样。如果有镜子的话，此刻的这张脸已经不再是迷茫的脸，而是变得更加毫无感情、毫不迟疑。

吴之幸扭头冲出了学校。

“他还是跑出去了，和当时监控记录的一样。”启元无奈地看着他的背影，然后脱下白大褂披在了肖静怡身上。

“看什么看，追啊！”

六

巨大的爆炸声。

慌乱的脚步声。

精神失常的少女缩在医务室的床上瑟瑟发抖。

不能言语的悲伤，错乱的道德定位，没有完全建立的世界观，一瞬间都在这个时间变得支离破碎。

“其实早就已经支离破碎了，你们装作看不见而已。”少年留下这句话，再也没有回来。

“肖静怡！肖静怡！你还记得老师吗？你能对老师说明发生在你身上的一切吗？”

不能。我不能说出发生在我身上的一切。因为在我的世界里，这就是爸爸妈妈对我的爱。

“肖静怡！老师已经帮你报警了！你振作一点！”

浓烟滚滚，火苗蹿起来了，吞噬了一切回忆，也似乎吞噬了一切冲动。

一切都过去了。护士经常这样安慰她。

少女穿着病号服在医院里无神地看着外面的叶子，旁边的手机在播放启元的歌。

“她还是很喜欢听启元的歌，听到她的歌之后，她会有一些情绪反应。”穿着护士服的年轻女子这么说，“可惜启元几个月前死了。”

来者摘下了墨镜，护士小姐捂住了嘴：“天啊！你是……”

把摘下的墨镜放进了皮衣口袋，来者笑着说：“我是他的双胞胎妹妹，你看我们这么像，她看到我会不会好一点？”

护士拼命点头，天啊，这女孩子长得好帅！说着她打开了门，小声说：“肖静怡，你看谁来了？”

床上的少女呆滞的双眼转动了一下。

啊，谁来了？那个迎着窗外阳光进来的人是谁？那个明亮的笑容是谁？是启元吗？

“嗨！”启元伸手要和她握手，可是手刚碰到，肖静怡的眼泪就流下来了。

“这是她进医院之后第一次流泪，”护士说，“平时都是没有表情，很少说话的。”

“我为你唱《逆风》好不好？”启元就坐在她的身边，非常温柔地说，“你梦中经常出现的那一首。”

轻柔的歌声响起，而门外站着好多警察，还有一个银色头发的男人和一个苹果脸的少女。

“按你们所说，可以找到那个罪犯脑子里的东西？”警察怀疑地说。

“我们需要一点时间。”银发男子说，“反正你们对着那个活死人，也一筹莫展对吧？”

“他在哪里？”苹果脸少女问。

“他在另一间病房。”警察说，“不管你们要做什么，都必须在我们的监控下进行，毕竟这个案子不是开玩笑的。”

“我们也不是开玩笑的。”银发青年收起那副满不在乎的表情，严肃地说，“我去会会那个‘飞头蛮’！”

“这时候的上海真冷啊！”苹果脸少女感叹，“你什么时候可以赶上吴之幸那时的脚步啊？”

“再来一次，看这次能不能把他的意识唤醒。”

七

逆光飞翔。

又回到那个平静的夏日傍晚，学校放学的铃声响起，中学生们汹涌地走出了校门。

一个面容清秀的少年从医务室冲了出来。

那位银发的音乐老师飞快地冲了过来：“别跑，这次一定要跟上你！”

吴之幸面无表情地回身，一拳打了过来，哈里赶紧避开。他的拳头砸在了墙上，重重的一拳，墙粉分溅，但是吴之幸脸上毫无表情。

哈里琥珀色的眼睛平静地看着他，眼中有一丝悲悯：“你脖子上的那个颈环，是启动装置吗？”

“别说了！”吴之幸转身往外跑，“我的记忆马上要恢复了！”

“恢复之后你会发现自己生活在地狱里。”哈里平静地说。

吴之幸呼吸一顿，不由得停下来了。

"我在古埃及的时候，养过一些宠物，一些凶猛的动物，狮子啊什么的。"哈里靠在墙上说，"一只鸟，你养在笼子里，它永远不知道自己会飞翔；一只狮子，你绑在桩子上，他永远不知道自己能奔跑。它们都不会了解它们生来是自由的，只是遇见了人类才会受到这样的束缚。它们以为它们的同类都是这样的，那是它们以为的世界。可飞翔、奔跑都是它们的本能，即使从小没有人告诉你们，但是你们的天性应该让你们知道。"

吴之幸怒道："我不知道你在说什么。"

"人一生下来就是追求温暖和安全感。"哈里慢慢地说，"你看到了肖静怡的痛苦，你总有一天也会看见其他人的痛苦。"

"其他人的……痛苦？"

"那些被你杀掉的人的痛苦。"哈里很快地说，指着他，"我不知道那个颈环如何控制你的头脑，但是没有任何一个人的思想可以被人完全地控制，在人神不分的古埃及都控制不了，更何况现在。"

吴之幸跌跌撞撞地跑了出去。

完全不知道这个老师在说些什么，今天是最后一次，他必须找到那些接头的人，然后完成姨父给他的任务。他的脑子渐渐有些东西更清楚了，炸弹的结构、枪支的结构，还有人体的结构，一一清晰浮现。什么钢琴，英文……渐渐都远去了。

原来，这些才是属于他"自己的回忆"！

他跑过的那些教学楼的楼顶，一个背着大棺材的苹果脸少女站在那里，俯视着他，喃喃自语："失败了几次，这次终于赶上了。哈里的绝招就是强行切入意识，打开平行的空间。"

下班放学的高峰期，地铁站内熙熙攘攘。

吴之幸背着书包走进地铁站，开始过安检。他脸色如常，看起来就像个刚刚放学的中学生。

他回头看见那个背着大棺材的少女紧紧跟着他，但是安检人员却对她背后的那个大箱子视若无睹。

六点十分，一个人撞到了他，掉下一个黑色的塑料袋。他赶紧挡住汹涌的人群，低头去拿那个塑料袋。

——快看看那个人是谁。

不知道哪里来的声音突然打断了他，他抬头看了一眼那个掉下塑料袋的人。

"喂，你的东西掉了。"身后背棺材的少女突然这么说，那个掉了东西的人缓缓转过头来。

他看清了，是脸上有疤痕的那个男人，眉目深邃，眼中有一股漠然的神色，脖子上戴着一个项圈，泛着金属的光泽。

“那不是我的东西。”那个男人冷淡地说，转身就走。苹果脸少女紧紧跟了上去。

——快走，不要理会他们。

这是命令的声音。

身后有人打斗，但吴之幸像是没看到这一切般，扭头按既定路线走去。他一直往前走，一个小女孩把充电宝落在地上，他低头捡起充电宝。

——不要看她的脸。

又是那一道声音提醒着他。

越是这样提醒，他越是忍不住抬头看了一眼那个小女孩。

七八岁的女孩子，异国的眼眸，冷漠的眼神，身上穿着麻料裙子，脖子上戴着一个项圈。这种有金属光泽的项圈，和他脖子上的很像。

——看清楚些。

那个声音再一次提醒道。

他不由自主地盯着那个小女孩看。小女孩冷漠转身，然后牵上了旁边一个外国女人的手，迎面撞上了一个银发青年。

一看到他，吴之幸脸上勃然变色，低头急忙往前走。身后小女孩的惨叫声也没有让吴之幸回头，他只是面无表情、毫不迟疑地往前走，朝自己的目的地走。

真相越来越明晰，他脑子里关于过往的回忆慢慢浮现。这副身体已经开始忘记“原来主人”的记忆，变得更加贴合自己的行动模式了。

人这么多，六点二十分，他上了对面的地铁。

他再一次看见了那个穿着皮衣的女子，车上人多，女子紧贴着他的右手站住。他忍不住扭头看那个女子，她摘下了墨镜。

“女校医？启元？”

“你还记得一个叫肖静怡的女孩吗？”启元看着他，冷冷地说。

肖静怡？

吴之幸全身如遭雷击。

是谁？这名字怎么那么熟悉？

“我看见你把手放到他的包里了。”启元突然冷冷地说，一把抓住身边一个男人的手。

——不要看他的脸！不要看！

“吴之幸，看看他是谁？”

吴之幸茫然地抬头，看见了那个五十多岁的男人的脸，他被启元牢牢扣住了手腕，脸色有点惊慌，脖子上有暗色的项圈。

启元一把抓向他的脖子，剥下他的项圈：“他们的项圈和你的不太一样，你脖子上戴的是什么？”她回头看吴之幸。

——快走。

男人对他做着口型。

车已经到站，他立刻下车，不去看身后的启元。启元暂时不会跟上来，那个男人拖住了她。

吴之幸一直没有回头。

——安德鲁！完成任务是你的唯一目标！

——安德鲁！你生来就是为了完成任务！

——安德鲁！任何事情也不能阻止你完成任务！

又有一个男人迎面走过来，在他手上塞了一包东西，紧跟着走过去的是那个背着棺材的少女。

鬼魅一样，她一直跟在他身后。

他担心地用眼角的余光斜视了一眼那个男人，那个男人嘴角有一颗痣，随即被背棺材的少女一个手刀打在了后脑上。

——不要看！发生任何事情都不要回头！

——安德鲁，继续往前走。

书包越来越沉，不停有人在他包里或者手上塞入一些小东西，然后哈里、启元，和那个背着棺材的少女都会时不时出现在他的身后。

任务暴露了吗？已经被盯上了吗？为什么没有人来阻止他？

他拐进了地铁站的洗手间，然后在做了记号的马桶盖里找到了那包液体。

那是炸药的重要部分。

组装炸弹，他的最快纪录是十分钟。那双手居然有点不听使唤，他用力抓住了自己的手。

这不是他的手，这是一双弹钢琴的手，但是他要用这双弹钢琴的手，去杀人吗？

十五分钟，炸弹组装完毕，一共三枚，体积小，爆发力惊人。他把它们分别放在自己不同的口袋里。

——安德鲁，在密集人群中装置炸弹，然后以最快速度离开。

——人太多不能离开的话也不要紧，为了我们的光荣事业献身，是你最大的意义。

这些都是从小受训的时候教父告诉他的。

——虽然爸爸妈妈对我做了这些事，但是他们是爱我的。

他突然想起了肖静怡，想起了她被暴力父母洗脑的人生观，这对父母和他的“教父”有什么不同吗？肖静怡的脸在脑海清晰浮现，他停下了脚步，站在洗手间外看着眼前来来往往的人潮。

他失神地站在原地。

不，肖静怡，你父母对你的那些不是爱，不是爱。

用糖果弥补对你犯下的罪恶，那不是爱，那是恶魔圈养自己食物的方式，你是恶魔圈养的羊，我们都是……

他猛然惊觉。

身上的炸弹开始嘀嘀作响。

计时开始了，十五分钟之后引爆。

他的项圈让他觉得头开始剧烈地绞痛起来，企图再一次控制他的思想。

吴之幸看着前后左右，棺材少女没有出现，哈里没有出现，启元没有出现。

没有人来阻止他，他可以完成任务。

他发现自己所在的站其实就是上车的那个地方。

他突然拨开人群朝出口冲去。

七点半了。

是肖静怡妈妈来“接”她回去的时间。

他冲出地铁口，往她住的地方狂奔而去，然后看见了她的背影，和她妈妈的背影。

路对面站着背着棺材的少女、哈里和启元。

“他还是这样选择。”胡依婷说。

“不管是在现实，还是在意识世界，人一般都会按照自己的那套模式做出选择，不会有改变。”哈里语气中有些无奈。

“可是，我认为他的认知模式已经改变了。”启元轻声说着，“他遇到了那个少女，他开始进入她的世界，他的眼睛已经睁开了。”

“说得好，他的‘人性’开始复苏了。”胡依婷攥紧了双手，说，“或者说，后来的经历丰富了他的‘记忆’。”

哈里靠在树干上，看着那个少年愤怒地冲向那对母女。

“放开她！”吴之幸愤怒地冲着肖静怡的妈妈吼道。

肖静怡被妈妈往小区里拽的时候，一直在流泪，回头看见吴之幸，忍不住叫了起来：“是你！”

吴之幸一把抓住肖静怡的手把她拉回来，然后把她藏在身后："你不要回去！"

肖静怡的妈妈怒视吴之幸："小子，不要多管闲事。"

一辆车停在小区门口，车窗玻璃摇下，里面是一个衣冠楚楚的男人，那是肖静怡的继父。他对吴之幸说："肖静怡年纪小不懂事，现在我们要带她回去，好好教育，你不要管我们的家务事！"

"家务事？"吴之幸突然露出了笑脸，"那很好，我要问问你们的家务事，我们上车说。"他低头对肖静怡说："你走到路对面去。"

肖静怡害怕地点点头，吴之幸一把打开车门，示意肖静怡的妈妈进去。肖静怡妈妈迟疑了一下，不知道这个少年要干什么，但还是坐了上去。

吴之幸突然按下了车门锁，拔下了钥匙，对着肖静怡大喊："快跑！"

肖静怡愣了一下，吴之幸又喊了一声："快跑啊！"

肖静怡一愣，赶紧跑开。

"你真搞笑，她再跑也是我们的女儿，她能跑去哪里？"肖静怡的继父冷笑。

吴之幸没有说话，只是露出了冷笑。

随后，地铁那边传来了爆炸声。

所有人都愣住了。

"来了。"哈里说，胡依婷捂住了耳朵。

吴之幸突然抱住了驾驶室肖静怡的继父。

几乎是在肖静怡回头看的那一瞬间，车，爆炸了。

三颗炸弹，吴之幸在自己身上留了一颗。

这样，这样你就可以解脱了吧。他感觉到自己的身体被炸开的时候，这样想到。

"吴之幸！"肖静怡第一时间喊出的是他的名字，她发疯一般跑过去，大声叫着，"吴之幸！"

燃烧的车子，崩裂开的车门，粉碎一地的玻璃。

她终于看清楚了她所处的世界，是地狱，她一直都在地狱里。

只不过来自地狱的恶魔，被同样来自地狱的少年带回去了，她现在才看到了真实的世界。

启元快步走过来，试图拉住她的手，却发现对方身体僵硬得如同石雕一样。

她终于知道了，那些都不是爱。

她的继父和母亲，没有爱过她。

她的自我觉醒了，然后立刻封闭了。

她晕了过去。

八

哈里睁开了眼睛。

胡依婷睁开了眼睛。

赵启元也睁开了眼睛。

“我感觉我要立刻恢复成干尸了，我要离开一下。”哈里小声和胡依婷说，然后拨开身边的警察，脚步虚浮地走了出去。他的脸色很难看，说不上是因为体力耗费过度，还是经历的那一番记忆让他感到不适。

妈妈。记忆深处，那个小男孩似乎一直这样叫他。

哈里握紧了拳头，走到楼顶，嘴角露出苦笑。

“他们就睡了一觉，有什么用吗？”警察盯着床上那个被一堆插管和仪器围绕的男孩。

男孩有一半的身体已经炸没了，但他的生命一直在延续，甚至是刚才在哈里他们操作那套神秘仪式的时候，男孩的心跳是有变化的。

“不要管了，快把嫌疑犯的照片拿过来，我们立刻圈出来。”胡依婷大叫，“我这回可都看清楚了。”

警察急忙拿出准备好的照片，一边狐疑地说：“你们这样做是没有法律证据的。”

“证据你们可以自己去找，只要锁定了目标，不怕他们不露出马脚。”胡依婷和启元正埋头翻着那些嫌疑人的照片，努力回忆见过的那些脸孔。

“真庆幸炸弹没有装在人特别多的地方，而是扔在厕所，伤亡才能控制在一定的范围内。”有警察感叹道。

“你是说罪犯还有一点良知？他可是在地铁放炸弹的混蛋！”有警察义愤填膺道。

“听说车上死的那对夫妻经常对女儿施暴，这可能吗？”刚从外面调查回来的警察说。

有人从照片堆里抬起头，看着他们说：“没什么不可能的。”

没什么不可能的，不是所有的梦境都是美丽的，不是所有的父母都是无私的。即使是被歌颂万千年的母爱，也有杂碎混在里面。你要好好看着这个世界，要学会明辨是非，如果有人伤害你，那就是伤害，即使它披着爱的外衣。

启元无限怜悯地看着床上安静睡着的少女。

少女几个小时前被他们从精神病医院接出来，听话地躺在病床边，然后接受了他们的安排。

肖静怡，她才是这次的意识承载体，因为她愿意出面帮忙，他们才能成功连上吴之幸的意识，全部进入了第五维空间。

最黑暗的地方，也有微弱的希望。

启元伸手放在了女孩的额头，她慢慢睁开了眼睛。

“我，做了个很长的梦，梦见启元是个女孩子。”她小声说。

“也许我就是女孩子。”启元凑近她说。

她扭头看见了吴之幸，看见了他残缺了一半的身体，不禁哭了起来：“吴之幸他到底怎么了……他会死吗？”

启元把手放在她额头上：“先不要想这个问题吧，你的泪水实在流得太多了，世界上不应该有那么多值得流泪的事情。”

可她还是想为他流泪，即便这个世界认为这个少年是一个恶魔，但这个恶魔也曾经有那么一瞬间，对着她打开过人性之门。

九

吴之幸，身份确定是暴恐组织的少年杀手，是半年前地铁爆炸案的主犯。

奇怪的是，他的DNA中有一部分和佛罗里达州那个校园人质枪击案的少年罪犯吻合，通过头部骨骼扫描，五官符合，虽然有过微整容，但是很像是同一个人。

“部分吻合是什么意思？”警察问医生。

“他的头发DNA是吻合的，但是他身体部分的组织DNA不符合。”医生有点难以相信，“头和身体不像是一个人的，我们就身体部分的DNA做了寻找，找到一个半年前因为车祸去世的少年。资料显示他已经在葬礼上火化了，但他父母认出吴之幸身上的一些身体特征符合他们死去的儿子。那个死去的孩子，生前是全国钢琴大赛冠军，那双手太有特点了。”医生犹豫说，“吴之幸的同学也说，他虽然自称家境贫困的转学生，却会弹钢琴，能说一口流利的美式英语。”

头和身体不是一个人的？

警察们陷入了困惑，有人说：“吴之幸那个孩子也许和启元小时候被拐卖的经历有点相似，有个国际犯罪组织似乎专门提供这种小孩子，用来训练成各种工具。那个地方被称为基地。”

“训练成工具？”另外一个警察冷笑，“肖静怡的那个禽兽父母不也是这样的吗？小孩子什么都不懂，养大她的人说什么就是什么，我们在儿童保护这一块还有很长一段路要走啊。”

警察们觉得这话题很沉重，又有人打破了僵局：“有没有可能，吴之幸的头就是佛罗里达州那个少年罪犯安德鲁的头？”

全场哗然，说这种科学技术只是构想阶段，“换头”目前还是实验阶段，而且不可能说换就换。

“而且在不久前，武汉和江苏那边都有类似的案子，有不少人都声称看到那种头首分离后可以自由行动的人。”

资料上传，都是一些零碎的口供，却没有实际的图片和录像。目击证人说得头头是道，有学校老师，有小学生，有村民，还有门卫大爷。

案情讨论会吵吵嚷嚷的，专案组的组长示意大家安静一下，然后他就看着监控录像里一直躺在病床上靠仪器维持生命，拖着半个身体依然活了几个月的吴之幸。

少年脖子上的项圈已经毁坏了一半，医生曾试图剥离那个项圈，却发现那个项圈连着更深的组织，似乎就是他脖子的一部分，如果强行拆除，他就会立即死去。

“我突然想，这个‘本体’会不会不愿意让我们解剖他，所以他才维持这种状态。”专案组组长缓缓转过头，说，“如果吴之幸死了，我们就会解剖他的身体，知道他的头是不是原本就长在他这具身体上，但是他一直活着，我们就只能这么看着他……”

大家突然惊觉，倒吸了一口寒气。

“如果不能解剖，我们就只能通过昨天那种……那个叫哈里的人使用的那种方法潜入到他的意识里去吗？因为他活着，他就应该是有意识的。”有警察建议道。

这时，参加讨论会的医生突然接了个电话，是护士惊慌失措的尖叫：“吴之幸他醒了，然后头部突然炸了……”

十

远处的东方明珠塔，上海夜景美如画。

哈里坐在阳台上，默默看着这一切。

胡依婷背着棺材进来，对他说：“你怎么还不睡？”说着她打开了棺材盖子。

“吴之幸最后还是死了对吧？”哈里问。

“是的，好像大脑有自爆装置，爆炸场面和上次警方找到的那具尸体的爆炸场面很相似。”胡依婷说，“还好这次病房没有其他人，所以没有造成伤亡。”

“这接连几件事看起来都和那个涂先生有关系，也不知道他现在在哪里。”哈里看着脚下璀璨的灯火，握紧了拳头。

“那个男孩的死，刺激到你了吗？”胡依婷问，“还是那个叫肖静怡的女孩子的事情刺激你了？”

哈里转过头，看着胡依婷，琥珀色的眼睛闪着光：“想到一些陈年往事而已。这个男孩也是，才刚刚感受到正常人的情感，就没有机会了。”

“如果他活下去，得到的也是更多的后悔和懊恼呢。”启元拿着杯红酒也走到阳台。

外面很冷，但是他们都不想进屋里去，都在想着各自的心事。

“那女孩呢？”胡依婷问启元。

“已经安顿好了，父母都死了，她目前住在一家疗养院里，等我有空会去看她。”启元说，她喝了口酒，叹息说，“还有很多很多话想和她分享。”

“比如？”哈里轻声问，他的语气是前所未有的温柔。

比如？启元看着远处灯火，想着见到肖静怡自己可以说点什么。她突然很想恢复偶像身份，去做一些公益的事情，比如告诉那些孩子什么是对错，如何保护自己；比如告诉他们在受到暴力伤害的时候要分清楚控制和爱；比如告诉那些家长要好好保护孩子们，成年人和孩子的世界，终究是需要界限的。

但她只是深深叹了口气。

“还是趁这个机会，大家喝一杯吧。”她说。

哈里仰面躺在棺材里，看着头顶的天空，长腿轻轻搁在旁边的椅子上。

“好吧，喝一杯吧。”他说。

——致天下所有懵懂的少男少女，愿他们今生都有天使庇佑。

·第八章·
恋爱狂

"我听见了你的声音，也藏了颗不敢见的心。"

一

"不要自作多情去做梦/给我尽献殷勤管接送/不必一再问我/恋情可有渐冻……"少女开着她的小跑车，晃晃悠悠上了桥。

一首粤语老歌从车载电台里传出，少女听得有些失神，拿过手机看了一眼，想拨打那个号码，但是又忍住了。

歌曲依然放着，二十世纪九十年代的节奏，女声有点轻柔，有点无辜，伴奏很简单，调子朗朗上口。

少女咬咬牙，拨通了那个号码。

她把收音机音量调低了一点。

那边传来迟疑的男声："喂？"

接着又传来了另外一个女声："又是那个莫名其妙的号码？"

男声耐心地说："我要不要好好和她谈一次？"

"神经病啊，你还和她谈什么？"女声不耐烦地说。

少女把收音机声音调大了一点："恋爱狂回头吧/因我害怕……"她顺手把手机扔出了车窗。

手机划出了一道斜线，直接掉进了苏州河。

"今晚找个心爱吧/不要失意等我吧/今晚请你归去吧……"歌声还在继续，少女感觉到有人在敲打她的车窗。

是个银发的英俊男人，他有点不耐烦地敲打她的车窗，好像在和她说什么。

她急忙把收音机静音了，摇下车窗。

那男人举着湿淋淋的手机："你的手机？"男人皮肤是古铜色的，眼睛在黑夜里闪着光，穿着薄薄的毛衣，隐约可见结实的肌肉轮廓。

她忍不住吞了口口水，明明看见手机落入苏州河了，怎么会这么巧还被捞起来？她伸手接过湿漉漉的手机，艰难地微笑着说："谢谢。"

"你有什么愿望吗？"男人低头，透过车窗看她，"我是河神，可以满足你的愿望哦。"

河……河神？

少女有点迷茫，觉得这一切不太真实。她壮着胆伸出手去摸那个男人的脸——皮肤温热，五官深邃，是个充满异国风情的美男子。

男人微微皱眉，略微好奇地看着眼前的这个女孩子——她化着黑色的眼妆，嘴唇也是黑色的，身上穿着层层叠叠的黑色蕾丝裙子。他当然不知道这是哥特洛丽塔风，但是这种眼妆感觉和自己在古埃及时代看到的女人有点异曲同工之妙，只是她的眼妆似乎被泪水弄花了。

"你的愿望是什么？告诉我。"银发男子问她。

"我想要你做我男朋友。"少女望着他的面容有点失神，伸出手揽住了他的脖子。

河神愣住了，一副不敢相信的样子："我可没有和人谈过恋爱，你能不能换一个愿望？"

"不用换了，就这个！"少女坚决地说，"河神，我要你做我男朋友！"

二

清晨的阳光穿过窗帘，英俊的法老王在棺材里苏醒。

哈里突然从棺材里坐了起来，看了一眼旁边吃面包的少女，吓了一跳："华欣然！"

"我是胡依婷啦，看清楚。"吃面包的少女没好气地转过头看他。

少女一副苹果脸，脸上还写满了不耐烦。对，是胡依婷没错。

"我昨晚又被你捡回来啦？"哈里挠挠头，从棺材里爬出来。

"接到你的呼救电话，我马上赶过去了，在你变成木乃伊的前一秒，及时地把你装进了箱子。"胡依婷一脸认真地说，稍微停顿了几秒，看着他说，"你真的要当华欣然的男朋友？我见过这种案例，下场很悲惨，劝你不要害人害己。"

昨晚认识的那位哥特装少女叫华欣然，许下的心愿是要河神当她男朋友。如果没有记错的话，上一个要河神当男朋友的地球人是顾蒙亮的奶奶顾桃花，而她的后半辈子……差不多是一生，都在痛苦和等待中度过。但这位哥特少女华欣然显然是因为被男朋友劈腿，悲伤过度，急需备胎，才许下了这个要河神当男朋友的愿望。

“本王不能当备胎。”昨天晚上哈里坚决地说完这句话，就被华欣然打脸了：“那只能说明你是个假河神。”

那还能怎么样呢？哈里当然是真的河神。河神说话算话，必须要当她男朋友。

“我……切入不了她的意识，进入不了她的世界。”哈里看着自己的双手，突然开始怀疑起昨晚自己的记忆，“我打不开五维空间。”

一直以来，哈里完成别人心愿的套路，就是直接打开对方的意识世界，连接多人意识构造出一个平行的世界，如果在那个平行空间里实现了愿望，那么这个人的现实世界就会按照平行空间的运行轨道前行。

但这回，少女的意识世界密不透风，他根本无从切入。

所以他今天得去少女的学校，去当她的男朋友，直到她放弃这个愿望为止。

“天，她给我发信息过来了！”哈里举着手机对胡依婷惊恐地说，“本王怎么办？”

胡依婷看了他一眼，耸耸肩：“你记得提醒我去‘收尸’就好。”

三

华欣然，今年十九岁，上海某著名大学大一学生，学的是影视传媒专业，身高一米五四，天蝎座，对河神许下的心愿是要他做她的男朋友。

“当你的‘男朋友’到底要做什么？”哈里问她。

“一辈子都不要离开我。”她说。

听到“一辈子”，哈里顿时吓得面如土色：“如果你腻烦我了呢？我是不是就可以走了？”

“我腻烦你了我就可以打你骂你，但是我们都不要分开，就算互相讨厌折磨都要在一起。”华欣然坚定地说。

华欣然新换了一套LO裙，穿了超高的松糕鞋，面孔娇艳，一副大小姐派头，笑吟吟地说出这番话。

哈里表情略微有些僵硬。作为一个法老王，他知道怎么玩弄权谋和人心，但是不知道怎么谈恋爱，尤其不知道怎么和一个小女生谈恋爱。这小女生还要绑定他一辈子，虽然地球人的一辈子对他来说无足轻重，但是目前还有一些重要的事情要去做……听到这些要求，哈里觉得头大如斗。

“你才多大，就想和一个人一辈子待在一起？”他忍不住问她。

“不会有人能一辈子和我待在一起的。”华欣然轻声说，“我喜欢的人，总会因为这样那样的原因和我分开，再怎么努力也没有用。”她突然轻松地看了一眼哈里，“我不知道你将会以什么方式和我分开，只求这个过程不要让我们两个人太惨烈。”

哦，这小姑娘经历过什么生离死别吗？

哈里微微挑起眉头。

娇小的华欣然旁边突然站了一个身材高大、五官深邃的英俊男子，还是引起了旁边同学的注意。大家互相用眼神示意，表示了惊讶，有些甚至还露出一丝鄙夷，但是没有一个人上前和华欣然打招呼。她提着漂亮的手袋站在教室门口，就好像是一个初来乍到的新生。

“今天的第一件事，就是帮我去气一气我的前男友。”华欣然说，“他劈腿认识了一个女孩子，今天的公共课，我们同一间教室。”

大学恋情，最尴尬的一件事就是在公共课教室遇见自己的前男友和他的现女友。

华欣然拉着哈里坐在最后一排，抬下巴示意前面那一排的那对男女：“我前男友，林帅，旁边那个是他现在的女朋友，秦晓玲。”

林帅长得有点小帅，剪着时下男孩子喜欢的厚刘海，穿着一件灰色卫衣。旁边坐着的女孩秦晓玲梳着马尾辫，穿了一件同品牌的红色卫衣。两个人正小声交谈着，一眼看过去就是非常普通的校园小情侣。

“他……抛弃了你？”哈里有点难以想象。

“我们第一次相遇，就是在这里的公共课上。”华欣然茫然地说，“我坐在他旁边，在他书上画了一个涂鸦，那时候还不认识他。他看见了没有生气，反而对我笑了笑。”

说话的同时，她还在自己的课本上画了个龇牙咧嘴的兔子，顺手签上自己名字拼音的简写“HXR”。

她把书推到哈里面前：“嗨，我叫华欣然，你呢？”说这个话的时候，她眼神闪闪发光，看起来特别可爱。

哈里觉得这种搭讪方式并不讨厌，微微咳嗽了一声：“他告诉你名字了吗？”

“一只兔子，换回了他的名字、手机号码、班级学号、QQ和微信。”华欣然耸肩，“要不是那时候快下课了，他甚至要把家庭住址都报给我听。”

听起来这个男生当初是被华欣然狠狠吸引住的呀，现在变得一脸漠然是怎么回事？

哈里看着坐在前面的林帅，他正和那个女孩子交头接耳说一些笑话，女孩子捂着嘴趴在桌子上偷偷笑了起来。

华欣然本来打算带着优秀的现男友来气林帅的，哈里身材高大面容英俊，带在身边可以轻松碾压，但对方根本没有注意到他们的存在，注意力都在自己现在的女朋友身上。

“好气哦。”两颗大大的泪珠落了下来，滴在了她胸前的蕾丝花边上。

哈里看了她一眼，刚开始没作声，后来见她眼泪越流越多，他就有点慌了。

“你先不要哭，这里是课堂。”他试图提醒她。

“知道，可就是忍不住嘛。”华欣然哽咽着说道。

如果是男孩子，这样子就应该扔到寺庙去接受磨炼了。哈里揉了揉额头，可是女孩子的话应该怎么办呢？他在古埃及有过一个女儿，但都是丢给奶妈带的，他很少去探望，所以不知道怎么对付这样多愁善感的小姑娘。

“怎么办？”他发信息向胡依婷求助。

“安慰她！哄她！听她倾诉！给她买好吃的！”胡依婷这样回复道，哈里暗自吐槽着最后那句应该说的是她自己的愿望。

哈里微微调整了一下自己的心情，摆出了在科技大当心理老师的派头，试图用谈话来转移她的注意力——

“你们在一起多长时间？”

“半个月。我们还去坐了摩天轮，他说是第一次坐摩天轮呢。我们当时好开心。”

华欣然说到这里停了一下，说不下去了，只是委屈地拉着哈里的袖子，似乎在寻找一些寄托。

哈里感到自己储备的知识已经不够用了，他没见过身边的人为了爱情哭哭啼啼——古代身边的侍女侧妃们在“她”面前大气都不敢出，到了现代他身边也是胡依婷这种怪力女。他不知道怎么哄女孩子，也从来没打算哄过。

他想了想说：“要是在古代，我就帮你砍了那个人的头，然后把他现女友贬为奴隶，让你泄愤。”

这是他能想到最有效的方法了。

华欣然听了之后，忍不住哇的一声哭了出来，哈里被吓得差点没直接变成干尸。

她这哭声惊动了周围的同学，旁边人看了她一眼，开始窃窃私语——

“又是那个女孩呢。”

“每次都莫名其妙在课堂上哭呢。”

“上次老师都被她搞得很尴尬。”

林帅也被惊动了，回头看她。他的眼神清澈透明，没有一点悔过之意，也没有一丝怜悯，只是带着一丝疑惑，像看着一个陌生人。

比起轻蔑或者是怜悯，这种眼神更为伤人，他难道不知道她痛苦的原因吗？

哈里正这么想着，这厢华欣然再也坐不下去了，她没等老师下课，就抱着课本跑出了教室。老师好像对她这些行为也习以为常，没有中断讲课，连语调都没有一丝变化。哈里只得跟了上去。

华欣然边跑边哭，课本也一路掉，哈里只得在身后帮她捡起掉落的课本，还有从头上掉落的蝴蝶结。

好尴尬啊，他堂堂一代法老，居然沦落到要帮小姑娘捡东西的地步。所以说小孩子是最麻烦的生物啊，他想起了古代那个让他头疼的继子。

“喂，你站住！”哈里追上华欣然，把课本重新塞回她的怀里，蝴蝶结随便插在她的发髻上，歪歪斜斜的看起来特别可笑，“不要哭了，我帮你把他追回来吧。”

华欣然含着眼泪，回头看了他一眼。

法老王居高临下地看着她，她像个孩子一样依偎进了他的怀里，扯着他的衣服说：“你现在是我男朋友哎，这种时候应该抱着我安慰我才对啊，怎么可以说帮女朋友追回前男友这样的话呢？”

哈里全身僵硬，他怀里从未有过如此柔软的感觉，与其说是一个妙龄少女给他带来的悸动，不如说华欣然更像个婴儿，婴儿如此娇弱不堪，祈求他更多的接纳和保护。

母亲？他想起那个比她小十多岁的男孩，“她”第一次在册封的时候拥抱他，对方的身体僵硬而且在微微发抖，似乎在排斥“她”。

如果那个时候，她能更加温柔地拥抱这个继子，会不会就没有未来几十年的隔阂？王位、权力或者是疆土，在几千年之后看起来并不那么重要。

哈里对自己的往事有点恍惚，等他回过神来的时候，他双手已经不由自主轻轻抱住了这个娇小的女孩。

华欣然突然抬头带着泪眼看着他，笑了起来：“你也有这么温柔的一面啊，河神大人？”

哈里松开她，为了掩饰自己的尴尬，正色说：“不要哭了，我去找林帅，让他和你和好。”

“哈里，你真傻呀，已经结束的爱情，怎么可能通过询问的方式要回来呢？”华欣然把头上那个歪歪斜斜的蝴蝶结拿下来，别在哈里的外套口袋边上，脸上带着一丝凄然，“我们已经什么都没有啦。”

四

爱情到底是什么呢？是一旦变了心之后，就无法挽回的东西吗？

夜空中，灯光勾勒出巨大摩天轮的样子，游乐场像一个童话世界。没有人看得见一身黑衣站在摩天轮之上的哈里。

他独自站在上面已经很久了，在摩天轮里面，人们显得小了很多，像聚集到一处处的小玩偶。

他看见林帅在给女朋友买甜筒，两人高高兴兴等着乘坐摩天轮，穿的还是同款不同色的卫衣，女孩子脖子上围着一条灰色的围巾，是林帅送的。

——林帅都没有送过我东西呢。

华欣然今早看见这条围巾，略带感伤地说。

已经听不下去了。

如果还在古埃及，他一定会判处那个负心汉极刑。

哈里看见他们上了摩天轮，摩天轮缓缓转动。他的嘴角越发抿紧，纵身一跃朝下面跳去。

——哈里，在现实世界你的体力只够维持半小时，你最近维持肉身的时间越来越短了。

胡依婷这么警告过他。

——在外面行动一定要记得和我保持联络，不要冲动。

但是管不了那么多了，那个小姑娘的哭泣让他略感心烦意乱，让他想起他上辈子的挫败感。

一个权倾天下的女法老会有什么挫败感呢？她治理的国家生活富足，世道太平，她无愧于她的底比斯王室。除了……除了那个和她没有血缘关系，却相处了几十年的继子，最后占据了她王位的继子……

华欣然让他不断想起前世的继子，一定是因为她的身高，一米五四的身高容易让他联想到小孩子。所以说小孩子什么的……最麻烦！

“哐当”！林帅感觉头顶好像有什么东西落下来了，他吓了一跳。

“你听到了吗？”他的女朋友秦晓玲吓得抱住他的胳膊。

“是错觉吧……”林帅吞了口口水，看着头顶，似乎摩天轮的铁皮有一块凸出来了。凸出，就意味着另一面凹陷了，那……刚才的不是错觉。

“喂。”一个银发的男人倒吊着在玻璃窗外出现，那张脸吓得林帅和秦晓玲抱作一团：“妈呀！”

“我需要和你谈谈。”银发男人敲打着玻璃窗。

“这个人……这个人怎么会……”秦晓玲牙齿打架，示意林帅不要开门。

给林帅一百个胆子，他也不敢在摩天轮到达最高点的时候，给一个倒吊在窗外的男人开门。

外面的男人眉头轻皱，看来已经开始不耐烦了。

林帅突然想起可以报警，他哆哆嗦嗦掏出手机。

“啊，人类真的很麻烦。”哈里轻敲窗户的手抓了起来，变成了拳头。

伴随着玻璃的碎裂声，他的拳头穿透了玻璃窗，然后伸手打开了门。

哈里爬进摩天轮盒子里的时候，秦晓玲的恐惧已经到了顶点，哭着对林帅说：“这个人我见过！他是白天隔壁班那个怪女孩的男朋友！”

“怪女孩？”哈里很不喜欢这个词，他严厉地看了她一眼，“她是你男朋友的前女友，你最好以全名称呼她。”

“什么前女友！我根本没有什么前女友啊，秦晓玲是我谈的第一个女朋友！我根本不认识那个女孩！”林帅吓得大叫。

盒子空间太小，哈里躬着腰感觉很不舒服，但是林帅的话让他更不舒服：“我是没兴趣知道你们的爱情纠葛，但是我很不喜欢你在我面前撒谎，撒谎的人我以前都会用火热的烙铁塞进他们的嘴巴。”

林帅吓得快尿裤子了：“我真的不认识她！真的不认识！”

“上个月不是一起坐过摩天轮吗？”哈里说。

“上个月我什么时候来过这里啊！上个月这里在维修的啊！游乐场三天前才重新开放！”林帅惨叫道。

“你们第一次相遇不是在公共课吗？就是今天上午上的那一门课，华欣然走过来和你说话，你把自己的一切都告诉她了。”哈里冷冷地背出林帅的手机号码和QQ号码，连他高中时候的一些糗事他都说得出来，“你说你高三的时候偷偷跑去参加足球赛，踢坏了一颗门牙，你现在这颗门牙是假的。”

秦晓玲一听到这样的八卦，一下子就忘记了恐惧，狐疑地看着他：“你和她真的交往过？”

摩天轮继续转动，外面的星空和游乐场璀璨的灯火交相辉映，一切的一切显得如此不真实。

林帅几乎也开始怀疑自己是在梦境还是在现实，他喃喃地说：“我不知道她怎么知道这些，但是我真的没有和她说过话……我没有过女朋友……”他突然想到什么，激动地大声说，“对了！公共课是上周才开的！我们两个班只在一起上过两次课！我不可能认识她！”他捂着自己的头，“你真的把我搞混了，如果不是她的话有漏洞，我就被绕进去了！”

看着他，哈里顿时也有点迷惑了。

难道真的是华欣然撒谎？

可是她那些眼泪是怎么回事呢？

这个男生那么努力想要和华欣然撇清关系，自己再这么追问下去，也只会让华欣然越来越难堪吧？

看着林帅的表情，哈里突然明白了华欣然说的人们一旦分手什么都完了的话。没有感情或者说根本不存在感情，任凭对方再怎么念念不忘，对于当事人来说，都只有被纠缠的嫌恶和恐惧。

这时，他的脸上突然出现了青灰色的血管，手开始变得僵硬。

而解释清楚一切的林帅正抱着女朋友悉心安慰着，等他再抬头看的时候，那个银发男人已经不知道什么时候消失了。

哈里从摩天轮上跳了下去。

最近“尸化”的频率越来越密集了，那个重要的东西如果还找不到，他也许就要长眠在棺材里了。

“胡依婷！”在半空中他忍不住大叫了一声，地面的人群似有惊动，指着摩天轮说：“天啊，有人掉下来了！”

一个身影飞速闪过半空，接住了那个自由坠落的人体，片刻之间消失在夜色中，看到的人们以为自己只是错觉。

胡依婷背着大棺材跳跃疾走，借助游乐场的建筑物阴影隐藏着自己的身形，她数落着哈里：“明明知道最近身体变成这样了，还老是做剧烈运动，我要是不出现，你现在就是个粉碎型的木乃伊。”

“我被那女孩骗了。”棺材里传来哈里的叹息，“小孩子怎么都会骗人呢？”

她的一切都是编造出来的。

“骗什么了？”胡依婷问，但是哈里没有回答，他已经进入休眠了。

五

华欣然穿着精致繁琐的洛丽塔睡袍，坐在自家宽大的露台上，百无聊赖地吃着一杯冰激凌。

她家露台可以看见东方明珠，在寸土寸金的上海，她家的露台大得有点奢侈。

空荡荡的大房子里只有她一个人。身后是公主风格的房间，桌面上摆着俄罗斯制的精致瓷娃娃，娃娃身上的礼服蕾丝都是定做的，有风吹过的时候，礼服的裙摆会微微摆动。

“我呀，小时候有自闭症，被送到心理研究所治疗。”她头都没有回，仿佛在自言自语，“天天都是一群穿白大褂的人陪我做游戏，烦都烦死了。”她又挖了一勺子冰激凌送到嘴里，对着空气说，“后来来了一个小男生，我终于有同伴了。我们在一起玩耍，我对他说出了我人生中的第一句话。”

说着，她把吃剩的冰激凌扔进旁边有蕾丝花边的垃圾桶里：“那句话就是‘你永远不要离开我好吗’，他回答说‘好的’。”

“不要嘲笑自闭症儿童啊！他们的内心第一次对这个世界打开，一开口就是一生一世的要求呀！这个世界上怎么会有一生一世不变的东西呢？可是不知道呀！难得对一个人敞开心扉就不希望他离开呀！”

哈里站在她身后的玻璃棚子上，默默听着这一切。他来的时候悄无声息，本来打算兴师问罪，但是华欣然先开了口，他就听着。

“然后他就再也没出现过。”华欣然回头对着哈里粲然一笑。

“多久以前的事？”哈里问她。

“我不太记得我当时多大，只记得那小男孩大概四五岁吧。”华欣然站起来，和哈里对视，裙子的下摆轻碰着她的脚背，让她看起来更加像一个洋娃娃了。

“然后你病情加重了？”哈里问，心里想难道是因为这个原因她有了妄想症？

“是啊，那时我一直不说话也不吃饭，完全靠打点滴活下来的，好矫情是不是？”华欣然嘿嘿笑着，慢慢走近，她抬头看着哈里，“我只是想要一个不会离开我的人，怎么就这么难呢？”

“你爸爸妈妈呢？”

“死了。”她说。

“没有照顾你的人吗？”

“有个好心的叔叔收留了我。”

“那谈谈你那个叔叔吧。”哈里说。

华欣然盯着他，狡黠地笑了：“河神大人，你还没有满足我的愿望。”

“什么愿望？”哈里微微挑起眉毛，“我不是已经当你男朋友了吗？”

“不够耶。”华欣然伸出一只手指，指着他说，“我要的是，你‘永远’和我在一起，爱着我。这才是男朋友的意思。”

哈里轻巧地从玻璃屋顶跳下来，走近华欣然，看着她的眼睛说：“男朋友也不见得会一直爱着你，会和你永远在一起。”

“那爱一下下行不行？就爱一下？”华欣然急切地问。

哈里看着她，拉起她一只手，从兜里掏出一只手镯，戴在她手上。

手镯是金制，有美丽的蛇形纹路，样式精致，是来自公元前三千多年的古董。

这是女法老哈特谢普苏特的随葬之物，复活之后，哈里顺手带走的信物。

“啊，漂亮。”华欣然看着手上的手镯，露出恍惚的微笑。

不要羡慕那条围巾了，这只手镯可是随着我几千年了呢。哈里心里说着，嘴上却轻声说：“林帅说，他没有见过你，一切都是你想象出来的。”

“哦，是吗？”华欣然巧笑嫣然，“看来我还是一个病人呢，你的意思是那些都是我幻想出来的吗？”

哈里从兜里拿出一张照片，上面是一个沙盘，摆放着几个玩具。

每个人的沙盘就是每个人的心理密码，背后都有它不为人知的含义。

“这是一张自闭症儿童的沙盘，心理医生看过之后告诉我的。”哈里把照片翻过来，后面写着十几年前的日期，还有华欣然的名字，“这是你的沙盘，对不对？”

华欣然略微恍惚地伸出手去触摸那张照片：“你在哪里找到这张照片的？”

“半个月前，一个姓利的司机，他接待过一个研究中心的负责人，是那个人遗落的。”哈里把照片放在她手上，“你在那家研究中心接受过治疗对不对？”

“好像是……”华欣然恍惚说。

“那家研究中心的负责人，是不是叫涂先生？”哈里问她，“给你做治疗的，是涂先生的人吗？”

华欣然似乎没有反应，她只是试探地看着他的眼睛，轻声问：“那天你捡到我的手机，不是偶然的，对不对？”

“是偶然的，那不在我计划之内。”哈里说。

“那天掉下去的，也许不光是我的手机呢，”华欣然笑笑，“或者还有我的节操。”

这句话一说完，她突然朝露台冲过去，爬上栏杆。哈里一看事情不对，赶紧跟着冲过去，但她已经翻身跳了下去。

二十五楼。

哈里飞身而下，伸手抓住了她的手腕，被她下坠的重力直直拉了下去。他用力把她拉回自己的怀里，抱住她如同抱住一个婴儿。

“我抓到你了。”哈里大声说。

“不，是我抓到你了。”华欣然从他怀里抬头笑了，突然伸手往上，那宽大繁琐的袖子里突然激射出一道钢丝，飞速向建筑物旁边的空调架子咬去。

下坠的力道让钢丝拉扯得好几家人的空调架子直接从墙体脱落，空调直接坠落下去，砸到楼下停放的两辆车子上，发出刺耳的警报声。

哈里抱住她，趁着两个身体撞向墙体的时候，双脚用力蹬住墙壁，借助作用力弹向旁边的一户人家的窗户。

就在撞向玻璃的时候，他本能地护住了华欣然，同时感觉到自己全身被什么缠绕束缚住了。

是钢丝，华欣然手上的钢丝缠住了他。

“你……”

玻璃瞬间被撞碎，碎片四射，两个人重重摔进了一户人家的客厅，把一家人吓了一跳。

“我都说我抓住你了。”华欣然笑道。

哈里把她保护得很好，他身上插满了玻璃碎片，但是她一点事都没有。

哈里的面孔出现了青灰色，剧烈的运动加速了他尸化的时间。他还想说什么，但是喉咙干涩，发不出声音，全身被钢丝缠绕，和华欣然紧紧束缚在一起。

“睡吧。”华欣然说。

等到她轻抖手腕，收回了钢丝，哈里身体已经变小了一圈，成为一具干尸的形态。

“啊啊啊啊——”主人家吓得四下逃窜，华欣然伸手轻轻抱住了这具干尸，细心拔下上面的玻璃碎片。

房门突然被粗鲁地撬开，七八个穿着卡其色风衣的男人闯了进来：“大小姐！直接把他带走吗？”

华欣然没有理他们，依旧抱着尸化的哈里，脸贴着他说：“果然……到最后一刻都没有离开我呢。”

我好开心。终于遇见不会放弃我的男朋友了。

六

胡依婷蹲在高级住宅区二十五楼的露台上，皱了皱鼻子。她的嗅觉虽然没有经过特别强化，但是也比原来没有接受身体改造时强。

“有哈里的气味，但是人呢？”她走到露台上，看见楼下已经被拉起警戒线。系在她手腕上的小球闪着微弱的光芒，证明这里曾经有过“天庭星人”的能量波动。

据说是有不明高空坠物，拉坏了几家人挂在外面的空调架子，有两台空调外挂机坠落，砸坏两辆停放在路边的车子，所幸没有造成人员伤亡。

五楼的一户人家似乎是被高空坠物砸坏了窗玻璃，但是一家人表示对事情发生的过程一律不记得了。

“当时就是感觉有什么东西砸进来，然后什么都不记得了。”男主人这样说。

警方怀疑地看着他，地面有明显从外向内的撞击和摩擦痕迹，家里大门被人从外向内撞开，也就是说这屋子分别被人从窗口和门口两处袭击了。

房主却表示一切都不记得了。他本人也很着急，用力敲打着自己的头，表示头很痛，想不起来。

“你想起来了再和我们说吧。”警方也没有办法，只能这么宽慰他。

“从二十五楼到五楼……”胡依婷看着二十五楼露台边上新留下的擦痕，“这种运动能力，除了哈里还能是谁呢？”

但是这种强度的运动，哈里会片刻之间变成干尸，为防意外他脖子上一直有刻有顾蒙亮信息的铭牌，即使被人捡到也会有人联系顾蒙亮。然而距离事发一个多小时了，依旧没有人联系顾蒙亮。

哈里并不是以运动能力见长的河神，相比上一任河神来说，他擅长的是打开通往人们精神世界的通道。短暂的肉身时间如果参与激烈的打斗的话，会极大消耗他有限的能量。

哈里的时间已经不多了。胡依婷知道的，这也是她义无反顾陪着他来到上海的原因。恢复成干尸状态的哈里只能任人宰割，如果是落到了涂先生的手里……她顿觉不寒而栗。

她把那个从涂先生实验室那边拿到的“天庭星”能量探测小球用力抛向夜空：“来吧，告诉我他在哪里！”

小球从高空坠落而下，胡依婷背着大棺材紧随其后。

小球直直地坠落到地面，反弹了几下骨碌碌朝一边滚去，胡依婷随后落到地面，接住了小球。她当然不是直接坠落的，她一路踩着阳台边，借助反弹力跳到地面，抓住了小球，避开警戒线绕进了旁边的绿化带里。身后有几个黑影紧紧跟随。

嘿嘿，没有找到哈里，倒是引出了几只老鼠。胡依婷内心冷笑。

那几个穿卡其色风衣的人纷纷掏出了麻醉枪，突然对胡依婷射击！

胡依婷把棺材竖立起来挡住麻醉针，麻醉针射到坚硬的原木棺材上，有些钉在上面，有些被弹开了。

这些麻醉针大小不一，准头也不固定，并不像普通子弹那样可以连发，打了一波之后还得换针。杀手们一波打过之后纷纷急着换弹夹。

原地只剩下一个棺材直立着，在不远处路灯的映照之下显得非常可怖。

他们一边往麻醉枪里装新的针头，一边四下扫描着，警惕突袭的少女。

但是灌木丛中没有异动。领头的人正在疑惑的时候，棺材门突然被打开了。

数不清的绷带从棺材里迎面卷来，那是平时哈里拿来保护自己干尸状态的关节和骨骼的绷带，距离棺材最近的那个杀手没有提防这一点，麻醉枪有点偏移，被从棺材里蹿出来的胡依婷打倒。

太慢了，他们换针的速度太慢了，赶不上被河神改造过的身体速度。

胡依婷心里数着节奏，第一下肘击打中的是最前面的那个小个子男人，顺带一脚踢中的是旁边那个孔武有力的壮汉。

接着她绕到旁边那个刚装好针要瞄准的男人面前，一掌劈向他持枪的手，顺带翻掌砸向他的鼻子。

然后她一跃而起踩在领队的脸上，用绷带绕住他的手把他往后一拖，他整个身子砸向后面的同伙。

她再顺手抢过对方的枪随手往旁边砸去，砸中一个带皮手套的人的脸。

整个过程十秒不到，她翻身落地的时候数着被打倒的敌人的个数。

咦，好像少了一个？

她后颈中枪了。

她慢慢回头，伸手拔下钉在她后颈的麻醉针。

那个持枪的杀手，看她的样子甚至还有点害怕，后退了两步，然后跌坐在了地上。

胡依婷想说什么，但是整个人往前扑了下去，倒在了地上。

从远处隐约传来了脚步声，随后是扫射而来的手电光，大约是巡逻的小区保安。

年轻的杀手哆哆嗦嗦拖住胡依婷，准备带走她。

可他的手腕一下子却被胡依婷的手抓住了，紧闭双眼的胡依婷突然睁开了眼睛，朝他粲然一笑。

“你……”他吃惊地说。

胡依婷伸手拉开了自己的外套，她里面穿了一件紧身的黑色衣服，从下巴一直到她的手腕。

“告诉你一个秘密。”胡依婷轻声说，“我有个朋友最近给我设计了这么一件衣服。”

她一拳打在那人的肚子上，把他直接塞入了棺材，巧妙地躲过了来巡视的保安，脚不沾地地逃出了小区。

七

另一栋更偏僻的洋房里，华欣然依旧搂着干尸发呆。

她身后一个穿卡其色风衣的男人提醒她："涂先生让你抓住了他就赶紧送回去。"

"我知道啊，但是我先抱一下不好吗？"华欣然朝着他翻了个白眼，"我刚好有这么一个不会离开我的男朋友哎！"

"这具木乃伊会复活，到时候就不好控制了。您也是见过他的力量的，大小姐。"卡其色风衣男人耐着性子提醒她，"我们的人已经被他的同伴解决掉了。"

"我知道，你下去吧，我会和叔叔联系的。"华欣然抱着木乃伊，像抱着心爱的洋娃娃一样走到了地下室。

地下室中央有一个玻璃棺材，她把木乃伊放上去，然后盖上盖子，通上电，整个玻璃棺材就亮起奇异的蓝光，浮起一层薄薄的雾气。

她做好这一切之后，穿着层层叠叠的洋装趴在玻璃棺材上，看着那具干尸，看着它的皮肤渐渐有了水分，然后慢慢恢复成有血有肉的身体。

哈里在里面安详地睡着，银色的头发，五官立体深邃，身上的肌肉紧实而美好。

他慢慢睁开了眼睛。

还没有足够的睡眠，周期没有到，他却苏醒了。自己似乎浸泡在一股陌生能量的液体里，他睁眼看见满眼的氤氲，这种感觉让他全身无力，却又懒洋洋的。

他看见了氤氲中华欣然的面孔，她正趴在玻璃盖子上好奇地俯视着他。

"你接近我是为了调查涂先生对吧？"她的声音从旁边的通道里传来。

哈里想张嘴，但是说不出话。

"可是下坠的时候，你紧紧保护了我哎。"华欣然突然笑了，"我真的很高兴，这是第一次有人不愿意放弃我。"

哈里说不出话，只能任由她说下去。

华欣然似乎也并不急着表达什么，她趴在盖子上慵懒地翻了个身，想了想，继续说："你猜得没错，我的确是涂先生的人。我父母去世了之后，我的家产是他来控制的，他救了我，也控制了我。他是我的老板，也是我的监护人。我就是那个在他研究所从小接受心理治疗的问题儿童，我从来没有得到过一份爱情，所有的恋人都是我想象出来的。"

她突然又翻身过来趴在玻璃盖子里，对着哈里笑道："可是我又好希望得到爱哦，为什么得到一份爱这么难呢？我想和大家一样，去上学，去交朋友，我学着和他们说话，但还是没有人愿意陪着我。我以为我得到了爱情，却发现是我自己的病没有好，都是我幻想出来的……”

哈里试图动动手指，但是他动不了，只有意识是清晰的。

华欣然笑嘻嘻地对他说：“我听说，你有特异功能，能切入别人的意识世界对吗？你是不是很疑惑，为什么就是切入不了我的世界？我第一次遇见你我就看出你眼里的不解了。”

是啊，为什么呢？为什么他无法打开这位少女的心呢？

“因为我是一个没有过去，也没有未来的人呀。”她对他笑着，笑得很空洞，“但是现在我有了你呀。下坠的时候，你抱着我，我感觉你的担心是真实的。”

真实的你就赶紧放本王出来啊喂！

哈里在心里怒骂，手脚却动弹不得。

华欣然突然打开了盖子，轻轻躺在哈里身边，用自己的额头抵住了哈里的额头：“这次你再试试看，能看见什么吗？”

你能看见一个自闭症姑娘的心吗？

哈里的眼中似有异色。

“我其实有点好奇，你打开的那个空间，到底是属于真实的世界，还仅仅只是一个虚妄的梦呢？”华欣然看着他，慢慢合上了眼睛。

一只蝴蝶从哈里眼前飞了过去。

是啊，是蝴蝶在我们的梦中，还是我们在蝴蝶的梦中呢？

打开的那个空间，到底仅仅是意识的一个世界，还是可以影响现实世界的另外一个世界呢？

哈里突然觉得极度困倦，这种困倦似乎只有过一次，那是在远古他被迫长眠的时候。

极度疲倦的感觉要把他拉入黑暗，他想挣扎，但是无济于事。

“母后！”年轻的皇子伸出了手，“不要走，母后！”

八

哈里感觉自己沉入了深海。

那是意识的深海，和以往他打开五维空间的感觉完全不同。

也许是因为只有两个人的缘故，他成为那个构建意识世界的载体。他能看到很多东西，但是很混乱，无法构筑出和现实世界无二的空间。

巨大的摩天轮朝他砸过来，他想躲开，但是摩天轮堪堪擦着他的身边过去了。他看见摩天轮盒子里坐着笑靥如花的华欣然和林帅。

——好看吗?

——好看啊，我一直想和喜欢的人来坐摩天轮。

他们的声音带着巨大的回声，让哈里听了很是难受。

再往前走，就是歪歪斜斜的课堂，老师在上面讲课，华欣然路过看着林帅。

再就是一间歪歪斜斜的图书馆，林帅坐在图书馆里看书，华欣然走了过去。

——嗨。

信息太多了太乱了……

接着又是歪歪扭扭的篮球场，华欣然笑着把毛巾递给一个高大英俊的男孩。

——学长。

——你好可爱啊。

扭曲的美术馆里，华欣然陪着一个很有艺术气质的男孩看画展。

——哥哥，这个作品你能给我讲解一下吗?

——好呀，这个画家的历史我可熟了。

哈里微微眯着眼，心想这个女孩居然谈过那么多次恋爱，都是幻想中的吗?她对每一个心仪的男生都会疯狂幻想出恋爱的过程，然后不被对方承认吗?反反复复这样下去，也是够受打击的呢。

——我的爱无处安放。

华欣然突然出现在他身边。

她的脸上带着一种悲伤的笑容，努力想对他笑，但是看起来却像哭。

——河神啊，给你最后一次实现我愿望的机会吧。

华欣然嘻嘻笑着，然后往上飘去，越飘越高，哈里伸手抓住了她的脚踝。

——别走，留在我这里吧。不要再去构建那些幻象了，那是我的专长。

哈里用力去拉扯她的脚踝，试图把她拉回这个扭曲的时间里。

——愿望实现了呀，河神大人。

华欣然的身影渐渐要消失了。

哈里努力想控制这个扭曲的世界，但是没有用，两个人的意识构建出来的空间不稳定，他觉得自己都要慢慢被吞噬了。

——涂先生，是你认识的人。

这个名字突然冒出来，让哈里的眼前猛地清亮了许多，他好像终于睁开了眼睛。他想问的更多，可华欣然刚说完这句，片刻之间就烟消云散了。

睁开眼睛之后，哈里发现自己依旧躺在那个玻璃罩子里，华欣然靠在他身边，已经没有了呼吸。

他艰难地爬起来，推开玻璃罩子，去试探华欣然的脉搏和心跳，全部都停止了。

她就像个精致的洋娃娃一般，没有了生命迹象。

这是怎么回事?

这里又是哪里呢?

他左顾右盼，这个地下室阴冷潮湿，华欣然在这里不是长久之计。他想抱着华欣然走出去，但是依旧全身瘫软，很难移动她。

地下室的电梯门徐徐打开，一个坐着轮椅的人慢慢出来了。

哈里屏住呼吸，看着这个坐轮椅的人。他戴着墨镜，头上戴着黑色的礼帽，全身都穿着黑衣服，手上还带着皮手套。

——你是涂先生?

哈里想说话，但是张了张嘴，说不出话。

“哦，又见面了，我是该叫你哈里，还是叫你哈特谢普苏特呢?”轮椅男慢慢靠近，他的声音像是从轮椅扶手上的某种发音装置里发出的，并不是来自喉咙的声音。

哈里感觉对方有一种极其熟悉的气味，同时又感觉到冰冷刺骨的寒意。

“把这个小姑娘给我吧，你抱着她也救不了她的。”他伸出手，哈里犹豫了片刻，发现华欣然临死之前死死抓住了他的手腕。

“唉，这个犟丫头。”涂先生过来用力掰开她的手指，试图把她的身体拉过去，“她总是希望得到爱，爱是多么虚无缥缈的东西，我都叫她不要痴心妄想了。”

哈里看着他，努力想坐起来夺回华欣然的尸体，但是却无法动弹。

“你知道你躺着的是什么地方吗?”涂先生突然笑笑，“是她平时睡觉的地方。”

睡觉的地方?

这么阴冷潮湿的地方，是这个小公主模样的女生睡觉的地方?

哈里打量着四周，除了这个奇怪的加盖玻璃罩子的仪器，旁边什么都没有，连墙壁都没有一点装饰，和她之前充满宫廷气息欧式装修风格的屋子形成鲜明对比。

光鲜亮丽的背后，竟然是如此凄楚吗?

“她把自己的营养泵给了你，所以剩下的能量维持不了她的生命了。”涂先生把华欣然的尸体放在自己的膝盖上，注视着哈里，“我要把她带走，也要把你带走。”

哈里直直盯着涂先生。

在过去一些“飞头蛮”破碎的记忆里，他曾窥探过涂先生的样子，但是一切都不如现在来的真实。

这个男人阴冷无情，全身没有一丝生气，让他有极度不适的压迫感。

电梯在响动，有人下来了。

涂先生盯着电梯门看了一会儿，突然有所觉悟，驾驶着轮椅迅速朝一边的墙壁退去。他一拳击在墙壁的一处，那墙壁就出现了凹陷下去的一个缺口，他抱着华欣然闪进缺口，墙面片刻之间恢复原状。

这时，电梯门开了，两个黑衣男人被直接扔了出来，胡依婷杀气腾腾地出现，看见哈里就飞奔过来："哈里！你没事吧？"

哈里张了张嘴，想对着那面有暗门的墙说点什么，但是说不出话。

胡依婷轻松抱起他，却发现那个营养泵的灯全部变成了红色，发出了警报声。

"不好。"虽然不知道是怎么回事，但她本能地抱起哈里往电梯里扔去，然后用身体挡住了他。

爆炸声，在地下室响起。

胡依婷护住电梯门，只感觉到自己背后的皮肤一阵灼热，身后的爆炸声依然没有停歇，一个接一个，连同仪器和仪器的动力系统一起爆炸。

她努力按着电梯按钮，祈祷快点能升上去。

电梯门犹豫了几秒钟才关上。

哈里仰面躺在地上，看着胡依婷，她背上全部着火了，手臂的皮肤绽裂开来，但依然死死张开双手撑住，唯恐身后的火焰蔓延到哈里这边。

原来……被人保护的感觉，是这样的啊……

辛苦你啦，胡依婷。

他心里这么想着，抵抗不住睡意，又沉沉睡去。

九

"嗨，你好吗，哈里？也许你看不到这条短信了，可是我还是想发给你。涂先生派我来抓你，可是我们之间不是有一个关于爱情的约定吗？虽然我知道你不会爱上我。

"长久以来，我在想，为什么我就是得不到爱呢？这几天我想到了，也许是我从未考虑过在感情里付出，给予别人需要的东西吧。所以我想为你做些事——我不让涂先生抓住你。

"如果你能活着逃出来，看到这一切，会不会变得有点喜欢我？

"我如果能活下去，再一次见面的时候，我可能就记不起你了。哈里，虽然我遗忘过很多事情，我是一个没有过去的人，但我不想忘了你。"

哈里拿着自己的手机，看着华欣然发过来的信息。此刻他坐在华欣然所在大学的图书馆里，身边都是三三两两看书学习的学生。

华欣然想象中的前男友在不远处和他女朋友讨论题目，两个人根本没有发现戴着墨镜的哈里正一脸怒气地注视着他们。

半个月前，哈里从卫馨的生父利进那里得到一条消息——涂先生身边有一个女孩子，接受过他研究所的心理治疗。

情报的信息量很有限，唯一的证据就是利进偶然捡到了一张对方遗落的关于华欣然的沙盘照片，就是之前哈里拿出来的那张。

那天在桥上的相遇并不是偶然，哈里已经盯了她三天了。

但是这个女孩子似乎什么都不知道，天天沉迷在谈恋爱的幻想中，只是想恋爱，如此而已。

“胡依婷怎么样了？”顾蒙亮的电话响起，哈里第一句话就这样问。

“全身烧伤面积很大，命是保住了。医院想给她做植皮手术，但我还是想等她身体自我恢复后再说。经过一个晚上，她体内一些数据稳定下来了，看来是开始自我修复了。受这么重的伤，估计还要好一段时间才能恢复。”

“能恢复就好。”哈里说。

“你现在可以告诉我你和胡依婷偷偷摸摸去上海到底所为何事了吧？”顾蒙亮沉着声问，“胡依婷从来不隐瞒我任何事情，你到底用什么说动了她？”

哈里犹豫了片刻，说：“为了我的生命球，我没有那个东西，就活不长了。”

“生命球？”顾蒙亮不明所以。

“西门豹也有的，你吞过他的生命球，就是那个能控制时空的‘永生丸’。”他说，“没有那个东西，我们‘天庭星人’的状态都是残缺的，西门豹无法实体化，我也无法维持正常的肉身。如果能找到那个东西，也许我能帮你们重新找到西门豹的消息。”

“你就是用这个条件说服了胡依婷？”顾蒙亮冷冷地说。

哈里沉默了，对方挂断了电话，看来是真的生气了。

这时，对面的林帅和女友发出了细碎的笑声，两人在图书馆里压着声音说笑，让哈里也很生气。虽然知道华欣然和这个男生并没有谈过恋爱，但是他还是会为华欣然不高兴。

他站了起来，朝这对小情侣走去。

林帅和秦晓玲没有发觉，依旧沉浸在悄悄话中。

秦晓玲翻过他课本一页，然后指着上面的一个涂鸦说："谁画的兔子啊？龇牙咧嘴的真逗，HXR是什么意思啊？"

哈里全身一震，快步走过去。

林帅也呆呆地看着课本，喃喃地说："我这里为什么会有一只兔子呢？HXR又是谁呢？"他愣愣地看着女友，"好像是在图书馆的某一天，一个女孩子给我画的，但是我完全想不起她的脸了。"

秦晓玲伸手戳他："你失忆了吗？"

"是啊，我失忆了吗？"林帅有点呆呆地看着。

哈里沉默地站在他身后，看着课本上的涂鸦。那只兔子和华欣然描述的一模一样，龇牙咧嘴，旁边还有她姓名的简写。

这不是她的想象，一切是真实发生过的。不管是和这个男生，还是之前那些他看到过的男生，他们是真的和华欣然相恋过的。只是不知道为什么，这些男生都不记得她了。

是涂先生吗？是他让这些男生失去了记忆吗？

一定是，涂先生自然是有这个本事的，一个神通广大的男人，能制造出各种"飞头蛮"，具有改造人类身体和控制人类大脑的力量。

"HXR是什么呢？"林帅迟疑地抚摸着那个简写，"怎么我觉得心里这么不舒服呢？"

"这段时间不是老是有个女生给你打骚扰电话吗？"秦晓玲问，"是她吗？"

"是她吗？"林帅呆呆地看着她，"有这样的女生吗？"

凡是爱过，多多少少都会留下一些痕迹吧。

哪怕是重新看到对方名字的简写的时候，心中掠过的不快。

哈里站在他们身后看了一会儿，最终掉头离去。

他记得那个女孩子充满期待地问他："你当我男朋友好不好？你喜欢我好不好？哪怕就一下下。"

喜欢穿华丽洋装的女孩子，都是极度缺爱的女孩子。人的内心对某些东西的渴望，不会因为得不到而淡忘，只会愈演愈烈。

会再次遇见她吗？

哈里心中不知为何有点笃定，会再次遇见的吧。

·第九章·
独占欲

我和顾总的关系，大概就是“我为顾总挡过枪，我帮顾总遛过狗，他家草坪我承包，他的日程我安排。”这样的一段关系。

可是我从未想过有一天，顾总会告诉我，他要订婚了。

我违背了顾总的安排，跟着哈里这个白痴从武汉跑到了上海。现在，顾总也来了上海，却告诉我，他来上海，是为了订婚。

顾总订婚，身边有了人来打点一切，是不是就不需要秘书了？那我岂不是要失业？！

我狠狠举着手里的东西朝黄浦江砸去：“河神啊！让顾总结不成婚吧！”

白色袍子的男子在我眼前闪过，我透过迷蒙的泪眼，依稀看清楚眼前的这个人好像是哈里。他也是来自“天庭星”的河神，现在是来帮我实现愿望的吗？

“胡依婷！”他怒骂着跳下了江，“不要随便扔我的棺材啊，笨蛋！”

一

“在古埃及12岁就可以结婚了。”身边突然冒出来一颗银发脑袋，是哈里。他试图来安慰一脸如丧考妣的胡依婷，但是一开口发现好像方向不太对。

“我要失业了。”胡依婷眼泪在眼睛里打转。

胡依婷此时穿着紫色小礼服，手上拿着BlingBling的小手袋，脚上蹬着三英寸高的高跟鞋，身边站着西装笔挺的哈里。

他们刚从来接送他们的豪华奔驰下来，侍应在门口笑容可掬地等待他们出示邀请函，然后通报他们的到来。

一个月，足足一个月没见面了，然而见了面竟然是通知她要来参加订婚宴！顾总，虽然知道我违背你的意愿和哈里混在一起是我不对，但是你也不能因为秘书一时犯蠢，受了点伤，你随便找个从来没听说过的人放在身边啊！胡依婷用力掐着自己的手。

这个未婚妻到底是从哪儿冒出来的？

胡依婷把邀请函递给侍应的时候，脸上的委屈几乎压抑不住。她只是想一直这样留在顾总的身边，但是他的身份变化了，她感觉自己再也无法留在他身边了。

订婚宴在过去租界里的一栋豪华又别致的小洋房里举行。每一样东西都有历史感，水晶吊灯，厚厚的羊毛地毯，甚至餐桌上盛放水果的餐具都有特殊的编号。

“餐具听说是新娘子从自己家里收藏品中选出来的。”有宾客低声说。

“两个孩子都来自富豪之家，能结合在一起，真的是强强联姻啊。”

这些细小的声音根本瞒不过听觉敏锐的胡依婷。元气少女如今有点沮丧，大口吃着甜点，大口喝着果汁，就等着顾总出现，然后……然后怎么办呢？她也很绝望啊！

“据说恒圆集团的资金链断了，所以顾蒙亮不得不从家族利益出发，接受这门亲事。”哈里低声对胡依婷说。

“顾总好可怜！”莫非是他发不起秘书工资？胡依婷突然又开始鄙视自己了，她怎么能一直想着自己失业的事情，根本没考虑到顾总的难处！

“其实我们也不可能拿出这么多钱来帮顾总渡过难关对不对？钱的事情，倘若是我在位时期就不成问题了。”哈里对政治婚姻倒是习以为常，“我当年还不是迫于家族的压力嫁给一个平庸的男人，因为生不出孩子，不得不过继那个男人侧室生的儿子来继承王位。”

“我知道，那个孩子就是历史上的图特摩斯三世。”自从哈里这位自称法老王的人来接任西门豹，号称要组建新的“河神计划”那一天开始，胡依婷就专门查过这段历史，“也有人称他为古埃及的拿破仑，历史上你们关系不是不太好吗？”

“哼！”哈里望着远方，突然发出一声冷哼，“关系实在是不好到了极点呢！”

胡依婷从他语气里听出了阴寒之意，抬头顺着他的眼光望过去，只见衣香鬓影中，一群人围着一个坐着轮椅的人慢慢靠近这边。

那个坐着轮椅的男人，看起来四十多岁的年纪，皮肤偏黑，五官深邃，虽然是残疾人，但是气度不凡，旁边的人都很尊敬地看着他，向他点头示意微笑着。

“那个人长得和你好像哎！”胡依婷暂时忘记了正在纠结的事情，顺手拿着哈里的手绢在上面擤了擤鼻涕。

“不是长得像，只是同一个人种而已。我和他可没有什么血缘关系。”哈里冷笑着说。

同一个人种？古埃及人？

纯正血统的古埃及人当今已经看不到了，哈里的轮廓就是那个时代典型古埃及人的美男子。平时胡依婷只觉得他一看就像个“外地的”，现在和那个轮椅的男人一比较，果然很多五官的特点都很类似。

胡依婷看看那个人，再看看哈里，不由惊呼：“他就是你说的那个……”

“涂先生！听说你一力促成侄女和恒圆集团老总顾一鸣的独生子顾蒙亮的婚事，是看中了对方在地产市场上的竞争优势，要强强联合？”有个男士笑着搭讪。

“今天是欣然和顾家公子高兴的日子，不谈这些事。”涂先生话虽然说得温文尔雅，但是眉目间自有一股不怒自威的王者风范。

“他就是涂先生……你上次看到的是他吗？”胡依婷好奇地盯着涂先生看。

“哼！幕后主使者就是他，那这次的婚事……等等！”哈里突然反应过来了，欣然？不会是指华欣然吧？

前面突然有汤匙轻敲玻璃杯的声音，大家安静下来，屏声静气朝楼梯那边望过去。

一个俊美优雅的贵公子挽着一个如洋娃娃般可爱的女孩子从旋转楼梯上走了下来。

“是顾公子顾蒙亮！”

“还有涂先生的侄女华欣然！”

“涂先生没有子嗣，他们家就华欣然一个小辈！”

“那真是王子和公主般的结合了！”

大家轻轻耳语，由于眼前的金童玉女实在过于耀眼，以至于淹没了那些隐藏在人们心中的猥琐八卦。

胡依婷躲在哈里身后，看着顾蒙亮的未婚妻。那个女孩子像个洋娃娃一般，穿着的礼服也是白色的复古洛丽塔风格的裙子，皮肤像瓷器一样洁白剔透，一看就是……平时砸了巨大的银子精心保养的。

好吧，其实先天条件也不错。胡依婷噘着嘴想着。她平时也爱穿LO裙，尤其是当了顾蒙亮秘书之后，她有多余的闲钱买各种好看的小裙子，但是没有一条像这个女孩子身上的这条这么精致华贵。如果对方是一个像启元那样的御姐偶像也就罢了，偏偏她隐约觉得这个女孩和自己走的是一个路线——果然是因为她的失职，要找个同类型的人放身边！顾总一定对自己跟哈里跑了的事情很失望！

她身边的哈里呼吸也不太顺畅。

“华欣然！”哈里径直走了上去，对着那个站在顾蒙亮身边的女孩子说，“你不认识我了吗？”

华欣然一脸茫然地看着他，疑惑地说：“你是谁？”

“你上个星期不还在失恋吗？不是和我许愿说要和我相爱的吗？怎么就不认识我了呢？！”哈里居高临下冷冷地望着她，攥紧的拳头好像恨不得把她举起来直接扔到楼下。

“我还以为你死了！原来你活着……实在是太好了！”最后那句话说得很生硬，但也是他的心声。毕竟是一帆风顺成长起来的法老王，他从不知道克制自己情绪为何意。

整个大厅的宾客鸦雀无声，大家纷纷抬头看着二楼。明明是上流社会的订婚酒会，每个人都抓住机会展现自己社会地位的时候，怎么一下子变成了八点档电视剧的场景。

三角关系？前男友？抢婚？这还只是订婚呀喂！抢婚这种好戏不是应该在结婚宣誓的时候才出现吗？

大家脸上都露出了期待的表情，已经有人偷偷打开了手机摄像头，满足自己的八卦之心。

二

趁这个机会，胡依婷厚着脸皮走到顾蒙亮身边打了个招呼：“顾总。”上次在武汉临时扔下顾总跑路，她还是很不好意思的。

“你来啦。”顾蒙亮像什么事都没发生一样，甚至还温和地拍拍她的肩膀。

下面的群众更骚动了。

这是四角恋？不但有抢婚的，还有女备胎？走的是豪门政治联姻和纯情小爱的斗争路线吗？

“先生，我根本没见过你哎！”华欣然皱眉看着哈里，“虽然你很帅，但是我的未婚夫是他……”她指了指旁边的顾蒙亮。

“图特摩斯又给你洗脑了是不是？他又把你之前的记忆清除了。这个混蛋！”哈里怒视着大厅的涂先生，后者冷冷地看着他，没有任何表情。

“人的大脑不是这样随意支配的，你迟早搞出乱子！”他扶着栏杆冲着涂先生怒吼，“即便是我，最伟大的法老王，最多也只是通过人的意识来窥探对方的想法。你只不过偷了我半个生命球，居然敢这样随意操纵人的大脑，甚至还制造出‘飞头蛮’这么可怕的怪物出来！”

涂先生盯着哈里，原本平静的脸突然变得扭曲，张嘴冲哈里吼道：“你闭嘴！从小你就不断地说我这样不对那样不对！事实证明我比你强！同样的力量，我可以直接操纵人的意志，而你呢？你只能在原有的基础上作为一个旁观者，眼睁睁地看着对方的一举一动！你也配自称神灵？”

这样说来，轮椅上的涂先生就是图特摩斯三世无疑了。哈里翻身跳下了二楼阳台，引得大厅的人一阵惊呼，他大踏步走到涂先生面前，藐视着他说：“你居然复活了，真难以置信。”

“我没有复活。”涂先生毫无畏惧地看着他，“我一直就没有死，在这个世界上活了几千年，如此而已。”

在场的人大气都不敢出，都看着他们。大家不知道这个银发男子和涂先生是什么关系，看样子他们一定是旧识，只是他们的话……也……太……

“他们说的是古埃及语？”胡依婷也惊呆了。

顾蒙亮皱着眉头没作声，他一句都没听懂。从刚才开始，这两个愤怒的男人就开始用他完全听不懂的异国话在对吼，发音方式和音调都非常独特，好像是一门非常古老的语言。

还有贵妇雀跃道：“啊，看来银发帅哥很有可能并不是新娘的旧情人，而是新娘叔叔的旧情人呢……”

“就因为这样，你强制抹去了华欣然的记忆？一遍又一遍？你到底让她经历了什么？”哈里盯着涂先生，一字一句地说。

涂先生的眉毛挑起来：“搞了半天，你是关心那个和你只有一面之缘的女孩子的事情呀。”

“你费尽心机促成他们之间的婚事，不就是为了找我的麻烦吗？”哈里怒道。

“找你的麻烦？母后，您太高估自己了。现在的你，一点价值都没有。但是顾蒙亮不一样，他的家里可是国内数一数二的富豪。”涂先生轻蔑地说，“哦对了，你这一世居然变成了男身，叫你母后已经不合适了，要不叫你现在的名字？哈里？”

“我现在就想好好教训你一顿……”哈里盯着他，头也不回地呼唤身后的友军，“胡依婷！”

“二十分钟！”胡依婷大声说，报告的是他剩下的时间，再过二十分钟就要变成木乃伊了。

“错了，对付这种叛逆少年，我只需要三分钟。”哈里回头深深看了一眼顾蒙亮，可顾蒙亮却连连摇头说：“不……不……哈里，我可不想在这种场合睡觉……”

“人数有点多，只有你的身体能承受。”哈里友好地看着他，一只蝴蝶飞过他的眼前，飞向顾蒙亮。

顾蒙亮入睡前只来得及说了一句“我要注销你们用的信用卡……”，之后就倒了下去。

然后涂先生旁边的客人们，一个一个都倒了下去，昏昏欲睡地进入了梦乡。

而胡依婷开始穿梭在大厅里，关掉一个个手机摄像，找出刚才拍的视频，一一删除。

在哈里打开另外一个空间的时候，胡依婷便是最好的守卫者。

哈里仰面倒在地上，也在沉沉入睡。涂先生在轮椅上安详地闭着眼睛，也进入了梦乡。

胡依婷歪着头看着涂先生。

他的五官轮廓是异国人的样子，他露在西装外面的手，也是一样的皮肤，并不是像其他“飞头蛮”一样，只是靠头部的嫁接完成新的生命转换。

难不成他和哈里一样，也是忍受了几千年的时光？

不过刚才他说自己一直活着，意思就是没有像哈里那样有过木乃伊沉睡的状态？

她忍不住伸手去触摸涂先生的脸，想试试对方和哈里到底有何异同。

手还没有碰到涂先生的脸颊，一根钢丝就已经牢牢缠上了胡依婷的手腕，稍一用力，钢丝绷直，另外一头连在背后站着的新娘子华欣然手上。

“你没有入睡吗？”胡依婷想起哈里说过，他的技能对这个女孩子无效。

“别碰他。”华欣然警告。

两个女孩子站在布满横七竖八躺着的客人的大厅中间，无声地对视。

“还真的有点疼。”胡依婷皱眉看着手腕上已经勒出血印的钢丝，“你这么一个小姑娘玩这种东西，很危险的。”

“别以为看起来比我大就教训我，”华欣然咧开嘴笑道，她的个子比胡依婷更娇小一些，但是她的神态完全没有萝莉的神情，“我年纪比你大，别被外表骗了。”

三

尼罗河水缓缓向前涌动，这边是绿洲，那边是沙漠。夕阳照在古老的石殿上，反射出金色的光芒。

侍女们穿着金色的凉鞋，带着衣衫细微的摩挲声，从宫门处鱼贯而出。

公元前一千多年前的古埃及，来自底比斯王室的哈特谢普苏特嫁给了体弱多病的图特摩斯二世，成为法老的王妃。

这位能干的王妃嫁过来不久就掌握了大权，几年后图特摩斯二世去世，她让二世和另外一个侧妃生的男孩，也就是后来的图特摩斯三世与自己的女儿完婚。图特摩斯三世继承王位之后，哈特谢普苏特就成了摄政王。

在这之前，古埃及从未有过如此卓越干练的女性掌权者，但是哈特谢普苏特也从未把自己当作女人看待。

“因为我本来就应该是个男人啊……”哈特谢普苏特盯着自己纤细优美的双手这么

喃喃地说道，充满了不甘的语气，“女性的身体战斗力太弱了。“

手上戴着金色手链，手链上镶嵌着孔雀羽毛样式的镂空金片。她的脸上涂着金粉，画着浓郁的眼线，身材高大，站着的时候宛如女神临世。

侍从每次看到她的时候，都叹息着如此完美的女性，为什么会有一个这么孱弱的丈夫，甚至没能让她生下一个嫡长子，以至于她要面临这么尴尬的母子关系。

“母后。”即将成年的图特摩斯三世从侧门慢慢地走过来。他已经快十四岁了，身材开始变得细长，四肢灵活得像只小鹿。

哈特谢普苏特很满意自己的继子，虽然在她看来，他还是瘦了点。

英俊的少年单膝跪地：“我就要出发去寺庙修行了，希望母后一切安好。”

大家都心知肚明，所谓的修行，只是把快成年的继承人赶到寺庙，以远离政权的中心，方便让执掌政权的人掌控核心权力而已。

哈特谢普苏特看了他一回，又问：“还有什么话要对我说吗？”

图特摩斯抬眼看她，说道：“您再叫我一声瑞内博吧。”

瑞内博，是图特摩斯三世的乳名。他十岁送到她面前的时候，就是这么个名字，和皇家姓氏无关的名字，也是他的生母留给他最后的一件礼物——图特摩斯二世的这个侧妃在儿子过继到王妃手下之后不久去世了。

哈特谢普苏特愣住，她淡淡一笑：“瑞内博，出了这座大殿，务必不要忘记你尊贵的身份，你可是王室唯一的继承人。”

可是大家都心知肚明，朝政大权一直都是掌握在哈特谢普苏特手里的。她从上一代法老在位就开始掌握大权，到图特摩斯三世继承王位之后也没有改变这一点。

殿外的亲兵们戎装待发，为的是保护年轻皇子的安全。一排排侍女正精心盘点着王子在外的生活用品和点心，还有年老的奶妈蹒跚着要跟着上路。

皇子出发了，美丽的太后站在高高的台阶上目送着他的离开。

他没有回头。

远处有水声，好像傍晚中的洗衣少妇列队归来，还传来她们快活的歌谣声。这就是路上能听见的美妙的声音，比起王宫里祈祷念诵跪拜咏唱的声音似乎更加生活化和轻松了。

到达寺庙不久，听说哈特谢普苏特和僧侣勾结、伪造神的身世要当法老的时候，他也只是盯着寺庙外燃烧的篝火冷哼了一声。

“殿下，这个女人肯定是疯了……”他的随从低声对他说，被他制止了。

她治理国家一向得心应手，他能不能在这一点上胜过她，还很难说。而且这位母后有一个秘密，让图特摩斯一想到就坐立不安。

他记得离开王宫的那个晚上，母后最后一次呼唤他小名的那个晚上，她还说了别的话——

她把他带到了寝宫走廊尽头的房间，大约是祭祀祈祷用的地方。这个房间长年累月被她锁住，任何人不得入内。

她推开沉重的石门，图特摩斯吃惊地看到这个没有窗户的黑暗房间里，居然有一团绿色火焰在半空中燃烧。

“别害怕。”哈特谢普苏特伸手抚摸了一下那团火焰，光芒稍淡，看得出是个圆形的物体，但是不知道它是如何悬浮在空中的。“我跟你说过吧，我不属于这个星球，这具肉身束缚了我的行动。”

“母后，你又来了……”图特摩斯听父王吐槽过母后的事情，说她总是说自己来自一个遥远的星球，说他们脚下的土地是圆形的，将来会叫作“地球”，说她原本的母星生命形态和空间维度和地球都不一样……

“我跳跃虫洞的时候来错了年代，又不小心以地球生命体的形态活了下来。”哈特谢普苏特沉吟了一下，继续说，“这具肉身的寿命不过百年，我起码需要几千年的寿命才能活到遇见我同伴的时候。”

“您会长命百岁的。”图特摩斯当自己的母后又开始说胡话，如此安慰。

“你还听不懂我的意思。”哈特谢普苏特有点不耐烦地挥挥手，“叫你来是为了让你相信，我不会占用你的王位太久。‘生命球’一旦完成最终形态的蜕变，我就可以得到长生不老的寿命，我就会立刻消失在这里。毕竟在这个时代，手握重权很多事情都能顺利些，‘生命球’没有完成最终的形态，我只能守在这里，你明白吗？”

“我……我不太明白……母后您的意思是……”

“‘生命球’最终进化之后，我会退位。我会第一时间通知你，你就赶紧回来继承王位，宣布我的死讯，明白吗？”哈特谢普苏特严肃地盯着图特摩斯说。

图特摩斯不安地扭动了一下身体：“您会去哪里？”

“你就当我死去便可，到时你就是法老王。”哈特谢普苏特凑近他说，“送你去寺庙，是为了让你学习更多的知识，最重要的是军事才能。”她皱了皱眉毛，露出习惯有的那种不耐烦的表情，“总之你不可懈怠。”

图特摩斯有点惶恐地看着这位母后，她的知识和魄力恐怕都是他这辈子难以企及的，前段时间她甚至给奶妈做了内科手术——她拿着一套自己定制的手术刀满手是血地从房间里出来的时候，他还以为她杀了奶妈。她拥有太多这个时代人不能理解的知识，也许真的如她所说，她是个外星人？

如今外星人要称王了，听说她现在已经开始穿男装，戴着有假胡须的面具，坐在王位上发号施令。给他寄来的信件伴随着大量的书籍，上面寥寥两句话：“不可懈怠，勿忘旧言。”

她是不是已经如愿变成了男人？或者是这个过程过于丑陋，她才挡住了自己的真容？原来那个美丽的女性形象是不是不再存在？

图特摩斯心潮澎湃，把左右屏退，从怀里拿出了一团绿色的火焰。

绿色的火焰在他手心上燃烧，没有任何热度，相反让他感觉手心有略微的凉意。这团火焰让他有一种莫名心安的感觉。

是的，这就是“生命球”。

他偷拿的时候以为会很烫，其实并没有。而且这种物质真是奇怪，他贴身带着，并没有感觉到负担和累赘。他没有带走全部，只是偷了一部分，缺少这部分，会对女王产生怎样的影响呢？

“这是你为了钳制她而做的吗？”身后突然响起一个声音，图特摩斯迅速转身，一手拔剑，一手把那团生命之火塞入怀里。

站在他面前的是一个全身穿着毡布斗篷的男人。

虽然是在寺庙修行，但是图特摩斯身边都是重兵把守，这个人到底是怎么突破重重防卫，悄无声息地来到他身后的？

这一点让他不寒而栗。

难道是王后派来斩草除根的？

不可能，王后没有儿子，他是唯一的王储，就算再不喜欢他，也不会杀了他。

斗篷男人冷冷地看着他：“那团生命之火对你来说，一点意义都没有。”

图特摩斯没有说话。

“她说过完成进化之后就把王位还给你，为什么不相信她？”男人的声音很严厉。

“她迟早会把王位给我的，因为她的生命迟早会走向衰老。但是完成了生命球，她就永远不会老了。”图特摩斯平静地说。

斗篷男人把帽子摘下来，露出了银色的头发和淡黄色的眼眸：“所以你……是怕她占着你的王位？”

“母后，好久不见了。”图特摩斯盯着这个英俊的银发男人说。

“你还能认出是我？”哈特谢普苏特拉开他的斗篷，里面是一身戎装，还有……非常完美的男性身躯。

“你吸收了生命球的力量，如愿以偿变成了男性吗？”图特摩斯提着剑，戒备的姿势一直没有改变，“一直戴着面具，穿着男性的衣服，其实不光是为了作为法老登上王位方便，还有个原因就是——你的身体已经开始有了变化。”

“是，但这种变化并不稳定，因为有一部分被你拿走了。”哈特谢普苏特也拔出了佩剑，指着图特摩斯说，“对于这个文明尚未健全的社会来说，男性身份会更容易让我行走。把生命之球的那一部分还给我，我会立刻消失，你回去继承王位，我的女儿，你的妻子，也在王宫里等着你！”

“你的女儿？”图特摩斯笑了，“别以为我不知道，那不是你的女儿，那是我父王和侧妃生的孩子。”

哈特谢普苏特脸色一变：“你听谁说的？”

“我所谓的生母，父王的侧妃，生的其实是一个女儿，我只是父王和一个地位低贱的侍女所生，后来你为了让我名正言顺地获得高贵的血统，成为继承人，就假称我是侧妃的儿子，而那个女孩，就被宣称是你生的。你根本没有孩子，母后。”图特摩斯冷冷地说，“瑞内博这种普通的名字，才是属于我的。”

“即便如此，你的体内依然流淌着图特摩斯二世的血液，你无须因此有什么多余的想法，你依然是王位的继承人。”哈特谢普苏特冷冷地说，伸出手，“把剩下的生命之火给我。”

图特摩斯拿出生命之火，突然往自己的嘴巴里塞了进去。

哈特谢普苏特大吃一惊，冲上去制止已经来不及，眼睁睁看着那团火焰从他的喉咙，一直到胸腔，穿透他的皮肤和五脏六腑然后迸发出光芒来。

“愚蠢！这不是地球人的身体可以承载的能量！”哈特谢普苏特冲了上去，抱住图特摩斯的身子。

图特摩斯全身发抖，张口结舌说不出话，喉咙发出呜呜的声音。

哈特谢普苏特想从他嘴里把那团火抠出来，发现没有用，他的身体越来越冰凉，黑色的眼睛睁得大大的，望着他。

四

水晶灯应声而落，落在地毯上，水晶滚落一地，有几块碎片飞溅起来，反弹到胡依婷裸露的脚背上。

她的手腕流着血，脚边是被丢弃的钢丝。

华欣然重新从大腿根部解下一套钢丝装置，接在了手上。她的肩膀刚才被胡依婷踢到脱臼，她用另外一只手扶住自己的肩膀，眼都不眨地把脱臼的地方又推回去了。

“你没有记忆，所以不会进入哈里设定的五维空间，那是由混乱的时间和意识打开的另外一处地方，你去不了，你这个没有过去的人！”胡依婷从地上捡起一张高脚椅子，撕开椅腿做武器，戒备地看着华欣然。顾总的未婚妻居然这么凶！外表还是走可爱萌系路线的！

“你不要随便伤害我，好歹我和他有婚约，是他接受了的妻子，不然，顾蒙亮可饶不了你。”华欣然重新激射出钢丝，朝胡依婷的脖子缠绕过去。

胡依婷一边暗自生气，一边只得飞快踩着墙面一跃跳上二楼的楼梯，躲在扶手后面以便挡住那锋利的钢丝的进攻。

华欣然边攻击边哈哈大笑：“告诉我，你是不是喜欢顾蒙亮？”

“别说这么肤浅的话！”胡依婷大叫着，“我和顾总认识比你早，我们的生死交情可是你这种利益联姻的温室小花朵不能够理解的！”

华欣然的钢丝缠绕住楼梯的扶手，用力一拉，一排扶手都被她的钢丝连根拔起，高高飞向天花板，胡依婷的藏身之处顿时消失不见。

华欣然冷冷地看着她：“你错了，我认识顾蒙亮在你之前，我十几年前就认识他了，就在龙城不远的心里疗养院，他和我有约定，等我病好了就永远不离开我了。”

疗养院？自闭症？

胡依婷突然想起上次哈里和她提过的那件关于华欣然的往事。

——我呀，小时候有自闭症，被送到心理研究所治疗。天天都是一群白大褂的人陪我做游戏，烦都烦死了。

——后来来了一个小男生，我终于有同伴了。我们在一起玩耍，我对他说了我人生中的第一句话。

——那句话就是“你永远不要离开我好吗？”。他回答说“好的”。

——然后他再也没出现过了。

胡依婷睁大眼睛：“你说的是那个四五岁的小男孩的故事？”

华欣然松开缠绕在扶手上的钢丝，重新收了回来，盯着胡依婷说：“是的，我叔叔终于把这个男孩子找到了，他就是顾蒙亮。”

“你叔叔是个变态！他为了让你对付我们，随便找个人来搪塞你的！”

“不，我确定就是他。”

随着华欣然上前一步，胡依婷感觉对方进攻的气势进一步加强了。

可她说得没错啊，她目前是顾蒙亮的未婚妻，如果自己把她打伤了，还真不知道怎么和顾蒙亮交代……但是对方打她倒是一点顾虑都没有。随着钢丝又一次射过来，逼得胡依婷不得不踩着壁灯、酒柜、钢琴做快速闪避动作。忙着逃命的同时，她心里不由翻滚着一个念头：秘书难做啊！

华欣然大声嘲笑着她：“我一直就渴望要一份美好的爱情，现在机会来了我怎么可能撒手！他就是我小时候失散的那个小伙伴！你绝对不能阻止我们在一起！”

疯女人啊！胡依婷像只老鼠躲避着猫的进攻一样，心里愤愤不平。

壁灯歪了，餐桌的高脚杯被打得粉碎，三角钢琴上全是划痕。

可恨啊，这钢琴说不定还是民国时候的古董呢！

真是个恋爱狂，一说要维护自己的爱情，就像打了鸡血一样兴奋！

胡依婷隐约觉得有些不对劲，但是她又说不上什么不对劲。当钢丝迎面缠绕而来的时候，她举起椅腿格住钢丝，片刻之间椅腿被钢丝切割成粉碎！她终于想到哪里不对劲了，不由大喊：“你记得小时候的事情！”

华欣然被她这么一叫，突然收住了手里的钢丝，一脸认真地说：“记得。”

“你记得小时候的事情！却不记得前段时间和哈里之间的事情，也不记得当初要死要活被林帅甩了的事情，这不是很奇怪吗？！”胡依婷大叫道，她前面已经空无一物了，地上还横七竖八躺着宾客们，这丫头要是再进攻，她真的要下狠手反抗了。

“咦？”华欣然突然身形一顿，“你说什么？”

五

哈特谢普苏特抱着全身渐渐冰冷的图特摩斯，深深地叹了口气，伸手放在自己的胸口上，拽出一小团绿色的火焰，倾注在他的胸口。

远远巡视的卫兵看到一个男人扶着躺在地上的王子，以为这是遭遇了刺客，大叫一声冲过来，被哈特谢普苏特伸手指着他的眉心，便应声而倒，软软地趴在地上睡了起来。

哈特谢普苏特捂着自己的胸口跪坐在地上，身体的变化一直很不稳定，因为生命之球不完整，所以会忽男忽女，而且还有渐渐走向衰弱的迹象。

这时，图特摩斯缓缓地睁开了眼睛，嘴角流露出不易觉察的嘲讽的笑容。

“你没事了吧？”银发青年微微喘着气问他，“把生命之火还给我，你回王宫当你的法老吧。”

图特摩斯低声说：“我不会还给你的，想要回这个，你就先杀了我，就可以取回去了。”

哈特谢普苏特大怒，一把揪住他的脖子：“你不要以为我不敢！”

图特摩斯迎面看着他的目光：“我知道你敢，这世界上已经没有太阳之王哈特谢普苏特不敢的事情。所以请杀了我，取回你的生命之球吧。”

哈特谢普苏特狠狠扔下他，站起来转身背对着他。

图特摩斯突然怪笑道："哈里，我发现在五维空间里，主角一旦变成了你自己，你便束手无措了起来。"

银发青年全身一激灵，回头盯着他："你说什么？"

"你看，沉浸其中的是你。"图特摩斯慢慢站了起来，"一直以来，都是你在五维空间影响着人们的思想，可是这一次的主角是你，你就连自己是谁都想不起来了。在自己的空间里，你，反而被我控制住了。"

他捡起斗篷披在哈里身上，语重心长地说："去吧，回到王宫去当你的法老吧，我就在寺庙里，哪儿都不去。天下一直是属于你的，你这么有才华，就不要浪费了。"

哈里眯起眼睛，全身又开始隐约显示出女性的特征。他裹紧了斗篷，深深看了一眼图特摩斯，慢慢往黑暗中走去。

月色皎洁，银白色的月光照亮他前进的路。远处的河水缓缓流动。

图特摩斯抬头看着头顶的明月，不由地叹息："三千年前的明月，和三千年后没什么不同。五维空间并不是单纯的意识世界，它和过去是连接的。母后，你以后老老实实当你的永世法老，我就好好在这寺庙里无限期地修行下去。不要……"他握紧了拳头，似乎耳边想起了王宫里惊慌失措的声音，还有战马嘶鸣，人声鼎沸的嘈杂。

这就是历史轨迹留给他的记忆。

历史的轨迹应该是怎么走的呢，图特摩斯，也就是涂先生，坐在篝火边，开始慢慢回忆……

"女王驾崩啦——女王驾崩啦——"

他带着大队人马从寺庙赶回王宫，盔甲都没有卸除，就这样冲进了女王的寝室。

哈特谢普苏特平静地躺在床上，她的容貌依旧像过去那样美丽，但是胸口的生命之火在渐渐消退，她的皮肤呈现一种青灰色。

"您不是说您是永远不死的外星人吗？！"他愤怒地扑到她的身边怒吼。他同父异母的姐姐，也是他的正妻在旁边饮泣。

"母后有段时间变成了男人，我不知道为什么，所以她一直女扮男装，戴着面具见人。"女子流着眼泪说，"我知道母后称王夺取了你的王位，你多多少少有些记恨于她，但是她临死之前说了，把王位还给你。"

"什么？"

不是这样的！

图特摩斯瞪了他那个什么都不懂的王后一眼。

不是这样的！是他偷走了母后一部分的生命之火，所以生命球进化得不够完整，才会导致她无法“进化”，寿命会像平常人那样短暂。

“母后说，你在寺庙的修行，足够让你成为一个伟大的法老了。”一旁的女子还在说着。

“不要再说了！你出去！”老是听到这些重点不对的话，让图特摩斯感到极度烦躁。他粗鲁地驱赶着自己的妻子出去，他只想一个人静静地待着，就这样看着躺在床上的母后。他突然跪在了床边，脸凑近她：“你是不是想就这样走了，让我后悔一辈子？”

“你的生命之火是我偷的，我偷了一部分，现在还给你，让你醒过来！”他伸手用力掏自己的胸口，却什么都掏不出来。

因为当年的无知，他吞噬了生命之火，尽管身体当时极度不适，但之后就没有什么影响了。

现在掏出来还给母后吧！他突然抽出一把刀，想要割自己的皮肤的时候，一只手用力地制止了他。

本应躺在床上，没有了呼吸的女王此时在直勾勾地盯着他。

“母……母后……”他手中的刀被她夺走。

“原来是你偷了我的生命之火。”哈特谢普苏特冷冷地说，“难怪我说这具肉体怎么进化不了。”

“母后……对不起……”

“我等你死后再来取走你身上的生命之火，”她冷冷地说，“现在你的势力不够强大，还不足以掌握整个朝政，你需要找人假扮我继续把持朝政，等到你势力庞大之后，再回来取回你的王位。这具身体已经支撑不了我了。我会长眠一段时间，如果尸体开始出现腐烂的迹象，那就掏空我的内脏，用特殊的药水浸泡我的尸体，等待我的复活。我会在你死之后领回属于我的那部分生命之火，你知道吗？”

“母后，说到底，这辈子我和你还是要在此分别吗？”图特摩斯颤抖着问，可她再也没有回应他。她的手依然抓住他的手腕，但是已经没有力道了。她再次闭上了眼睛，这次是真的去了。

图特摩斯呆呆地跪坐在那里，他没想过母后会这么快就离开他，这似乎是因为他一个小小的错误。

他捂着嘴巴发出低低的悲鸣，愧疚和自责吞没了他。但是他连恸哭的权利都没有，因为母后的死太过于突然，消息需要对外保密。

此刻，她的替身正穿着她的衣服跪在外面待命。很快女法老将若无其事地上朝，继承人图特摩斯将重新回到寺庙继续修行，而这具尸体也将跟着他一同前去寺庙，因为，除了他之外，没人相信她的身世之谜。

往后的日子，就是最痛苦的等待，这种痛苦只有他知道。

而没人知道为什么王子从宫殿抱回了一具尸体放在寺庙后院的房子里日夜守护着。

女王生前停止了对外的战争，少了军费的消耗，国库充盈。大家都以为是女法老为了歌功颂德而大兴土木，没有人会想到是图特摩斯本人的旨意。

再过几年，那位假法老的身份不慎被发现——替身养了个情夫，长期共同生活导致纸包不住火，情夫发现了当今的女王身上竟然有奴隶的印记。

这件事爆出之后，图特摩斯不得不连夜带着军队回到王宫，宣布登基，历史上称图特摩斯三世。

偌大的王宫，处处都是女王创造的奇迹。女王精通天文地理，精通医学数学，精通音乐艺术，地球的文明对她来说太过于简陋，她按照她的时代，硬生生把古埃及的文化再拔高一个档次。

哈里来之前是和西门豹共享一个云记忆，他即便没有西门豹匠师的才华，但是依然能用他的记忆创造一些不属于古埃及那个时代的东西。所以几千年后，古埃及的文物里，会有和现代相差无几的手术刀。

但这些图特摩斯三世是不知道的，他只是感受到自己和母后之间巨大的差距，在漫长岁月的等待里打算找点什么事来证明自己的强大。

于是他开始四处征战，收复了女法老在位时候放弃的地区统治权。

“母后依旧没有苏醒。”姐姐，也是他的正妻去世之前给他发来的信件如此说道。她在临死之前，依旧认为她的丈夫图特摩斯在做一场永远也不会醒来的梦。

二十年后，图特摩斯终于放弃了自己的痴心妄想，他认为母后肯定骗了他，她的身体永远不会醒过来了。他愤怒地铲平了所有关于母后的画像和文字。

然而在图特摩斯死了之后，他的尸体在葬礼上不翼而飞，而他的遗书里还有一条遗愿就是希望和母后哈特谢普苏特合葬。

篝火跳动了一下，树枝燃烧的毕剥声把图特摩斯拉回了现实。

如果按历史发展，之后的事情就是这样。

但现在不同了，现在的图特摩斯有了涂先生的记忆。他记得三千多年来带着永远不死的身体在这个地球上活下去的经历，他经历过朝代的变迁，也见证过古埃及的覆灭。作为古埃及史上最伟大的法老，亲眼看到自己创建的帝国最后覆灭，这是让人何等痛苦的事情。

他见证了欧洲人闯入了这片大陆，也见证了考古学家找到了他母后的木乃伊的过程。

他想阻止，但是没有用，在现代，失去了王位权力的他，和普通人并无不同，除了拥有更长的寿命和自愈能力。

要在这个世界立足，一定要积累财富。

他想起了年少时，哈特谢普苏特传授给自己的医书，都是她自己编写的，里面很多内容看起来荒诞至极，但随着科学的临近，他发现这些书籍的内容其实是有章可循的，甚至比眼下的科学更发达更出色……

图特摩斯考入了大学，成了一名生物专业的高才生，渐渐往科学的顶端靠拢。他得到了高昂的投资赞助，开始研究人体永远不死的秘密。

“太唯心啦！”曾经有同行这样笑话他，建议他不如研究那些可以治疗人类疾病的项目。

但是永生的生命，他自己就是一个活生生的例子，他一定可以研究出生命之火的秘密。

哈特谢普苏特的木乃伊被长久地存放在博物馆，和其他许多法老木乃伊一样，并无变化，偶尔供人瞻仰。图特摩斯已经认定她永远无法复活了，就因为自己过去的一个愚蠢的错误。

直到又过了许多年，他积累了足够的财富，他来到中国，变成现在的涂先生。

听说木乃伊要来中国展出，他突然动了念头。

——不如偷过来吧，完成一个夙愿。

于是有了之前的龙城博物馆偷盗记。

结果顾蒙亮和胡依婷横空出世，落空了他的计划，他眼睁睁地看着木乃伊被送了回去。

再过一段时间，他再派人偷盗，却发现了一个惊人的事实——这个木乃伊已经被调包了。

这不是母后的木乃伊，因为没有任何同位素的反应。

同位素测试球，就是用当年他从女王头上割下的头发做成的，极其珍贵，为的就是将来找到女王的遗体。

怎么凭空消失了？

涂先生不明白。

慢慢地，他通过一系列的事情，发现了一个惊人的事实——母后的确是复活了，只是以一个男性的形象复活，就是后来的哈里。

经过了几千年岁月的蹉跎，他的心早已满是疮痍。可是复活后的母后呢，现在的哈里宛若少年，整个人生气勃勃，他没有任何时间长河带来的累赘，并且好像也不太记得之前和自己的事情了。这一点让涂先生尤其愤怒。

篝火又毕剥响了一下。

他看着远处的沙漠，母后，抑或说是哈里的背影已经看不到了，他的嘴角扬起了微笑。

——哈里根本没有觉察他已经被自己设立的空间困住了，那就让他永远留在这里吧。

六

地上的水晶吊灯又被华欣然踩了一脚，发出了哀鸣。

这座高端会所已经满目狼藉，胡依婷感觉到肚子有点饿。酒会上食物品种有限，她耗费了大量的体力，已经出现了疲态。

“你……搞坏那么多东西，要赔的。”华欣然甩着钢丝，盯着她说。

“明明你也有份吧！”胡依婷大怒，指着她反驳。这臭丫头，就因为是顾蒙亮的未婚妻，她就得落于完全守势。等顾总醒过来开口解除婚约，她就痛扁她一顿！

“没关系，这家会所就是我们家的产业……”华欣然还没说完，就看见胡依婷随手把旁边的古董花瓶推到一边。

花瓶应声而碎。

“这是明朝的花瓶。”华欣然瞪着她，仿佛自己刚才就没大肆破坏过一样，“你这个没文化的粗人。”

“你被涂先生骗了，你前几天刚和哈里相遇，可是你现在什么都不记得，只记得顾蒙亮小时候的事情，没准这段记忆也是虚幻的！”胡依婷提醒她。

华欣然想开口反驳的时候，突然发现身后的涂先生动了一下，醒了过来。

不仅是涂先生，地板上的人们也纷纷醒了过来。大家目光呆滞，恍如隔世。

“我好像做了个古埃及的梦哎！我是个侍女！”

“好巧哦，我也是，我是个卫兵！”

虽然记不起具体的情节，但是涂先生和哈里两个人强大的意识影响了这些人，现在还有残留的记忆在他们脑海里涌动。

二楼的顾蒙亮也醒了过来。

“顾总！”胡依婷护主心切，跳上去扶起顾总，“那个女的超强的！快点解除婚约，不然我们都会死在她手上！”

“咦？”顾蒙亮扶着胡依婷的手，四处找寻哈里，“哈里呢？”

哈里躺在涂先生的脚边，脸上已经呈现出青灰色，他没有醒过来。

华欣然不知道从哪里找来哈里的棺材，准备把他放进去。涂先生在一旁笑着和周围的人解释："这是一个催眠的魔术，谢谢这位先生的配合。"

满地狼藉，这种说法假到都让人觉得是真的了。

"胡依婷，不要让他们带走哈里。"顾蒙亮提醒她。话音刚落，胡依婷便从二楼一跃而下，把周围的围观群众吓了一跳。

"武术表演，武术表演……"涂先生又笑着和周围人解释，示意保安疏散人群，"我们的表演动作有点大，造成了一些损坏，现在要清理现场，谢谢大家今天的光临。"

涌向门口的人潮中，胡依婷一眼不眨地盯着华欣然，朝她伸出了手："把他交给我。"

华欣然把哈里的棺材盖上，正色对她说："他已经在自己的五维空间里迷失了，出不来了。只有和涂先生的意识连接，才可以保存他意识的存活。如果你强行要回这具身体，他很可能会慢慢恢复成木乃伊，之后再也醒不过来了。"

"你们！"胡依婷咬牙瞪着她。

"不信你可以试试。"涂先生示意华欣然将装着木乃伊的棺材推到胡依婷跟前，他能看出眼前这位女孩正在犹豫。

这时，顾蒙亮走了上来，说道："我觉得他们说的可能是真的，因为里面发生的一切事情我都看在眼里。"

"你的脑子承受能力太强大了，不愧是西门豹造出来的新人类。"涂先生看着顾蒙亮说。

"我是他的后代。"顾蒙亮说。

"后代？"涂先生皱了皱眉，"恐怕我们对这个词的理解有所不同。你并不是他的后代，你身上的同位素反应太少了。你不过是西门豹造出的一个人造人，'人类'的成分甚至不如你身边的胡依婷。"

"……"顾蒙亮盯着他。

"你小时候在疗养院的那段经历，可不是虚构的哦。"涂先生意味深长地说。

顾蒙亮浑身一震，看着华欣然。后者看着他的眼光竟然有点凄然。

"如果你有兴趣，你可以来我的研究所，做一下测试，我们可以研究这个问题。"涂先生说，"说实话，我也很想找到西门豹。如果他也是和哈里一样的外星人，他身上应该也有类似生命之球的东西。"

永生丸……顾蒙亮想起西门豹给奶奶吃的那个东西。

谁说外星人不懂感情，关键的时候，它们都是把自己的生命之源给了身边重要的人。

“女王最后救了你，你为什么还要这样对待哈里？就让他在这个时代活下去不好吗？”顾蒙亮问他。

涂先生伸手抚摸棺材上的花纹，小声说：“我和她之间，还有些问题没有清算，我需要将她留在身边好好想清楚。”

“想了三千年都想不明白吗？”顾蒙亮说，“既然你早就知道哈特谢普苏特过去对你并无恶意，还救了你，还抚养你长大，为什么你还是不肯放过现在的哈里呢？”

涂先生咬牙说：“我和她之间的记忆没有同步，这是我最不甘心的地方！我要将她困在五维空间里，重新感受一遍我的三千多年！”

“独占欲吧。”顾蒙亮看着他，“你对她只是因为你的独占欲，只想要她‘属于’你而已。图特摩斯，你太自大了。”

涂先生似乎被他说中了心事一般，全身一抖，随即命令华欣然：“我们走。”

胡依婷看着华欣然，也意味深长地说：“你对顾蒙亮也是独占欲哟。”

华欣然扭过头不搭理她，让人把棺材运上手推车。

胡依婷想去阻止的时候，被顾蒙亮制止了：“我感觉他暂时不会伤害哈里，让他们去吧。哈里现在迷失在自己创建的五维空间，如果强行抢过来，真的可能会一辈子醒不过来了。”

他们都走了，只留下顾蒙亮和胡依婷。

顾一鸣醒过来之后，一直晕乎乎的。他看着顾蒙亮他们不知道说了些什么，脸色很凝重的样子，他放心不下，就走了上来。

“小亮，你没事吧。”他伸手拍拍顾蒙亮的肩膀。

“我没事。”

“如果不满意这门亲事，可以取消的。”顾一鸣说，“我不想让你娶一个你并不喜欢的女孩。”说这话的时候，他看了一眼胡依婷。

胡依婷满脸通红地转过头去。

“恒圆集团的资金链断了，会不会就是涂先生搞的鬼？”顾蒙亮问。

“有可能是，他的条件就是让你娶他的侄女。”顾一鸣说。

“爸爸。”顾蒙亮突然回头看父亲，“我小时候，有没有因为心理问题进过疗养院？”

听闻此言，顾一鸣大吃一惊：“你怎么知道……”他突然发觉自己说漏了嘴，急忙捂住嘴巴。

“看来就是真的了，我小时候到底有什么毛病？”顾蒙亮问父亲，“当时是奶奶照顾我，到底出了什么事？”

顾一鸣看着四周，说：“我们换个地方谈这个事情好不好？我当时不在你身边，也只是听你奶奶说的。”

“那我大概是因为什么被送进去的？”顾蒙亮说。

顾一鸣推辞不下，凑近儿子的耳边，小声说了三个字：“自闭症。”

顾蒙亮闻言全身一震。

胡依婷听力很好，也听到了。

自闭症？

难道顾总小时候真的和华欣然在同一家疗养院进行过心理治疗？

“爸爸，你一定还有别的事情瞒着我。”顾蒙亮严肃地看着自己的父亲说。

顾一鸣实在有点挂不住脸，低声对他说：“我们换个地点，换个时间，再谈谈这个事情吧……”

七

尼罗河水缓缓流淌。

月亮已经变成一轮残月。

王宫的台阶上，孤身站着一名身材修长的女子。

她穿着华贵的长袍，仪态明艳不可方物。她盯着远处的残月陷入了沉思。

这到底是几次月圆月缺？

月亮是什么时候变成这样的呢？

“母后。”十岁的小男孩在身后呼喊她。

“瑞内博。”女子回头看着他，虽然温柔，但是她天生有不怒自威的仪态，“你的侍女呢？怎么今晚王宫一个人都没有？”

“这座王宫没有其他人了。”年幼的图特摩斯走上前，突然伸手抱住了女子。

女子被继子突如其来的亲近吓了一跳：“你怎么突然……”

“心理学上说，一个人小时候没有得到满足的需求，这辈子其实不会消失，只会以其他形式表现出来。”小小的图特摩斯将头埋在女子裙子的皱褶里，低声说，“我一直想，一直想这样拥抱母后。”

哈特谢普苏特略微迟疑，最后还是伸出手环抱住了自己的继子：“那就抱一下，不要让人看到，不然说我们没有王室的威严。”

“都说了这座王宫没有其他人了。”图特摩斯小声说，眼泪突然流了下来。

哈特谢普苏特似有所悟：“你母亲的事情，我很抱歉。我没有保护好她。”

“我并不是为了母亲流泪。”图特摩斯依偎在女王身边，“我只是高兴。”

“你高兴什么？”

“母后，您现在不高兴吗？”他小声问哈特谢普苏特。

哈特谢普苏特略微生硬地抱着自己的继子，体会自己内心那股新奇的情感。

那是一种从未有过的温柔，是一个孩子对自己无条件依赖的满足感，是突然感觉到身为母亲无比强大的充实感，这种强大，和手握重权是不一样的。

“我很高兴。”她承认，“我一定将你培养成一个伟大的法老王。”

“您高兴是因为什么呢？”图特摩斯小声问她。

“我高兴，是因为现在我这样抱着你呀。”哈特谢普苏特终于承认了。

除了母子二人之外空无一人的王宫，古老肃穆的石殿，满天触手可及的星辰，尼罗河水缓慢流淌……还有依偎着的母子黑色剪影。

——我们永远就这样在一起吧。

图特摩斯小声地在心底说。

——我偷了你的生命之火，其实就是因为害怕你离开我。

这就是我的独占欲吧。图特摩斯在心底嘲笑自己。

爱就是会伴随着独占欲，控制不好就生出畸形的果实来。

“母后，您恨过我吗？”他小声开口问女王。

“强者不屑怨恨。”女王如此回答他，“你若足够强大，这辈子也无须怨恨任何人或事。”

“我强大之后，您会离开我吗？”

“爱恨都有分离的时刻，其实我也不太懂，我的星球……并没有感情一说。”哈特谢普苏特也有点疑惑。

这是王室从未有过的温情画面，也许几千年前就应该存在了。又或者，它本来就是从人类诞生的那一刻起就存在的，只是被人忽视很久很久了。

·第十章·
爱需要回响

一

“和我说句话吧？”

可爱的小女孩拉着小男孩的衣袖。

小男孩漠然转身走开，小女孩追着他，不小心跌倒在地上，哭泣着说：“好疼！扶我一下！好疼！”

小男孩回头看她，有点不解。

她在哭。

他有点不能理解，为什么她会哭？

“这孩子，完全不能体会人类的感情呢……他为什么就不能回应别人的爱呢？”

“哎”，一声叹息，让顾蒙亮从睡梦中醒过来。

一只小狗蹲坐在他床边，看着他。这是奶奶给他留下的小狗，名字叫花花。花花年纪大了，呼吸很吃力，还喘着气。它脖子上的铃铛在黑暗里闪闪发光。

顾蒙亮揉着头起来，一瞬间以为自己回到了花苑，定睛一看，还是在上海的寓所。他赶紧爬起来，摸着花花的头：“你怎么来的？”

停留在花花面前的，是一台悬浮的小机器，像苍蝇般大小，似乎在盯着顾蒙亮看。

这体型和大小……这是苍蝇机！西门豹！

顾蒙亮全身一个激灵，跳起来对着苍蝇机说：“西门豹？是你回来了吗？”

没有声音，苍蝇机沉默地悬浮在那里，突然“啪叽”一下掉了下去，掉在木地板上，骨碌碌滚到了床底。顾蒙亮心急火燎地跪下去掏，把苍蝇机掏了出来。它毫无声息地躺在他手心，如果不是因为全封闭性的又做得精巧，简直像一个儿童玩具。

房间门口传来敲门声，伴随着胡依婷的问候：“顾总，我听到好像有什么东西进来了？”

打开门后，抱着花花的顾蒙亮让胡依婷愣了一下：“花花怎么来了？”

花花来了，不知道它怎么来的。它应该远在千里之外的龙城，由保姆照顾，但是半夜来到了他的身边。

顾蒙亮打电话给保姆，那边睡得迷迷糊糊，问花花在哪里，回答说睡觉前刚喂过水，在房间里睡着呢。说着跑去房间看，才大呼小叫说怎么不见了，找遍了整个花苑也看不到。

“别找了，它在我这里。”顾蒙亮在确定花花就是两个小时之内“秒送”到上海之后，又拿出了那台苍蝇机。

“西门豹大人的苍蝇机！”胡依婷很惊喜，“怎么会在这里。”

“说出来你可能不信，之前我看见它漂浮起来了。”顾蒙亮喃喃地说。

“但是……但是怎么可能？！能操纵苍蝇机的只有西门豹大人！”胡依婷小心拿起这架苍蝇机看，“这长得好像西门豹大人做的那一架哦！”

她说的是“好像”，显然也认出了这架苍蝇机和之前的不同。与其说相似，不如说，它比之前的苍蝇机……更粗糙一些，没有之前西门豹的那些那么精巧。

这是怎么回事？只是拙劣的模仿吗？

顾蒙亮摸着下巴想着这个问题，如果来地球的“天庭星人”不止西门豹，还有哈里，那会不会也可能有别人。

但是为什么送花花过来？

他看着精神已经不太好的花花，脖子上的铃铛还在。

胡依婷去客厅给他泡茶，也给自己泡了一杯。她好奇地问：“顾总，你和大顾总到底谈了什么？感觉和他谈完之后，你一直都没怎么说话。”

顾蒙亮说：“我爸爸说我小时候是被送进疗养院做过心理治疗，当时是我奶奶陪着我去的，所以除了我奶奶，也没人知道我在里面怎么度过的。据说是送进去有好一段时间，然后就出来了。”

“说过你有什么问题吗？”

“没有，我爸对此一无所知。”说来也奇怪，顾一鸣除了创下让人艳羡的商业帝国之外，看起来是顾家最正常的孩子。至于顾桃花和西门豹，还有顾蒙亮这些亲人曲折离奇的经历，和他似乎都没有多大关系。西门豹解释说顾一鸣就相当于是一个人造人，他的基因有一半是西门豹用了“天庭星人”的那部分基因按地球的生命形态编造出来的，所以各方面数据都平稳到完美，但是……实在看不出他和普通地球人有什么不同啊。

“赚了这么多钱还叫看不出‘和普通人有什么不同’吗？”胡依婷喝着茶忍不住吐

槽，试图把顾蒙亮拉回“普通人”的世界。

“我倒是梦见了那个疗养院的女孩子了，”顾蒙亮没有在意她的吐槽，而是努力回想梦里的情景，“梦里她好像比我大些，她有七八岁吧，我比较小。”

“哈里被他们抓过去，不知道现在怎么样了，”胡依婷难过地说，“如果涂先生要夺取他身上剩下的生命之球，哈里可能就会有危险。”

顾蒙亮看着窗外，一只蝴蝶在他眼前飞过。

“好了，时间到了，我们去吧。”他对胡依婷说。

“去哪里呢？”胡依婷问。

“当然是去涂先生的研究所啦。”顾蒙亮说。

二

涂先生的研究所，在上海市郊。十几年前，涂先生就买下了这里的房子，建起了研究所，隶属于某医药公司的科研机构。但进来之后内部人员才知道他们真正研究的是什么。

他们研究的是人脑。

人的肉体会衰老，会死亡，但是人的大脑寿命往往远远长于肉体的寿命。人通常在大脑没有完全老化之前，肉体就先进入了衰竭的状态。在很早之前，涂先生就开始考虑永生的问题。他相信如果能把大脑保存，那么这个人的生命就可以以另外一种形式延续下去。

此时此刻，哈里的身体安静地浮在营养液里，他表情安详，仿佛是在母体里安睡的婴儿。他标志性的银色头发已经剃光，头皮上贴了密密麻麻的线路。

涂先生沉默地看着在营养液里哈里的身躯。哈里的皮肤依旧是光滑而有弹性，肌肉匀称结实，全身赤裸，是一具标准的男性身体。三千年过去了，重新看到自己的母后居然完全变成了男性的身体，涂先生心情很复杂。这个既成事实似乎在提醒他：“他”已经不是记忆里的“她”了。

华欣然沉默地站在他身后，身上换了套简单的白色洋装。从暴风雨似的订婚现场回来之后，她一直很安静地跟在涂先生身后，默默协助他打点一切。

“顾蒙亮不记得你了？”涂先生问她。

“是的。”华欣然说。

“有关哈里的事情，还有和其他那些男孩子恋爱的事情……你怪我抹去你的记忆吗？”涂先生突然转移话题。

“不，您是为了保护我。”华欣然由衷地说，“没有人能承担长久的失望。”看着营养液里沉睡的哈里，她下意识摸着自己的心口，仿佛要压制住关于他的记忆，“即便不能想起那些人，但是那些失去爱情的痛苦，感觉依稀残存。”

“那为什么每次你还是固执要追求爱情呢？”涂先生也看着哈里，“明明痛苦的残余还在，再去追求痛苦就会加深。”

“得不到的东西，总是想方设法找机会满足自己，这种需求不会消失，这是我以前接受心理治疗的时候，医生说的话。”

“你的创伤是顾蒙亮留下的，他当初违背了约定，再也没有回来见过你，所以你对那个幻想中的‘男孩’一直有渴望。”涂先生突然在旁边的大屏幕上调出了一堆男孩的照片，“这些都是和你谈过恋爱的男孩子，你能想起他们吗？”

华欣然走近屏幕，打量着那些男孩子的脸，他们多多少少都有和顾蒙亮类似的地方，有些人脸上某个部分有点像顾蒙亮，有些人看起来沉默斯文，也许就是气质有点类似顾蒙亮。

突然，她在中间发现了哈里，指着问：“我之前和他谈过恋爱？”

“是啊。认识的时间不长，前几天认识的。”涂先生说。

“他和顾蒙亮有什么相似之处吗？”华欣然好奇地看着哈里。哈里的五官轮廓还有气质和顾蒙亮没有任何相似之处。与顾蒙亮的优雅内敛相比，哈里显得更加狂放自如。

“听说顾蒙亮身上有外星人血统，也许他们有类似的基因吧。”涂先生想起哈里最初看见华欣然还活着那个吃惊又意外的表情，不禁有几分嫉妒。

——他认出我的时候，也没有那般惊喜。

心底有这么一个声音，反反复复挥之不去。

哈特谢普苏特和图特摩斯三世之间，除了冷淡的母子关系，还有猜忌和提防吧，尤其是他偷了她的生命之火之后，哈特谢普苏特应该挺恨他的吧。

“接下来您打算怎么做？”华欣然问他。

“就这么泡着吧，他身上的生命之火要是能分离出来，对于我们的研究很有帮助。”

“分离出他的生命之火，他可能会死吧。”华欣然说。

“只要他的大脑还在，那他在那个世界一直都是活着的。”涂先生想起埃及王宫前站立的那个风姿绰约的背影，他可以随时回到那个地方见她。

哈里以为打开人的意识空间是他掌握的能力，但是他没料到的是，涂先生不但可以移植人的大脑，甚至还可以切入人的意识世界，改变对方的想法。哈里建造的世界，反而成为困住他自己的永远的迷宫。

“这相当于是现代科技和古老催眠术的结合吧。”研究所里的科学家这样赞叹。

两个穿着白色衣服的研究人员拿着平板电脑进来，给涂先生看：“胡江的大脑修复工作目前还是比较顺利，只是他的大脑部分受损，可能影响到过去的记忆和一些躯体感知能力。”

涂先生看了一眼平板电脑，上面是人造的一个脑壳以及一堆供养设备在支持着胡江的大脑的运行。如今配备给他的都是一些机械躯干，他的大脑试图操作几米之外的机械手，做一个抬起的动作。另外他的言语系统是靠一台大型电子设备架构的，电脑解读着他的大脑活动信息，发出模糊不断的声音：“涂先生……”

“你醒过来了？”涂先生隔着电脑对他说。

“我感觉……有点奇怪……”

“我把你连到研究所的主机上了，人脑容量太大，目前研究所没有与之匹配的计算机，将来我们会为你专门定制一台计算机。”

“我……不太记得……过去的事情……”胡江含含糊糊的合成音传出来，毫无感情，“好像我亲密的人出事……我只记得一些残留的情感……”

“你的妻子出了车祸。”涂先生说，“你的肉身已经死了，我能留下的只是你部分的大脑，有一部分已经毁坏了。你现在直接连接的是研究所的主机，和研究所系统融为一体。能不能帮我解读一下这个人目前身体深处的一些秘密，我想知道他的能量之源在哪里，怎么样才可以分离出去……”涂先生说。

“好的。”

应了一声之后，胡江沉默了，过了一段时间后，突然整栋大楼的电脑屏幕都同时有节奏的忽明忽暗，主机甚至发出了超负荷运作的警告声。

哈里的营养泵突然发出震动，营养液的供给也变得不稳定起来，从他鼻腔甚至还有气泡溢出，贴在他头皮上的线路贴片有部分甚至发出毕毕剥剥的爆裂声，自行剥落下来。

营养液开始变得浑浊，哈里依旧安睡。

“涂先生，胡江的人脑突然接受这么大规模的运算，会不会太勉强了？”其中一个研究员担心地说。

涂先生对胡江下指令：“如果无法解读就停止。”

主机系统令人不安的警报声消失了，屏幕也恢复正常。

“涂先生，我分析不出来。”胡江说，“他的身体表面上看和人类并无不同，但是基因全部都是未知的结构，整个生物机体的运行也完全不符合我们地球上已知生物的运行逻辑。他身体有巨大的能量，但是这股能量的形式、材质和运行方式远远超出了我们现有的知识体系，我甚至都不能描述他体内能量具体存在于何处。”

“这就是生命球吧……”华欣然喃喃地说。

“那就扫描一下我全身。”涂先生开着轮椅绕过中间的操纵台，到了隔壁的一个房间里，进了扫描室。

经过全身扫描之后，主机的电脑系统也发生了少许波动，但是明显不如面对哈里时反应这么大。

“您身上有和他差不多的同位素，而且这部分能量大量聚集在你的头部。您的大脑年代久远，与你的身体年龄并不匹配。”

涂先生开着轮椅重新回到哈里面前，他自己的身体在这几千年来不断更换，除了大脑之外已经没有任何一个部位来自于原本自己的身体了。

大概是在他一百多岁的时候，最初是发现手的部分腐烂，他试图更换过手，维持了一段时间，腿又开始衰竭……他试过不同人种的人的身体，技术也越来越精湛，这也是“飞头蛮”技术的前身。二战时，他的头部不慎在一场爆炸中受伤，他不得不重新修补了头部。但大脑受损的部分影响了大脑的躯体感知系统，他的腿就再也无法站起来了。他的脸也在那次爆炸中受损，他想尽了各种方法才得以保全。

不知为何，他不希望哪天能和哈特谢普苏特相遇的时候，对方保留原来的容颜，而自己已经面目全非。

但让他想不到的是，面目全非的居然是哈特谢普苏特，连性别都换了。

他简直快气死了。

他创造了“飞头蛮”的技术，其实这对于现代医疗是绝好的解决方案：不管人的躯体出了什么毛病，换一副躯体就好了。但事实上，这项技术没有更多地用在医疗上，因为要获取完好的人类躯干涉及伦理和法律问题。所以这项技术更多用于很多非法组织的杀手培养和暗杀任务上。

为了增加“飞头蛮”的攻击力，他又加入了很多攻击性的改进，增添了适合战斗的技能。这种战斗型的“飞头蛮”大脑在改造之前，会被他用催眠方法洗去之前的记忆，只留下攻击性和忠诚。

而最初的能量，他活了三千年，凭借的都是那一团生命之火给他的力量。

如果有再多的生命之火就好了，或者如果能弄清楚生命之火的物质组成以及运行规律，是不是可以得到更强大的“飞头蛮”？

他和一些顶级的物理学家讨论过这个问题，他们都认为“这种力量根本不是我们这个空间应该存在的”——直到偷盗木乃伊的时候，遇见了胡依婷。

哈特谢普苏特曾说过，她来地球只是为了找寻一个伙伴，结果来错了时代。

他耐心地等待着，等了三千多年啊！终于让他等到了哈特谢普苏特的同乡！

之后又发现哈特谢普苏特的木乃伊被人调包，他再一次确定在龙城一定有股神秘的力量在干涉着这一切。结果他查到了什么？被外星人改造过身体的胡依婷，外星人的后代顾蒙亮，以及复活了的哈特谢普苏特。

安静地浮在营养液里的哈里看起来像一个婴儿。

涂先生将轮椅摇近了他，伸手触碰玻璃罩。手就这么陷了进去，整个人也沉浸在无尽包围他的液体中。

远远地，他看见了混沌中的一个蓝色的圆球，越来越近——他看到的是球形包裹着的……天空……

而华欣然安静地看着眼前的一切，涂先生看着哈里的样子已经完全凝固了一般。

“啊，您又去探望您的继母了啊。”她走过去看着涂先生失去焦点的眼神，脸朝着的是哈里的方向，她发觉似乎脸颊旁边有什么微小的东西在悬浮。

咦？苍蝇？研究所里怎么会有苍蝇？

她看着那小东西绕着她的头顶，飞到玻璃罩上，停留在那里。

三

依旧是空无一人的王宫，哈特谢普苏特坐在大殿之上，困惑地揉着额头。

好像有什么不对劲？

外面黄昏的晚霞是金色的，整个大殿都笼罩在一片柔和的金色光辉之中。

“母后。”英俊少年端着酒杯过来，“你是否要喝点酒助眠？”

“已经要休息了吗？”哈特谢普苏特疑惑地看着他，“这昼夜更替好像有点太快了点。”

图特摩斯把酒递给她。

“我很意外，你以前是不怎么肯亲近我的。”哈特谢普苏特接过酒杯，“当然我也不喜欢小孩子。”

——怎么我的用词怪怪的？

后面那句她说的是中文，她没有注意到自己的异样，但是图特摩斯眼里闪过了一丝异色。

虽然外星人的学习能力很强，但是图特摩斯还是感觉到了些许不安。

“宫殿里怎么没有侍女？”

“有啊，她们去忙了。”图特摩斯回头看看旁边的走廊，一队侍女的倩影排队走了过去。

他能把哈特谢普苏特困在这个意识空间里多久？

“母后，和我说说你们星球的事情吧。”他如此提议。

“我们星球的事情……”哈特谢普苏特悠然神往，“我们的生命形态和地球人完全不一样，没有物质的结构，或者说在很久以前，物质形态的我们已经被摧毁了。我们都是意识完全连在一起的一种高维生命体……直到有一个同伴脱离了控制，拿走了我们的一部分生命之火……”

“那个人是谁？”

“地球人给他取名叫西门豹。他是我们星球唯一掌握了‘物化’技术的人，他能在地球上造出一切物质形态，我们叫他‘师匠’。”哈特谢普苏特看着他，“他和地球人结合，生下了后代，他的后代来到我们的星球，把星球上搅得天翻地覆，造成了巨大的波动让星球分离，而我就是那个时候被分离的。”

“你要找到那个人？”

“是的，可是我找不到他，我来错了时代，来到距离他三千多年的地球。所以我必须等待，等待与他相遇的时刻。”

一只苍蝇嗡嗡嗡地靠近了哈特谢普苏特的脸颊，停留在了她的王冠上。

王宫里来了一只苍蝇，图特摩斯只是看了一眼，没有放在心上。

“他的后代你认识吗？”他继续问。

“认识。”哈特谢普苏特说。

“是谁？”图特摩斯问。

一只蝴蝶在哈特谢普苏特面前飞了过去。

这只色彩斑斓的蝴蝶引起了图特摩斯的注意：我有幻化出蝴蝶吗？这个王宫连造几个侍女都嫌费力，蝴蝶是怎么来的？

偌大的王宫，是按照图特摩斯的记忆复制出来的。

外面的晚霞，更迭频繁的黑夜白天，也是他复制出来的意识世界，因为是意识世界的东西，很多细节做得不如现实世界那么稳定，就像他不能精确到二十四小时一个昼夜，也不能复制出一个个有独立行动能力的生命。

对了，这里没有生命，苍蝇和蝴蝶也是生命之一，这不是他复制出来的。他可以迷惑对方复制出侍女的倩影，但是不可能复制出这些多余的昆虫来。

更多的蝴蝶从外面飞进来了，色彩斑斓，美丽极了。

哈特谢普苏特幽幽地说："你知道蝴蝶代表着什么吗？"

图特摩斯不安地看着她。

"中国人庄子这样描述，我怎么知道是蝴蝶在我的梦中，还是我在蝴蝶的梦中。对了，你听说过庄子吗？"

"听说过……"图特摩斯话未说完，手里端着的盘子突然从手中落了下去，快要坠地的时候，又在距离地面一厘米的地方悬空停住。

哈特谢普苏特若有所思地说："我很喜欢这个典故，所以我会在我创造出来的五维空间设置'蝴蝶'，来提醒和我一起战斗的小伙伴，到底哪边才是现实世界。"

蝴蝶翩然起舞，在大殿里飞翔。

"西门豹，你还不出来？"

王冠上的苍蝇突然飞了出去，在空中瞬间膨胀，变成一道银白色的光。待图特摩斯定睛看的时候，一个银色长发、穿着白袍的男青年悬在半空中，睡眼惺忪地睁开了眼睛。

"我找你找得好苦啊。"哈特谢普苏特站了起来，看着西门豹，"你到底去哪里了。"

"一言难尽。"西门豹看着自己的同类，"谢谢你把我解放了出来。"

"我不是已经控制了你的梦境了吗？"图特摩斯步步后退。

"你小时候就很喜欢听话只听一半。"哈特谢普苏特说，"我创造出来的五维空间，并不是你们单纯理解的'梦境'，它是和现实世界对应的一个'镜面世界'。它不但混杂了各种意识，还扭曲了空间和时间，会对现实世界有某种影响。这种技术只有'天庭星人'才能掌握，你们地球人乱用，会出乱子的。"

"在地球上你不该使用这种技术，会出乱子的。这是个'物化'的世界，意识应当是从属。"西门豹淡淡的语气中带着否定，"随便打开五维空间，出了岔子怎么办？"

"那我能怎么办！"哈特谢普苏特慢慢变成哈里的样子，不客气地瞪着西门豹，"我又没有物化的力量，降临在三千多年前的古埃及！寄生在人类的身体上！这是我自己研究之后，对地球影响最小，不会造成什么破坏的技术！不然怎么活到遇见你？"

"你太笨了。"西门豹直截了当的吐槽。

"别以为掌握了'师匠'的力量就这样嘲笑你的族人。我变成这样还不是你那个宝贝孙子害的！"哈里忍不住指着西门豹破口大骂。

"好了，先从这里出去吧。"

图特摩斯明白自己同时面对的是两个“天庭星人”，这种对峙没有任何胜算。但是在现实世界哈里还被控制在营养液里，一旦脱离就会变成木乃伊。他急急地往宫殿外面跑去，数不清的蝴蝶朝他潮水一般地飞过来。

“华欣然！”他一边跑一边挡住脸，无数的蝴蝶羽翼扑扇在他脸上，让他睁不开眼睛。

“华欣然！带我出去！”

哈里和西门豹两个人在身后看着他。

“出去怎么办？”西门豹看着哈里，“你不是还被囚禁在营养液里吗？”

“对了，你是怎么来的？”哈里突然想到了这个问题。

一道刺眼的白光从大殿外射进来，光芒瞬间吞没了大殿。

“对了。”在消失之前，西门豹不忘和哈里说，“我目前还是没有物质形态，出去后你还认得我吗？”

“烧成灰我都……”哈里的话还没说完，就消失在光芒中。

四

华欣然出神地看着那只苍蝇，然后发觉了不妥——这并不是一只普通的苍蝇，而是某种精密的金属物体。

她内心感觉到了不安，试图凑近了看，旁边的涂先生突然全身震颤起来。

“华欣然！”涂先生突然大叫一声，华欣然吓得赶紧半跪在他轮椅前：“您怎么了？”

涂先生猛然睁开眼睛，指挥华欣然：“快！快关上营养泵，换上强制睡眠系统，哈里没有完全受到控制！”

华欣然赶紧去关上营养泵的开关，她听到了玻璃上的碎裂声。

是那只苍蝇，或者说是长得像苍蝇一样的机器物品停留在玻璃那里，那个足可以防弹的玻璃罩子突然出现了裂痕！

“那苍蝇……”华欣然想把它打下来，但是已经晚了。那龟裂的速度越来越快，蓝色的强制入眠液体还没有充盈整个营养泵的时候，玻璃罩子已经全面龟裂。

华欣然跳起来一脚踢向那苍蝇的瞬间，玻璃全部粉碎，营养液扑面涌过来。

华欣然急忙用手挡在脸部闪到一边，涂先生也驾驶着轮椅急速后退，但是还是被浇了一脸。

哈里蜷缩在一堆玻璃碎片上，头顶上贴着的贴片一个一个地自动弹开。

啪。

啪。

啪。

他的头顶长出了细小的毛发，以肉眼的速度生长着，银色的头发根根竖立，就像春雨催生的竹笋一般。

“快，叫人进来！”涂先生按下了警报器。

从外面涌进来一群训练有素的警卫，纷纷把哈里架住，有穿白衣服的人进来给他的手上打强制麻醉药。

而苍蝇机停留在半空中，嗡——发出了超强声波震慑——所有人都捂着耳朵蹲在了地上，发出痛苦的呻吟。

“这边。”苍蝇机上传来似曾相识的声音。

这声音有点熟。涂先生捂着耳朵缩在轮椅上想着。

与此同时，超酷炫的兰博基尼风驰电掣地闯进了研究所一楼，撞碎了研究所的玻璃门。

顿时警报声大作，研究人员纷纷避让，穿着蓝色衣服的警卫手持半自动手枪冲了过来。

“砰！砰！砰！”子弹打在兰博基尼身上，没有留下一点痕迹。

“他们在地下室。”顾蒙亮戴着以前惯用的半遮挡眼罩，看着苍蝇机发送过来的信息，“西门豹在拖延时间，你争取快点过去。”

“好的！”胡依婷依旧穿着一身甜系洋装，只是她衣服下的身体全部包裹在一层贴身的黑色塑胶一样的紧身衣里，露在衣物外面的手臂和双腿都是黑色的，看起来特别酷。她背起一把长度约一米二的黑色长形布包，后腰挂上一把短刀，顺便把一把手枪拿在了手上。

“小心点，那身衣服只能防麻醉枪，不能防子弹。”顾蒙亮叮嘱她。

“西门豹大人在，简直是如有神助！”兰博基尼的车顶摊开，胡依婷被弹出来的瞬间在空中翻了个身，以极快的速度一脚踩在天花板然后弹到大厅的沙发后。

子弹瞬间把天花板打得跟马蜂窝一样。

“这些家伙竟然私藏枪支！”顾蒙亮狠狠地说，然后戴上了耳罩，打开了兰博基尼的车前盖。

说到私藏枪支，谁有能比得上西门豹呢？

兰博基尼的车前盖打开之后，警卫们都倒抽了口冷气——那是一架旋转连发重机枪。

他们还没有反应过来的时候，旋转重机枪已经开火了。

“哒哒哒哒哒哒！”

即便是改装过的兰博基尼，顾蒙亮也感觉到了巨大的后坐力，整个车子都在震动，他的上下牙床都本能地开始打架。

“杀这么多人，会不会出事啊？”他表示不忍。

“没关系的，这些人在户口上早已经是死亡人口。”西门豹的声音一如既往的，没有一丝感情。

这个人根本没有在上一次的“河神计划”里学到任何的人类感情啊！

顾蒙亮扶着额头，不想去看挡风玻璃前那些被扫射得体无完肤的尸体。

胡依婷感觉到对方火力消失了，才从沙发里抬起头来，但是抬头那一瞬间，突然面如菜色：“我的天。”

“我的天……”顾蒙亮也这么说。

因为，半空悬浮的全部都是……人头。

密密麻麻的人头，这些警卫全部都是“飞头蛮”。

“好恶心！好没有美感啊啊啊！”胡依婷惨叫道，“我要回到车里！”

“我现在不敢开车门。”顾蒙亮躲在车里瑟瑟发抖，因为那些“飞头蛮”此时死盯着的不是胡依婷，而是车子里的顾蒙亮。有几个还想用蛮力撞车窗玻璃，幸好车玻璃是特制的，没有被撞开，但是他早被吓得脸部扭曲了，“西门豹现在怎么办？”

“胡依婷下地下室，顾蒙亮在大厅吸引火力。”西门豹简短地吩咐道。

兰博基尼自动开始转了个弯，挡住了胡依婷。胡依婷咬牙举起手枪对着上方飞过来的一两个“飞头蛮”开枪，跟着兰博基尼缓慢的速度朝电梯移动。

“不要坐电梯，走楼梯。整个大楼的计算机系统现在连接的是胡江大脑，反应速度会很快！”

电梯立刻显示了“故障中”。

有一两个“飞头蛮”穿过兰博基尼的火力朝胡依婷冲过来，这刚好卡在了重机枪的死角。

胡依婷当机立断，咬牙举枪对着那两个“飞头蛮”开枪“砰砰砰！”然后一个都没打下来。

“真菜啊！”她吐槽着自己，顺手拔下背后的长柄，迎着迎面扑来的“飞头蛮”砍了下去。

长柄物体上的黑布破绽开，露出里面雪亮的锋芒！

唐刀！

——是西门豹临时从博物馆里调来的正品唐代陌刀，大唐制造，借过来的时候他还特意打磨了一次，因为“顺手调来”的时候没有找到刀鞘，所以很随意地用黑布加泡沫包裹着让胡依婷备用。

这个“备用”的武器显然比手枪更称手，胡依婷一脚踩在车后盖上，一刀劈下迎面飞来的“飞头蛮”，陌刀上的泡沫和黑布顺带被砍得七零八落，露出原本锋芒四射的真面目。

“胡依婷，我调个方向，你准备突破楼梯口。”西门豹下了指令。

“好的。”

兰博基尼突然用极快的速度甩尾掉头，站在车后盖的胡依婷想抠住某个地方固定，却发现这辆“第六元素”全身滑溜溜的根本没有东西可以抓，等她反应过来的时候整个人已经被甩了出去，重重地撞在了楼梯间门口，门口瞬间出现了一个大坑，手里的唐刀也撞了上去，弹在地上。

“没事吧！”顾蒙亮叫道，努力让声音透过车前盖的机枪轰鸣声。

“你觉得会没事吗……”胡依婷歪歪斜斜地爬了起来，第一反应就是去摸那把唐刀，这可是古董，临时借过来的，断了就麻烦了。

“快下来！”西门豹大声说，“我快撑不住了！超声波只能发送一次！”

不知道上面发生了什么事，胡依婷扯开已经被撕裂的裙摆，提着陌刀就往楼梯间冲了下去。

剩下的“飞头蛮”依然在空中恶狠狠看着顾蒙亮，车前盖的重机枪突然没有了声音。

“顾蒙亮，这边的事情接下来就交给你了。”西门豹的声音消失了。

“啥……交给我？”顾蒙亮额头流下一滴冷汗，“手……手控？”

问题是你车前盖的机枪操作系统在哪里啊？！在完全驾驶室看不到啊！西门豹你神经病啊！

本来是显示故障的电梯突然恢复了正常，电梯门打开，那些剩余的“飞头蛮”无视顾蒙亮，涌了过去。顾蒙亮突然想起它们是要追胡依婷，便赶紧开车过去撞那个电梯门，试图破坏它们的进程。

但是在人头飞舞的电梯门里，走出来一个人，让他一脚踩住了刹车，整个人由于惯性朝前飞去，被安全带死死勒住。

——是华欣然。

华欣然穿着漂亮的白色洋装，对着车子咧开嘴笑了：“下午好，我的新郎。”她身后拖着把MP5，看起来和她纤细的外表一点都不相配。

“你来干什么？”顾蒙亮眼睁睁看着那些人头上了电梯，直降到地下层。

华欣然一脚踢开地上那些挡路的人头，它们被打得血肉模糊，但是头部的机械装置还发出咔哒咔哒的声音。

整个空气安静了下来。

千疮百孔的大厅，残余的灯泡发出忽明忽暗的光芒，前台已经一片混乱，地上都是没有头的尸体，还混着一些被打落的头颅。一身白裙的新娘提着冲锋枪注视着躲在车里的新郎，那辆“第六元素”的车身早已伤痕累累，车前盖还是掀开的，露出狰狞的重机枪，枪口还冒着白烟，仿佛刚刚啃食过万千猎物的怪兽之口。

这个场面过于诡异，顾蒙亮几乎要怀疑自己还在梦中。

一想到“梦”，整个场景有一秒的扭曲，一只蝴蝶在大厅中央悄无声息地飞了过去。

“顾蒙亮，Hold住。”西门豹的声音从耳塞里传出来，“你是唯一一个不能失去理智的人。”

“是。”他吞了口口水，回应西门豹的声音有点干涩，“你那边怎么样？”

“不太好，哈里没有恢复意识，变干尸了。”

五

“飞头蛮”的头部运动能力非常强，后期还经过战斗强化，大脑中枢部位没有被完全破坏的话，它们依然有进攻意识，所以顾蒙亮之前打了这么久，还是有漏网之鱼追上了胡依婷。

胡依婷刚刚跑到地下室，电梯门就打开了。

所幸电梯门打开需要时间，她从裙子口袋里拿出一张面罩，罩住了头部。她今天晚上梳的是一个高高的马尾，为的也是方便戴这玩意儿。

整张脸都被紧绷绷的面罩护住了，她瞬间有点喘不过气来：“啊，要死的感觉。”

西门豹临时赶制出来的防卫软甲，质量能做到这个地步已经不错了。

电梯门打开之后，在黑暗的光线中，十几个“飞头蛮”涌了出来，悬浮在空中，看着手持陌刀，脸上包括手脚都一片漆黑的少女。

他们的脖子和嘴角都闪耀着锋利的刀片，露出森森白牙，眼睛里充满了嗜血的神情，悬浮空中，整个场面让人仿佛置身地狱。只是没有声音，但无声的地狱更让人胆战。要面对这一群魔鬼，只是喜欢漂亮衣服和哭鼻子的普通少女可不行。

可是死过一回的胡依婷，早就不是普通的少女。她经历过死亡的恐惧，在黄泉之路上徘徊，即便平时是欢乐逗比的痴汉少女，那也是因为她能跟在顾总身后。

表面上看，胡依婷是高富帅顾蒙亮的粉丝，但其实只有在顾蒙亮身边，她才能忘记当初被死亡威胁的恐惧，知道自己是安全的。

此时此刻，顾蒙亮不在身边，西门豹也保护不了她，她再一次面对着死亡的威胁。这种再度来临的恐惧感，让她几乎窒息。

喘不过气来啊……一定只是面罩的原因。

少女大腿上绑着枪套，腰上横着刀鞘，手上的陌刀更是闪出雪亮的光芒。

“飞头蛮”嘴角的刀片在闪闪发光，脖子部分的项圈上也伸出了一圈刀片。胡依婷的双眼在面罩之下也显出毫不退让的眼神。

——退让就死，这个我知道。

和“飞头蛮”拼的其实就是速度。

胡依婷突然飞身跃起双手握住陌刀朝十二点钟方向的一个人头砍了下去。

那些悬浮的“飞头蛮”顿时变换了队形，四下闪开开始对胡依婷展开攻击。

陌刀直砍落空，她反手横劈，刀身迎上对方的刀片，火光四射。原来那些薄如蝉翼削铁如泥的刀片，居然只是和一千多年前的兵器打了个平手。

西门豹选的武器，自然是为了克制对方的特制兵器。

“我特意强化了。”把陌刀交给胡依婷的时候，西门豹这样安慰她，“这把陌刀很特殊。”

她的脚腕突然一阵疼痛，低头一看，一个“飞头蛮”掠过了她的脚边。她忍不住单膝跪下。

又想用这种方法，还好现在有护甲保护……这时候另外一个“飞头蛮”贴着地面又向她另外一只脚掠了过来。

她反手一刀，没有刺中。

刀片依旧在转动，在掠过刀锋时摩擦出火星来。

她费力地把刀拔了出来。

身上穿的这身黑色紧身衣，是西门豹用极细的金属合金丝制成的，护住了她的全身上下，为的就是防止刀片直接穿透她的身体。但是这些合金毕竟是地球上原有的材料，制作周期又很短，所以上身之后的体验并不是很好，衣服非常紧不说，关节处还不好活动，极大地限制了胡依婷的行动能力。

所以原本速度和力量超乎常人的胡依婷，被牢牢困在这件紧身衣里，目前最多只能用百分之三十的力量和速度和这些人战斗。就仿佛是一辆静止加速只需要二点五秒的布加迪威龙，突然变成了一辆二手小奥拓。

与这种要以速度见长的“飞头蛮”战斗起来，是很吃力，不过好在，这里空间狭小，跟之前的旷野之战不一样。

走廊这么狭小的地方，“飞头蛮”的飞行速度受到了极大的限制，胡依婷的长刀发挥了作用，她横劈，直刺，斜砍，把在小空间里捉襟见肘的“飞头蛮”逼到步步后退。

人头目前只剩下十一个，大概是这座大楼最后的战力了吧。

胡依婷占据着走廊的优势，死死盯着它们。

这些“飞头蛮”没有声带，不能说话，但是瞪着她的眼神全是怒火，如果可以说话的话，胡依婷此时一定会被各种咒骂声音淹没。

有紧身衣的保护，它们伤害不了胡依婷。

但是也因为紧身衣的束缚，胡依婷不能赶上它们的速度，行动就像一个小孩在赶苍蝇一般。

胡依婷气喘吁吁地举着陌刀，忍不住往最前面的那颗“飞头蛮”的方向吐了口唾沫。

——“呸！”

六

“你应该不记得，小时候患了自闭症的事情吧。”华欣然举着MP5对着顾蒙亮，“你一点都不记得我的事情了吧？”

“我不记得了。”顾蒙亮很诚实地回答。

兰博基尼的重机枪缓缓地举了起来，对准了华欣然。

“西门豹！等一下！”顾蒙亮还来不及开口，旋转重机枪已经对着华欣然开枪了——“哒哒哒！”“哒哒哒！”

华欣然的手都来不及扣动扳机，身上已经被打出无数的弹孔。

“西门豹！”顾蒙亮对着耳机怒吼。

“不打她，她就会打你了。”西门豹的声音依旧没有感情。

华欣然的身体慢慢倒了下去。

大厅安静了。

顾蒙亮急忙打开车门，朝满身是血的华欣然冲了过去。这一幕严重地刺激了他，华欣然倒下的样子让他想起了一些模模糊糊的事。

小时候他是在疗养院里待过的……

他是心理有问题的孩子……

为什么不记得了呢？

他跌跌撞撞地跑过去，抱起华欣然，却发现华欣然的身体都是血，雪白的洋装被染红，而她的头……不见了。

“在你上面。”西门豹的声音提醒他。

他抬头看，看见华欣然的人头悬浮在他的头顶上空，低下头看着他。她的长发垂落下来，看着十分诡异可怖。

“她是研究所‘飞头蛮’的最初版本！”西门豹回答说，“快躲到车子里去！”

但是顾蒙亮已经惊呆了，双腿完全不能动弹。

苍蝇机停留在顾蒙亮和华欣然中间，仿佛在阻止着她的凝视。

——顾蒙亮！如果我还活着，你要记得找到我，永远都不分开！

记忆深处突然有这样一个声音。

而头顶吊着的华欣然仍死死地盯着他，仿佛在问他：想起来了吗？

顾蒙亮捂着头：“对不起，我真的想不起来了。”

华欣然的人头显露出异常凄厉的表情，朝着顾蒙亮冲了下来，脖子上戴着锋利的刀片。

车前盖全部被弹开，重机枪九十度调头，抬起朝天的角度朝华欣然疯狂扫射起来。

“不要！”顾蒙亮滚到车子旁边，心里不愿意看见华欣然被打死。

一排排的子弹壳弹落在大理石地板上，有些飞溅到顾蒙亮身上，很疼。这子弹打在她身上更疼吧？

“你要是想不起她，她就会死，要不自爆，要不被你杀死。”大厅里传来了胡江冷峻的声音。

“这个系统是直接连接人脑，我黑不进去。”西门豹的声音从耳机里传来，“我们必须去楼顶关了这栋大楼的系统，不然那些‘飞头蛮’会启动大脑自爆装置，整栋楼都会被炸掉。”

“他们不是死了吗？”顾蒙亮看着一地的尸体。

“他们的生命体征完全消失之后，就会启动自爆装置，警察局里、医院里都曾有过，你应该听说过。这栋楼还有很多半成品，整个自爆装置是联网的！涂先生正在让连接胡江大脑的系统试图分离出哈里身上的生命之火。”

“你倒是阻止他啊！”

“我说过了，无法入侵直接连接人脑的系统，人脑的领域是我的禁区。”西门豹说，“加上你有危险，我就过来了。”

“什么鬼？！”顾蒙亮瞪着头上的苍蝇机，原来只有一台苍蝇机吗？！那哈里是和涂先生待在一起？他恢复意识了吗？

“他脱离了营养泵，恢复了木乃伊状态。”西门豹坦诚相告。

“What？”顾蒙亮怪叫。

“所以楼下我们要靠胡依婷，楼上要靠你了。”西门豹说。

“什么？胡依婷单挑这么多‘飞头蛮’？她当时面对两个的时候都直接被打残废了啊！”顾蒙亮大喊。

“我经过计算的，她还是有胜算的。”西门豹说。

“多少胜算？”

“百分之二三十吧。”西门豹说。

“你！”

胡依婷闪入了走廊旁边的厕所，关上了门。这种狭小的地方对“飞头蛮”来说是最不利的，没有飞翔空间，他们最多只能在墙壁和地上滚来滚去。

胡依婷咬牙拉开了腰间的拉链。

百分之二三十，指的是她穿着这身铠甲和敌人战斗的获胜几率。这种情况下敌人的刀片对她来说无效，但是她也无法做出有效进攻。

身上的这身软甲已经有好多处割痕，有些地方已经开始有金属跳丝了。那些刀片是被超合金强化过的，普通的金属最多只能暂时抵御它们，她的手腕脚腕上面伤痕累累，被割中还是很疼。

她扯下了防甲，把贴身的这一层沉重的金属衣服剥了下来，穿着已经破破烂烂的洋装。

她拿起放在水槽上的刀，重新整理了腰后的另外一把刀，再把枪套戴到大腿上。

门缝那里有好几双眼睛偷看着，从上到下排列。外面的人头就这样警惕地看着胡依婷的举动。胡依婷突然拿起了手枪对着门开枪！

“你们这种猥琐的家伙真的很恶心啊！”

砰砰砰！

外面有人头落地的声音，她稍微后退几步，突然纵身往前冲，一脚踹开了门。

整扇门飞了出去，带着黏在上面的几个人头。

胡依婷挥舞着陌刀先冲着天花板附近停留的那个“飞头蛮”冲了过去，以迅雷不及掩耳之势刺中了它的眼睛，再挑着它往后横扫，直接砍中了想偷袭的另外一个“飞头蛮”！

令人心惊胆战的速度!

她仿佛换了一个人一般，用刀比之前更灵活，那把千年宝刀如今才真正在她手上展现了威力，在黑暗狭小的走廊中银光炸裂，留下无数重影。

穿着防甲并不是为了防止进攻，而是让胡依婷适应对方的进攻模式，以及适应用刀的手法。

在只有百分之三十的速度下，胡依婷用肉身抗住了对方的进攻，渐渐熟悉了进攻模式，脱掉防甲的她，就像打开了恶魔的封印一般。

此刻她就是恶魔!

十秒。

十秒的时间，她一脚踩在人头上，把刀从最后一个“飞头蛮”的脑袋里拔出来。

“飞头蛮”的眼睛睁得大大的，不知道还能不能看见她。

“怎么样！还有谁！”胡依婷怒吼着，用手中的陌刀拍打着地下室的门口，一下，两下，三下，越拍越用力。

突然觉得自己太厉害了!

没有人回应，只有陌刀，应声而断。

“……”她举着断了的刀身，愣愣地看着。

不是说削铁如泥吗？要……要赔的吗?

七

顾蒙亮跟着苍蝇机往楼上跑。

整间大楼的正常人都跑得差不多了，空荡荡的如同鬼域。

“拿好你的武器，你是肉身在和这栋楼的人脑计算机系统战斗。”西门豹提醒他。

一只蝴蝶紧随其后，顾蒙亮注意到了它：“西门豹……”

“别看它。”西门豹沉声说。

蝴蝶飞过后，二楼的楼梯间突然打开，一大群实验中的白鼠叽叽喳喳冲了出来。

“这是什么？”顾蒙亮看着这些无辜的小东西，它们都本能沿着他的脚步往上爬，叽叽喳喳的，似乎非常慌乱，又好像有什么东西在催促它们。

“快跑！顾蒙亮！”西门豹大喊，顾蒙亮本能往三楼跑，身后突然就传来了爆炸声。

脚下一阵震动，顾蒙亮吓得站住回头一看，后面一大片楼梯全部被炸空了。

二楼和三楼的楼梯突然无端端坍陷了一大半，顾蒙亮身后突然悬空，他吓得赶紧往上狂奔。

“胡江在试图引爆小型炸弹，炸掉楼梯间，让你上不去。这些都是实验室里用来研究液体炸药的动物。你快跑，只要把整个服务器关了就没事了！”

“就不能直接切断电源吗？！”顾蒙亮跌跌撞撞往上爬，旁边的扶手都七零八落，又有新的小动物成群结队从实验室里涌出来，朝楼梯这边跑来。

“他们有备用的电源，你主要是关掉连接胡江大脑的设备就好了！”

整栋实验大楼都乱套了，身上有爆炸装置的小白鼠被放出来，被各种特定的声波信号指引着往楼梯间涌过来，就是为了断绝顾蒙亮上楼的道路。小白鼠们身上的炸药威力有限，但是几百只小白鼠集合在一起还是很可怕的。它们绕过顾蒙亮，齐齐涌向三楼楼梯，聚集在那一处，看来胡江打算在顾蒙亮眼前生生地把三楼楼梯炸掉。

苍蝇机绕过了摇摇欲坠的楼梯，停在三楼楼梯间，面对着那些蠢蠢欲动要冲上来的鼠群释放干扰信号。鼠群有片刻的迟疑，停留在楼梯上，有些开始往回走。

顾蒙亮赶紧往上冲，但是那只色彩斑斓的蝴蝶又不知道从哪里飞出来，在他面前飞着。

又是爆炸声。楼梯被炸掉了一大半，有些地方只剩下一小截，顾蒙亮必须像攀岩一样扶着墙壁踩着那小小的凸起走上去。

“快跑！”西门豹鼓励他。

顾蒙亮打开了四楼的门，迎面而来的却是一条长长的走廊。

一个穿着粉色连衣裙的十一二岁左右的小女孩，抱着娃娃站在雪白的灯光下，抬头看他。

“顾蒙亮，你来了。”

顾蒙亮惊住，这……这是哪里？四楼？为什么小女孩身后的走廊长得似乎没有尽头？为什么左右的房间都紧闭，看起来却有一股似曾相识的感觉。

“我是华欣然，你不记得了吗？”小女孩对他甜甜地笑了。

八

胡依婷冲向地下室的实验大厅，一脚踹开门，看见已经是木乃伊的哈里躺在地上，旁边一地碎玻璃渣，还有一摊摊的营养液。涂先生坐在轮椅上，手上玩着一个打火机。

“别乱动，小姑娘，木乃伊状态很脆弱。”涂先生打着打火机，“烧了他就恢复不了原状了。”

拿着枪的胡依婷慢慢放下了枪，心里在盘算着突然袭击能从涂先生手里抢到打火机的概率多大。

她抽了抽鼻子，灵敏的嗅觉并没有从木乃伊身上闻到类似汽油的易燃物质。

“傻孩子，我怎么会用打火机点燃汽油这种粗暴的手法呢？”涂先生拿出根雪茄，用打火机点燃后，深深吸了一口，把打火机放了回去。

他轻轻拍了拍自己的轮椅：“爆炸系统和轮椅连在一起的，只要我有什么异动，他身上的炸药就会爆炸。

“什么炸药？哪里炸药？”

“液体炸药，给他身体植入的。”涂先生略感疲倦地指了指滚落在木乃伊身边的大型注射器，还有手术刀等，“把他养在营养泵里就给他做了个小手术，毕竟好不容易抢到手，很怕被你们抢回去。”

“哈里不是你的私人物品！他是人！”胡依婷怒斥道。

“他平时也不就是像个物品一样被你背来背去的吗？”涂先生若有所思品尝着雪茄，“平时在外面被警察捡到，不也是作为‘顾蒙亮先生私人收藏物品’还回去吗？被顾蒙亮收藏和被我收藏有什么不同？”

胡依婷气得说不出话，指着他说：“我们把哈里当朋友看！我们尊重他！不像你，违背他的意志这样作践他！”

“他的意志？”涂先生戏谑地笑了，“他要你陪他来上海，你知道他的目的吗？他就是为了找我，找到我身上的生命之火。我找他，也是为了生命之火。只有生命之火完整以后，才能真正拥有永生的力量。某种意义上，我们的愿望是一致的。你呢？你这样帮他，知道他的真正目的吗？”

胡依婷愣住，之前哈里让她偷偷陪他来上海，为的是查找涂先生的线索。他说“涂先生说不定和我们‘天庭星’有点关系，说不定能找到西门豹的下落”，结果只是为了找生命之火？

涂先生笑了：“是不是感觉被欺骗了？哈里在古代是法老，你没有当过王者，不知道这个位置上的人根本无视普通人的感情和内心的小愿望。接近神的人和你们这种凡人的思维是不一样的。”

胡依婷的手拧成一团，看着台子上的木乃伊，突然大声说：“我不管！哈里怎么想不重要，反正我是把他当作朋友的！”

地板突然晃动，一只蝴蝶飞了过来，飞过了他们的眼前。

胡依婷看见了蝴蝶，突然心里有一种极度不安的感觉。涂先生看着她说：“你也发现了吧？这里并非现实。”

整间屋子开始扭动了。

胡依婷忍不住蹲了下去，顿时感觉到头痛欲裂。

这里不是现实……你是不是也忘记了？涂先生问她。

九

一地的水晶灯残片。精美的艺术藏品七零八落。地上横七竖八躺着衣着精致的宾客，小朋友手上还举着手机，手机画面是静止的。

哈里静静躺在涂先生面前，涂先生两眼紧闭。不远处是同样安睡的华欣然和胡依婷，两个人还是对峙的样子。顾蒙亮一个人躺在二楼的室内小露台上，身上穿着订婚用的礼服。

整所公馆都笼罩在一片死一样的寂静中，墙上的钟表也停止了摆动。

从订婚开始，他们就没离开过这里。

哈里打开了五维空间，涂先生以为将他永久困在了古埃及的回忆里，谁知道自己都从来没苏醒过。

作为“天庭星人”，哈里真正的力量，这才展现出来。实在太可怕了！

公馆外面拉着警戒线。

警车团团围住了公馆。启元皱眉看着公馆，微风到那里似乎都停止了吹动，一片树叶在屋顶落下的时候，也静止了。

“我怎么感觉有点不对劲。”警察看着表，“里面到底发生了什么？自从你放了那只狗进去，似乎什么声响都没有了。”

“他们在战斗。”一个一身劲装的女生盯着里面说，如果看得再仔细一点，就会发现，她就是默默消失在大众视野里的偶像启元，“这不是一般的战斗，他们在哈里打开的属于意识的五维空间，连上顾蒙亮的意志构筑的世界里战斗，外层还加上了永生丸的时间控制能力。”

“我完全听不懂，如果再过半小时他们还没有动静，我就要进去了。”警察说。

“你这样强制进入，里面的人可能都会永远醒不过来了。”启元说，“他们的意识都被哈里的世界吸收了，这么强大的力量，如果被贸然破坏，所有的人都会永远迷失在异次元空间的尽头。”

“听起来像漫画，但是看这个情形的确不一般。”警察看着警灯闪亮的速度渐渐减慢，忍不住打了个呵欠，“我怎么有点困呢。”

其实，他旁边的警察和调集来的特种部队的人都在打呵欠，有的人甚至已经歪着身体，进入了梦乡。

启元从裤子侧面的口袋里掏出一个针管，往自己的手臂打入了强力提神剂。她全身一阵震颤，极力抵制着睡眠的诱惑。

她必须要守护这个公馆，保证哈里、顾蒙亮和胡依婷能平安从那个世界中回来。

不远处传来了尖利的刹车声，碰撞声。

她骤然回头，看来哈里已经控制不住自己的力量了，大家的意识逐渐被哈里的世界吞没，整座上海说不定都会成为永久的沉睡之城。

开始下雨了，这个季节不应该有这么大的雨。

这座城市仿佛在雨水中开始沉睡了。

开着车的司机打着呵欠，正在收银的小妹眼皮沉重，还在吵架的情侣突然头靠头睡去。

时间也开始变得慢起来，雨水在空中掉落的速度越来越慢，违背了重力。

上海马上就要被卷进一个扭曲的时空里去了。

启元咬牙从裤袋里拿出两支提神剂，再次给自己注射。不能睡！坚决不能睡！她看着注射器里的液体凝固了一般，怎么也按不下去，连气压都开始违背了物理学，一切变得无法控制。

她艰难地迈开步子，往公馆里走去，但是就像在梦里的情形一般，怎么也控制不好自己的双腿，很难迈出步伐。

这到底哪边才是梦境，哪边才是现实?

启元感觉自己已经快站不住了，但是她要履行自己的职责，作为团队里最后一道安全线，她要走进去，唤醒他们!

十

“你是……华欣然？”蝴蝶上下飞舞，顾蒙亮站在小女孩的面前，蹲下身子。

“顾蒙亮，你小时候就是个不会笑不会哭的孩子，”小姑娘状态的华欣然看着他，温柔地笑，“我把微笑和泪水的能力给了你，你却忘了我。”

顾蒙亮有一瞬间的迷茫，伸手去触碰小姑娘的手。小姑娘的手小小的，放在手心有一股凉意。

“我跟医生说，每天对你笑十下，笑够一百天，你就可以得到一千个微笑了，得到一千个微笑，你总会对我笑的吧。”华欣然的小手摸上顾蒙亮的脸，拭去他不知不觉滚落的泪水，“你看你现在又会哭，又会笑，还懂得心痛和担忧，你原本是个有缺陷的外星人作品，现在完整了。”

苍蝇机在后面着急地发出声音：“顾蒙亮！别看她！那是华欣然的记忆！别看她！”

但是顾蒙亮的耳机里静悄悄的，声音仿佛被阻隔了。

苍蝇机情急之下朝顾蒙亮冲过去，左右墙壁突然射出的激光击落了它，冒着黑烟落在地上。

胡江的声音响了起来：“既然是在意识的世界里，我想做什么都可以，对吧。”

苍蝇机不声不响落在地上，四分五裂。

胡江的声音渐渐变成了涂先生的声音：“我差点被你们骗了，真正的我，一直都在订婚现场，没有离开过。哈特谢普苏特，你够厉害的啊，居然神不知鬼不觉设了个这么大的局面。”

整栋楼回响着涂先生的声音：“你就那么想取回你的生命之火吗？”

胡依婷单膝跪下，整个实验室似乎有巨大的气压压得她喘不过气来。对面的涂先生大声呵斥着，不知道是在对沉睡的哈里说话，还是在对着这个世界所有的人说话。

顾蒙亮这边倒是出奇的平静，所有的惊涛骇浪都阻隔在了这个长长的走廊之外。

这个走廊没有尽头，安静得能听见自己心跳的声音。他流着眼泪看着这个小女孩，伸手去拉她的手，但是她的手突然在他手上枯萎着，变成了干尸一样的手。

顾蒙亮吓得一屁股坐在地上，赶紧甩开她的手。

小姑娘看着他，眼睛里带着泪水：“害怕吗？我患了一种罕见的全身肌肉萎缩症，你还记得吗？医生说治不好了，我会慢慢瘫痪在床上，变成一个废人，即便那样我还是可以和你微笑的，你不记得了吗？”

顾蒙亮看着她，一片茫然，但是不知为何有一股强烈的情绪冲击着内心，他的眼泪一直流个不停。但就是想不起来啊！

“完全记不得了？连我的微笑也记不得了？”华欣然双腿突然萎缩了下去，整个人在地上坐下，裙子罩住了小小的身体。

苍蝇机滚落在地上的残骸渐渐风化，扬起一阵小小的尘埃，那些晶体在空中摆动，空气开始湿润起来。

下雨了。

室内居然下起了蒙蒙细雨。

苍蝇机残骸里冒起雾气。

在雨中，一个人形若隐若现。

——顾蒙亮，快别看她。

水中的人形朝顾蒙亮伸出了手。

但是顾蒙亮茫然不觉。

整栋大楼都开始下雨，雨水并不是来自于外界。二楼动物实验室的小老鼠们被雨淋湿，发出了吱吱吱的叫声，一直被信号驱使着往前疾冲的脚步渐渐停止。它们仰面看着天花板，那里不停地飘落着雨丝。

而且雨丝速度越来越慢。

时间变慢了。

涂先生仰面看着天花板，雨水打湿了他手上的雪茄。

“梦境真是有趣，室内都能下雨。”

“这不是下雨。”胡依婷慢慢站直了身子，抹了一把脸上的水汽，水珠被她甩到半空中，在空中像失去重力一般停住了，“这是时间静止了。”

“哦？”

“这也不是梦境，哈里建造的五维空间并不是虚幻的世界，”她拔出了腰后的陌刀，“这个空间，和现实是对应的，它就是一个时空平行、交织着人们的意识和回忆的混乱的世界，你在的这个世界就是由你们每个人的意识连接起来的。”

“你想干什么？”涂先生盯着她手上的刀，这种唐刀更类似于某种加长的匕首，造型古朴，适合贴身防卫，“别忘了他身上有我装的炸药。”

“我选择相信哈里，活了几千年的身体不会被你这样任意摆布。”胡依婷朝涂先生冲了过去。

也许是因为时间被减缓了，她冲过去的速度就像电影的慢动作一样，非常缓慢，她甚至感觉到手脚有点不受控制，她必须用意志力努力控制着自己手握兵器的方向。这种感觉就像是在梦里长跑，腿都抬不起来。

——哈里的五维空间，加上西门豹的永生丸时间控制，叠加的时空，叠加的秩序混乱。

“别忘记这栋楼都是我控制的。”涂先生冷笑，“‘胡江’的角色在我这里是我的意志。”

控制台突然被连根拔起，朝胡依婷砸过来，速度比胡依婷的动作更快。

胡依婷躲闪不及，只能伸手硬生生挡住了一人高的控制台的攻击，整个人被推后，一直推到墙壁，被压在那里。

雨一直下，水珠在空中滑落的速度越来越慢。

“这个时空会完全固化的，你们就别想出去了。”哈里的声音响了起来，他的身体慢慢升了起来，皮肤开始慢慢恢复弹性。

在这种时候苏醒？

涂先生盯着他。

这不可能！之前已经断了他的营养泵，他不可能这个时候苏醒！

哈里睁开了眼睛，琥珀色的眼睛，颜色和西门豹如出一辙。他从地上慢慢爬起来，雨水落在他身上，不停旋转，最后形成了高贵的白色织锦。

是法老的衣服，穿着白色长袍的，男性的法老，不是古代那个戴着面具的女王。

“液体炸弹什么的，对木乃伊有用吗？”哈里盯着涂先生，眼里似乎有某种悲悯，这种眼神是以前在法老的王位上不曾见过的，“我要拿回我的生命之火了哦，图特摩斯。”

涂先生抬头看着哈里，慢慢地说：“几千年了，最后还是你赢了。”

哈里走近他，涂先生想反抗，但是在轮椅上完全不能动弹，他抬头看着哈里：“什么都是你最强！你就是我一辈子要翻越的高峰！即便是称霸那片大陆，我依然不能忘却小时候你给我的压迫感！我恨你！”

哈里看着他，眼睛的悲悯更甚：“你做得比我更好，为什么要恨我？”

“我就是恨你！”涂先生感觉到体内的那股生命之火终于开始响应着哈里的呼唤，不由自主在抽离他的身体，往哈里那边飞去。他的身体开始失去知觉，他的大脑开始运行缓慢。大脑的寿命就算比身体更长，但是也扛不住几千年的岁月啊。

涂先生张着嘴，说的话开始模糊，声音在空中传播的速度开始减慢。

“谢谢你啊，西门豹，把我强制唤醒了。”哈里抬头对着缓缓掉落的雨滴说，“去照顾顾蒙亮吧。”

涂先生的脸开始不断地老化，他睁大眼睛看着哈里，张着嘴说不出话来。

“瑞内博，”哈里凑近他的脸，让努力剥离他身体的生命之火和自己融为一体，“你这么不甘心吗？”

涂先生的目眦尽裂，眼里不断涌现出泪水。

胡依婷艰难地推开把她砸得鼻青脸肿的控制台，狼狈地从缝隙里爬出来看着这一对关系微妙的母子？（父子？）

让我……再看一眼你……

涂先生的身体开始渐渐破碎。

哈里盯着他，脸上的轮廓突然发生了变化，那一瞬间，他似乎又变成了美艳女法老哈特谢普苏特。

“生命之火，当初是我故意让你偷的。如果我不愿意，谁能从我手上偷走东西呢？瑞内博，你当时太小，我不放心你，谁知道后面会扯出这么多事。”哈特谢普苏特伸手托住渐渐要支离破碎的涂先生的脸，一字一句地说着，“是我主动让你偷走的，现在我拿回来，不要不甘心，知道吗？”

涂先生突然笑了，那一瞬间，似乎他也变成了那个少年王子。

而此刻，他在哈里手上完全风化掉了。

整栋大楼开始逐渐崩溃，涂先生的意识要完全消失了。

“他的大脑也要正式死亡了吗？”胡依婷爬起来，艰难地靠近哈里。

哈里的眼中不断有泪水落下。

为什么会哭？法老王不应该流泪……他睁大眼睛看着空空如也的手，好像永久性地失去了某些东西。

“他最后好像说的是谢谢。”胡依婷说。

哈里看着自己的手，一直在控制不住的颤抖。

他永远失去他了，失去瑞内博了。那个一直记着他，活了几千年都要找他的孩子。他要的真的是生命之火吗？他一瞬间不确定了。

“我觉得最后是他心甘情愿把生命之火还给你的，他的表情一点都不像恨你的样子呢。”胡依婷说，“毕竟他是你养大的，中国话说，养恩大于生恩嘛。”

哈里的泪水不断地流下，完全控制不住地往下流。他背对着胡依婷，胡依婷看不清他的表情，所以她不知道法老王哭得有多么伤心。但是她知道涂先生走的时候，内心是多么高兴，那个心狠手辣的中年人就好像一个别扭的孩子，长久以来的心结得到了释然。

十一

雨滴不断落下，顾蒙亮看着眼前的小女孩，完全想不起以前的事情 ，一点办法都没有。他鼓起勇气，试图抱起看起来已经奄奄一息的华欣然。

“你还是想不起我吗？”华欣然痛苦地看着他，“我的爱在你这里注定永远得不到回响了是吗？我注定要在别人身上找寻那破碎的希望是吗？我要找和顾蒙亮相似的眼睛，和顾蒙亮相似的笑容，然后假装顾蒙亮想起了我是吗？”

顾蒙亮泪流满面，他完全能感受这个女孩的痛苦，但是真的完全想不起和她有关的一切。

也许我真的是一个有情感缺陷的人？自闭到完全想不起你的地步？

华欣然的裙子里突然长出狰狞的触手，她变成了一个怪物，紧紧箍住了顾蒙亮："想不起来你就去死吧！永远困在这个空间里吧！"

顾蒙亮的身后是在雨中若隐若现的西门豹，他张开双手支撑着这个破碎的空间，这座摇摇欲坠的大楼。涂先生的意识完全消失后，这栋大楼就完全崩溃了，这个空间也将会凝固、压缩，而作为空间"载体"的顾蒙亮，已经陷入了完全的混乱中，他们这些人都会出不去了！

哈里抱着胡依婷从地下室悬空浮起，穿过已经空空荡荡的楼梯间，飞上了四楼，停留在西门豹身边。

这个空间已经秩序混乱了。

唯一奇特的就是顾蒙亮所在的那个长长的走廊，似乎是完全隔绝外界的。西门豹完全进不去，他的呼唤也到达不了顾蒙亮那边。

"天啊顾总！"胡依婷惊叫，"华欣然变成个大怪物了！"

触手系怪物箍住顾蒙亮的样子非常可怖，虽然上半身还是个小女孩，但是裙子下那些触手已经把顾蒙亮牢牢控制住。他背对着他们，看不清他的表情。

"涂先生不是死了吗？！这个女孩怨念这么大，居然能开出这样的招？"胡依婷松开搂着的哈里脖子的手，想冲过去，但是被无形的屏障隔绝了。

"这不是华欣然隔绝出来的空间。"哈里沉着说，"而是顾蒙亮隔绝出来的。他的内心有一块地方是完全封闭的，这个我也没有料到，我一直很喜欢拿他作为我的空间'载体'，因为觉得他的意识很稳定，谁知道竟然藏着这么一个任何人都进入不了的地方！"

"难道他小时候真的有过情感缺失症？华欣然真的在疗养院看见过他？"

"难说。他毕竟是西门豹造出来的孩子，有些地球人应该有的东西他可能没有？"哈里看了一眼已经逐渐恢复实体形态的西门豹，他的银色长发在雨中翩然飘起，看起来在全神贯注支撑着这个破碎的空间，"我就不同了，我是直接结合地球人的胚胎而生的外星人，我没有这种BUG。"

"但你会突然变成干尸沉睡的。"胡依婷不准他吐槽西门豹大人，"你的BUG更多，不男不女的人妖。"

"抓住最后的机会嘲讽我吧，我们很快都要永远困在这里了。"哈里盯着不断涌现出来的触手说，“除非顾蒙亮能从那个自我困住的意识里出来。”

雨水下落的速度越来越慢了，几乎要在空中凝固了。

整个空间似乎有一阵震动，这种震动不是爆炸引起的，而是整个世界都像起了褶皱一般，一波一波往前涌动。

——启元终于步履艰难地在公馆里找到了顾蒙亮，费力地从口袋里抽出提神剂，对准顾蒙亮的脖子扎了下去。

时空凝固像瘟疫一样不断从这里蔓延出去，药水在针管里就是压不下去。

顾蒙亮如果不苏醒，这里所有人都醒不来。

启元急得眼泪都要冒出来，可是她的泪水在眼眶里凝固了一般，视线开始模糊。她感觉自己的手也动不了了，自己的意识也在慢慢地消失，她也要陷入沉睡了。

顾蒙亮！

顾蒙亮！求求你醒过来！

顾蒙亮漂亮的眼睫毛安详地垂着，嘴角轻抿，仿佛已经失去了一切知觉。

雨点已经要完全在空中凝固了。

时空的扭曲在上海边界停止了，这是哈里和西门豹的约定，把这座城市设为最大的界限，如果发生意外，伤害会减到最小。但这座城市就要完全在时间和空间里消失了。

在城市边界检修铁路的工人完全静止不动，焊枪飞溅出来的火星也停止在空中不能消逝。

有一辆高铁开进了上海边界，一半车厢进入了“边界”，一半在外面。

在外面那些车厢里的乘客，明显感觉到好像牵引力消失了，高铁停了下来。

“发生什么事了？”大家奇怪地透过封闭的车窗往前望。

前面一片雾蒙蒙，似乎在下雨，但是看不到火车头，前面车厢完全消失了。

在那两节车厢交接的地方，乘务员惊讶地发现隔着玻璃看到的根本不是前面车厢，而是一片空荡荡的原野，不要说高铁车厢，连铁路都没有。

十二

顾蒙亮突然伸手抱住了华欣然小小的身躯。

“看着我。”他终于说话了。

华欣然看着他。

“我确实想不起来了。”顾蒙亮看着她，眼泪不断流下，“我根本不记得我小时候小孩这样呢？”顾蒙亮果然被这个劲爆的八卦震惊了，从华欣然的事情中抽离出来。

胡依婷坐在他旁边，摇晃着脑袋说：“这种微妙的情绪，顾总你这种外星人后代肯定不能体会啦！你是没看到涂先生最后消失之前的那个眼神，那种复杂的眼神，包含着释然、欣慰，还有一种长久的不能言说的依恋终于能找到落脚之处的欣喜……你知道喜欢一个人久了压抑着不能说，那个人又不能领会的痛苦吗？”她越说越小声，最后叉腰忍不住大声说，“这种爱要是有一天得到回应，真的会很感动很感动的。”

顾蒙亮掉头看着远处，小声说：“我知道。”

远处果然下起了雨来，磅礴的阵雨带来了丝丝凉意。

爱需要回响的，没有落脚的爱……终于找到了栖身之所，哪怕对方只是“我知道”。

他伸手接住雨丝，仿佛接住上天的馈赠。

我接收到了。

我学会接收你的爱了。

爱也许只是需要一声回响，就能让她感动地下起这样的大雨吧。

番外

龙城的初夏快来了。

天气变得有点闷热，远处乌云堆积，似有阵雨来到。

顾蒙亮坐在自家阳台上喝茶，看着远处若有所思。

启元打了电话过来，说和警方交涉过可不可以保留华欣然的尸体。警方说她的头部和躯干不属于同一个人，她也是被改造过的“飞头蛮”，不过目前并无证据显示她和刑事案件有关系，所以她可能会被排除出罪犯名单。

警方缴获的“飞头蛮”都已经失去了意识，目前正在一一排除他们身上的自爆系统。涂先生虽然已经死亡，研究所也被曝光，但是并不清楚这项可怕的技术是不是已经流传出去了，所以这个案件还在进一步的侦查。

警方顺便调查出了华欣然的资料，证明她小时候在龙城旁边的绿城待过，她因为肌肉萎缩症曾有住院治疗的记录，曾因为父母意外身亡而受到精神打击，接受过心理治疗。

“后来的事情警方就不知道了。”启元说。

“哦……”顾蒙亮抚摸着花花的头。自从那天以后，西门豹再也没出现过，也许又进入了沉睡状态。不光西门豹，哈里的木乃伊状态也一直没有改变。他是要再沉睡几千年才能觉醒吗？这些外星人的生物周期真的是让人难以捉摸。

胡依婷从房间端了茶出来，看着顾蒙亮手上的订婚戒指没有摘除，不由得叹了口气。她突然想八卦一下，分散他的注意力：“我觉得图特摩斯三世可能对自己的继母有别样的情愫！”

“哦？”顾蒙亮被吓了一跳，回头看她。

“看哈里的女装那么漂亮……还有啊，他后来费尽心力要打下江山，把古埃及的疆土扩展到前所未有的广度。他就是在证明‘我已经比你更强了，我能保护你了’！”

“你们女孩子真是……为什么不能解释成被继母的强势一直压迫造成心理不平衡的

公馆外的警灯开始闪耀，警察们从地上慢慢爬起来，好像睡了一个世纪，但是又仿佛只是打了个盹。

“启元呢？”特别行动组的队长突然想起了启元。

“汪汪！”一直蹲在门口的那条小狗叫了两声，朝门内奔去，似乎在找什么人。

门内渐渐有客人睡眼惺忪地走出来了，女的整理着头发，男的拉着领结，他们都有点尴尬，因为他们一群人好像在一场重要的订婚仪式上睡了过去，就这么趴在地板上打了个盹。醒过来的时候头痛欲裂，有些人说梦见了古埃及，有些人说梦见了一个奇怪的研究所，还有些人说梦见了好莱坞式的枪战片，或者是香港的功夫片。

“启元呢！”警察大叫。

启元疲倦地走出来，手上提着针管：“我可能提神剂有点过量了，需要送医院抢救一下……”她整个人全身抽搐地倒了下去。

“快，叫救护车！”警察大叫，医护人员也冲了进来，检查有没有受伤的人员。

头号嫌疑人涂先生静静躺在轮椅上，已经没有了生命体征。

顾蒙亮被胡依婷扶起来，他脚边是一具木乃伊，那是他合法收藏的木乃伊，目前是一具干尸的形态。他示意胡依婷赶紧把这具干尸装进棺材里，以免引起惊吓。

他抱起小狗花花，摸到了那个熟悉的铃铛，嘴角露出微笑。西门豹你这个家伙，居然一直在这里，我都没有发现。

——是啊，多谢哈里的特殊能力，我才能用意识的形态与你们见面。

西门豹仿佛在心底和他说。

顾蒙亮找到了华欣然，她穿着漂亮的白色洋装，正要被医护人员蒙上白布。

他心中一痛，伸手道：“等等。”

“她已经没有生命体征了。”医务人员说，“警方要求把所有的‘飞头蛮’都带回去解剖检查，被改造过的人体和国际刑事案件有关系，我们必须把尸体运回去。”

“她绝对和那些犯罪没关系。”顾蒙亮忍不住伸手触碰她的头发，“涂先生不会让她做这样的事情的，她……”

医护人员没有管他的话，直接蒙上白布，把华欣然的尸体带走了。

顾蒙亮眼眶一热，又开始流泪了。

在现实世界里，他的记忆没有恢复，但是身体在毫无保留地响应着华欣然留给他的激烈的感情。

这是她的爱。

这，是他爱的回响。

（完）

有自闭症的事，有关你的一切都想不起来了。但是你看看我，现在一直在哭，我不知道为什么。我这么强烈的情绪，从来没有过。我想不起你，可是我的情绪却在回应着你。我不知道我过去是什么样的人，但是我现在是一个会愤怒，会流泪，也会微笑的人。如果真的像你说得那样，我是一个对感情完全无知无觉、连微笑都不懂回应的人，那我变成今天这个样子，应该是因为你。”

华欣然眼睁得大大的看着他。

“我不能用相同的爱回报你的爱。”顾蒙亮托着她的脸，说，“但我的泪水，我的笑容，都在回应着你当初的那一千个微笑，这算不算回馈？”

华欣然的眼泪流下来。

“爱的回馈有些时候就是以不一样的姿态出现的，你能感受到吗？如果你不能感受，那这些在你这里也是得不到回应的，我们之间就真的没有联系了。”

“有的！”华欣然大声说，“我……我真的没见过会流泪的顾蒙亮啊……”

我怎么这么傻啊，从他流泪的那一刻起，就应该知道我过去做的一切都有了意义啊！

雨点突然急剧坠落，重重打在了顾蒙亮和她的脸上，她的触手渐渐消失了。

“和我一起回去吧。”顾蒙亮抱着她说，“回到现实的世界吧。”

“不……”她含泪说，“你可以回去，我回不去了……”

豆大的雨点疯狂落下，西门豹开口说话了，带着河神的威严：“就是趁现在，顾蒙亮！”

“顾总！”胡依婷冲了过去，一把拉起了顾蒙亮。

“我要关闭这个空间了。”哈里大声说，“西门豹，把时间运转起来吧！”

上海之外的那辆高铁突然震动了一下，乘务员摔在了地上，乘客们都以为发生了什么意外。

“不要害怕！”乘务员又爬起来，看着玻璃隔离门，消失的车厢又出现了，里面的乘客和乘务员也一脸疑惑地看着她。

“发生了什么？”她的同事用口型问她。她赶紧打开门冲了过去，握住同事的手，确认她的同事还在。

“太好了！”不知为何她的眼泪涌出来了。

“你神经病啊！”同事不明所以，列车又开始正常运行了。

整座城市仿佛恢复了呼吸一般，重新开始运作。

河神计划 2

作者

由·得林洛斯

选题策划

知音动漫图书·新阅坊

封面、插图绘图

徐　菲

封面、内文设计

余璐杉

图片总监

杨小娟

特约编辑

万旭进

执行编辑

王傲雪

责任发行

周冬梅

出版社

长江出版社

总出品

湖北知音动漫有限公司

制作出品

知音动漫图书·新阅坊

平台支持

图书在版编目（CIP）数据

河神计划.2 /由·得林洛斯著. — 南昌：百花洲文艺出版社，2017.12
ISBN 978-7-5500-2410-6

Ⅰ.①河… Ⅱ.①由… Ⅲ.①长篇小说—中国—当代
Ⅳ.①I247.5

中国版本图书馆CIP数据核字（2017）第208771号

出版者 百花洲文艺出版社
社址 江西省南昌市红谷滩新区世贸路898号博能中心Ⅰ期A座20楼 邮编：330038
电话 0791-86895108（发行热线） 0791-86894790（编辑热线）
网址 http://www.bhzwy.com
E-mail bhzwy0791@163.com

书名 河神计划2
作者 由·得林洛斯
出版人 姚雪雪
出品人 王应鲲
责任编辑 袁 蓉 陈 蓉
特约策划 新阅坊
特约编辑 万旭进 王傲雪
封面设计 余璐杉
经销 全国新华书店
印刷 中印南方印刷有限公司
开本 710mm×1120mm 1/16
印张 16
字数 265千字
版次 2017年12月第1版
印次 2017年12月第1次印刷
书号 ISBN 978-7-5500-2410-6
定价 32.00元

赣版权登字：05-2017-354